小公民文学读本
XIAOGONGMINWENXUEDUBEN

相约星期二

家庭编

李庆明 李冰 主编

二十一世纪出版社
21st Century Publishing House
全国百佳出版社

图书在版编目（CIP）数据

相约星期二：家庭编 / 李庆明，李冰主编 . -- 南
昌：二十一世纪出版社，2013.10（2022.4重印）
（小公民文学读本）
ISBN 978-7-5391-9075-4

Ⅰ . ①相… Ⅱ . ①李… ②李… Ⅲ . ①世界文学 – 作
品综合集 Ⅳ . ① I11

中国版本图书馆 CIP 数据核字 (2013) 第 224459 号

相约星期二：家庭编　　　　　李庆明　李冰 主编

策　　　划	张　明	
责任编辑	张　宇	
出版发行	二十一世纪出版社（江西省南昌市子安路 75 号　330009）	
	www.21cccc.com　cc21@163.com	
出 版 人	张秋林	
经　　　销	新华书店	
印　　　刷	三河市人民印务有限公司	
版　　　次	2018 年 4 月第 1 版　2022 年 4 月第 2 次印刷	
开　　　本	880×1230mm　1/32	
印　　　张	9.625	
字　　　数	210 千	
书　　　号	ISBN 978-7-5391-9075-4	
定　　　价	39.80 元	

赣版权登字—04—2013—690

如发现印装质量问题，请寄本社图书发行公司调换 0791-865224997

编者的话

用阅读铸就高贵灵魂

柏拉图曾说过："开一个好头，对于做任何事情都是重要的，尤其是那些尚处于年青和稚嫩阶段的事物……"柏拉图的话无疑道出了启蒙对于人生的重要奠基意义。儿童的成长不仅关乎其自身的福祉，也关乎家庭、社会、民族、国家和人类的未来。随着公民社会的崛起与成熟，怎样做人，怎样让孩子们从小树立公民意识，成为家长与学校必须面对的新课题。

解题固然千头万绪，而我们给出的良方便是阅读——不仅是一般的知识性阅读，而是指具有文化意蕴的阅读。通过对诗意、史韵、理趣的感悟，对包括文学、历史、政治、哲学、科学、数学等方面构成的文化阅读，培育孩子的公民意识，塑造健康人格。这样的阅读，必将成为丰富的精神滋养，使少年儿童终身受益。

这套《小公民文学读本》，便是本着这样的理念选编而成——经由文学的形式，向孩子解读爱的内涵，使其具有感受美的敏锐，从善的能力。美国前教育部长威廉·贝内特曾编著过一本《美德书》，盛极一时，被誉为美国的儿童"圣经"。他希望把人类那些具有卓越、高尚价值的美德故事尽早呈现在儿童面前，如同情、责任、友谊、正直、勇气、毅力、诚实、忠诚、自律……一切可归结于德性教育，即对儿童美德的塑造。现代文明社会倡导的德育首先应是公民德性与公民伦理教育，而最好的教育便是让人感动。文学阅读直指人心，无疑应是启迪小公民心智、濡染品性，造就公民社会的第一块基石。

童年需要并适合这种斯文、高贵的阅读。如此阅读会使儿童气质清朗，心灵纯朴，童心不灭。而由它发出的道德指引，将给人生带来光亮、梦想和希望。

目 录

莲的心事

猜猜我有多爱你

欢愁岁月

执子之手，与子偕老

给我的孩子们

《光明的追求》 麦绥莱勒（1919）

卢梭说:"有一个词可以让我们摆脱生活中所有的负担和痛苦,那就是爱。"什么是爱的真谛?有人说,爱是忠诚、是执著、是奉献;是历劫不悔、相厮相守、永不离弃;有人说爱是一种最大的安全感,也有人说爱是一种能力,一门艺术,需要不断学习和修炼。

问世间情为何物,直叫人生死相许。"对于世界,你可能只是一个人;但对于某个人,你却是整个世界。"

莲的心事

上邪①

◎ 汉乐府

我欲与君相知，
长命无绝衰，
山无棱，
江水为竭，
冬雷震震，
夏雨雪，
天地合，
乃敢与君绝。

---

① 选自《乐府诗集》，（北宋）郭茂倩编，万卷出版公司2009年版。

莲的心事 ①

◎ 席慕蓉

席慕蓉（1943— ），著名诗人、散文家、画家。著有诗集《七里香》、《无怨的青春》、《时光几篇》等。

我
是一朵盛开的夏莲
多希望
你能看见现在的我

风霜还不曾来侵蚀
秋雨还未滴落
青涩的季节又已离我远去
我已亭亭不忧

谁人知我莲的心事？那细腻温婉的感觉犹如江南淅淅沥沥的雨……

---

① 选自《席慕蓉诗集》，席慕蓉著，作家出版社2010年版。

亦不惧

现在　正是
最美丽的时刻
重门却已深锁
在芬芳的笑靥之后
谁人知我莲的心事

无缘的你啊
不是来得太早　就是
太迟

我愿意是急流……①

◎ 裴多菲·山陀尔

裴多菲·山陀尔（1823—1849），匈牙利伟大的革命诗人，也是匈牙利民族文学的奠基人。他的代表作有《亚诺什勇士》、《民族之歌》等。

我愿意是急流，山里的小河，

在崎岖的山路上、岩石上经过……

只要我的爱人是一条小鱼，

在我的浪花中快乐地游来游去。

我愿意是荒林，在河流的两岸，

对一阵阵的狂风勇敢地作战……

只要我的爱人是一只小鸟，

在我稠密的树枝间做窠、鸣叫。

---

① 选自《裴多菲抒情诗选》，（匈牙利）裴多菲著，译林出版社1991年版。

我愿意是废墟，在峻峭的山岩上，
这静默的毁灭并不使我恼丧……
只要我的爱人是青青的常春藤，
沿着我荒凉的额，亲密地攀援上升。

我愿意是草屋，在深深的山谷底，
草屋的顶上饱受风雨的打击……
只要我的爱人是可爱的火焰，
在我的炉子里，愉快地缓缓闪现。

我愿意是云朵，是灰色的破旗，
在广漠的空中懒懒地飘来荡去。
只要我的爱人，是珊瑚的夕阳，
傍着我苍白的脸，显出鲜艳的辉煌。

童年旧事 [①]

◎ 梅洁

梅洁(1945—),中国当代著名女作家,代表作品有《爱的履历》、《大江北去》等。

在人生的路上,不知要遇到多少人,然而,最终能留下记忆的并不太多,能够常常眷念的就更少了。

这次回鄂西老家,总想着找一找阿三。阿三是我小学高年级的同学。记得有一个学期,班主任分配阿三和我坐一位,老师说让我帮助阿三学习。阿三很用功,但学习一般。他很守纪律,上课总是把胳膊背在身后,胸脯挺得高高的,坐得十分的端正,一节课也不动一动。

阿三有个坏毛病,年年冬天冻手。每当看到他肿得像馒头一样厚的手背、紫红的皮肤里不断流着黄色的冻疮水时,我就难过得很。有时不敢看,一看,心里就酸酸地疼,好像冻疮长在我的手背上似的。

"你怎么不戴手套?"上早读时,我问阿三。

"我妈没有空给我做,我门铺子里的生意很忙……"阿三用很低的声音回答。阿三说话的声音很好听,带着女孩子的腼腆和温存。

---

① 选自《三十年散文观止》,李晓红、温文认选编,花城出版社2009年版。

知道这个情况后，我曾几次萌动着一个想法："我给阿三织一双手套。"

我们那时的十三四岁的女孩子，都会搞点很简陋粗糙的针织。找几根细一些的铁丝，在砖头上磨一磨针尖，或者捡一块随手可拾的竹片，做四根竹签，用碎碗碴把竹签刮得光光的，这便是毛衣针了。然后，从家里找一些穿破了后跟的长筒线袜套（我们那时，还不知道世界上有尼龙袜子），把线袜套拆成线团，就可以织笔套、手套什么的。为了不妨碍写字，我们常常织那种没有手指、只有手掌的半截手套。那实在是一种很简陋很不好看的手套。但大家都戴这种手套，谁也不嫌难看了。

我想给阿三织一双这样的手套，有时想得很强烈。但却始终未敢。鬼晓得，我们那时都很小，十三四岁的孩子，却都有了"男女有别"的强烈的心理。这种心理使男女同学之间界线划得很清，彼此不敢大大方方地往来。

记得班里有个男生，威望很高，俨然是班里男同学中的"王"。"王"很有势力，大凡男生都听"王"的指挥。一下课，只要"王"号召一声干什么，便会有许多人前呼后拥地跟着去干；只要"王"说一声不跟谁玩了，就会"哗啦"一大片人不跟这个同学说话了。"王"和他的"将领"们常常给不服从他们意志的男生和女生起外号，很难听、很伤人心的外号。下课或放学后，他们要么拉着"一、二"的拍子，合起伙来齐声喊某一个同学家长的名字（当然，这个家长总是在政治上出了什么"问题"，名声已很不好）；要么就冲着一个男生喊某一个女生的名字，或冲着一个女生喊某一个男生的名字。这是最糟糕最伤心的事情，因为让他们这么一喊，大家就都知道某男生和某女生好了。让人家知道"好了"，是很见不得人的事情。

这样的恶作剧常常使我很害怕，害怕"王"和他的"将领"们。有时怕到了极点，以至恐惧到夜里常常做噩梦。好像从那时起，我就变成了一个谨小慎微的可怜虫。因此，我也暗暗仇恨"王"们一伙，下决心将来长大后，走得远远的，一辈子不再见他们！

　　阿三常和"王"们在一起玩，但却从来没见他伤害过什么人。"王"们有时对阿三好，有时好像也很长时间不跟他说话，那一定是"王"们的世界发生了什么矛盾，我想。我总也没搞清阿三到底是不是"王"领导下的公民，可我真希望阿三不属于"王"们的世界。

　　在上小学五年级的时候，爸爸突然在一个早晨，被划成了"右派"。大字报、漫画、还有划"×"的爸爸的名字在学院内外，满世界地贴着。爸爸的样子让人画得很丑，四肢很发达，头很小，有的，还长着一条很长很粗的毛茸茸的尾巴……乍一看到这些，我差点晕了过去。学院离我家很近，"王"们常来看大字报、漫画。看完，走去我家门口时，总要合起伙来，扯起喉咙喊我父亲的名字。他们是喊给我听，喊完就跑。大概他们以为这是最痛快的事情，可我却难过死了。一听见"王"们的喊声，我就吓得发晕，本来是要开门出来的，一下子就吓得藏在门后，半天不敢动弹，生怕"王"们看见我。等他们扬长而去之后，我就每每哭着不敢上学，母亲劝我哄我，但到了学校门口，我还是不敢进去，总要躲在校门外什么犄角旮旯儿或树荫下，直到听见上课的预备铃声，才赶快跑进教室。一上课，有老师在，"王"们就不敢喊我爸爸的名字了，我总是这样想。

　　那时，怕"王"们就像耗子怕猫！现在想起来，还心有余悸，也很伤心。

　　"我没喊过你爸爸的名字……"有一次，阿三轻轻地对我说。也不知是他见我受了侮辱常常一个人偷着哭，还是他感到这样欺负人不好，反正他向我这样表白了。记得听见阿三这句话后，我哭得很厉害，嗓子里像堵着一大团棉花，一个早自习都没上成。阿三那个早读也没有大声地背书，只是把书本来回地翻转着，样子也怪可怜。

其实，我心里也很清楚，阿三虽然和"王"们要好，但他的心眼善良，不愿欺负人。这是他那双明亮的、大大的单眼皮眼睛告诉我的，那双眼睛，望着你时，很纯真，很友好，很平和，使你根本不用害怕他。记得那时，我只好望阿三的这双眼睛，而对其他男生，特别是"王"们，我根本不敢正视一次。

很长很长的岁月，阿三的这双眼睛始终留在我的心底，我甚至觉着，这双给过我同情的挺好看的眼睛一生也不会在我的心底熄灭……

阿三很会打球，是布球。就是用线绳把旧棉花套子紧紧缠成一个圆团，缠成西瓜大、碗大、皮球大，随自己的意。缠好后再在外面套一截旧线袜套，把破口处缝好，就是球了。那个年代的鄂西城小学校里，学生们都是玩这种球，缠布球也几乎成风，阿三的布球缠得很圆，也很瓷实。阿三投球的命中率也相当高，几乎是百发百中。阿三在球队里是五号，五号意味着球打得最好，五号一般都是球队长。女生们爱玩球的极少，我们班只有两个，我是其中之一。

记得阿三在每每随便分班打布球时，总是要上我，算他一边的。那时，男女混合打球玩，是常有的事。即便是下课后随便在场上投篮，阿三也时而把抢着的球扔给站在操场边的可怜巴巴的我。后来，我的篮球打得很不错，以至到了初中、高中、大学竟历任了校队队长。那时就常常想，会打篮球得多谢阿三。

然而，阿三这种善良、友好的举动在当时是需要勇气的，也是要冒风险的。因为这样做，注定要遭到"王"们的嘲笑和讽刺的。

这样的不幸终于发生了。不知在哪一天，也不知是为了什么，"王"们突然冲着我喊起阿三的名字了，喊得很凶。他们使劲冲我喊，我就觉得天一下子塌了，心一下子碎了，眼一下子黑了，头一下子炸了……

有几次，我也看见他们冲着阿三喊我的名字。阿三一声不吭，紧紧地闭着双唇，脸涨得通红。看见阿三难堪的样子，我心里就很难过，觉得对不起他。

从那以后，我就再也不想给阿三织手套的事了；阿三打布球，我再也不敢去了；上早读，我们谁也不再悄悄说话了；我们谁也不再理谁了，好像恼了！但到了冬天，再看见阿三肿得黑紫黑紫的像馒头一样厚的手背时，我就觉得我欠了阿三许多许多，永远都不会再给他了……

阿三的家在"王一茂酱菜铺"的对面。我不知他家开什么铺子，只记得每次到"王一茂酱菜铺"买辣酱时，我总要往阿三的铺子里看。只见门口的台阶上下，摆着许多的竹筐、竹篓、竹篮子，还有女人们用的黄草纸，漆着黑漆的粗糙的柜台上，圆口玻璃瓶里装着滚白砂糖的橘子瓣糖，也有包着玻璃纸、安着竹棍像拨浪鼓似的棒棒糖……其实，在别的铺子也能买辣酱的，但我总愿意跑得老远，去"王一茂酱菜铺"买。也说不清为什么，只是想，阿三从铺子里走出来就好了。其实，即使阿三真的从铺子里走出来，我也不会去和他说话的，但我希望他走出来……

有一次，我又去买辣酱，阿三真的从铺子里走出来了，而且看见了我。知道阿三看见我后，我突然又感到害怕起来。这时，只见阿三沿着青石板铺就的小街，向我走来。

"他们也在这条街上住，不要让他们看见你，要不，又要喊你爸爸的名字了……"说完，他"咚咚"地跑了回去。我知道，他说的"他们"，是指"王"们。

望着阿三跑进了铺子，我又想哭。我突然觉着，我再也不会忘记阿三了，阿三将来长大了，一定是世界上最好的男人！

后来，考上中学后，我就不知阿三在哪里了。是考上了，还是没考上？考上了在哪个班？我都不懂得去打听。成年后，常常为这件事后悔，做孩子的时候，怎么就不懂得珍惜友情？

中学念了半年以后，我就走得很远很远，到汉江的下游去找我哥哥了，为求学，也为求生，因为父亲和母亲已被赶到很深很深的大山里去了。从此，我就再没有看见阿三，但阿三那双明亮的、充满善意的眼睛却常常出现在我的眼前和梦中。

人生不知怎么就过得这样匆匆忙忙，这样不知不觉，似乎还没弄清是怎么回事就走过了许许多多的年月。二十多年后的一天，我回故乡探望母亲，第一个想找的就是阿三。

出乎意料之外，我竟然很顺利地找到了那时的"王"。"王"很热情地接待了我，"王"有一个很漂亮年轻的妻子。这个年龄、这个时代见到"王"，我好一番"百感交集"。说起儿时的旧事，我不禁潸然泪下，"王"也黯然神伤。

"不提过去了，我们那时都小，不懂事……你父亲死得很苦。""王"说得很真诚，很凄楚。是呀，几十年的风风雨雨，我们都长大了。儿时的恩也好，怨也好，现在想起来，都是可爱的事情，都让人留恋，让人怀念……

"王"很快地帮我找到了阿三以及儿时的两个同学。当"王"领着阿三来见我的时候，我竟十分地慌乱起来，大脑的荧光屏上不时地闪现着阿三那双明亮的单眼皮眼睛。当听到他们说笑着走进家门时，我企图努力辨认出阿三的声音，然而却办不到……

阿三最后一个走进家门，当我努力认出那就是阿三时，我的心突然一阵悲哀和失望——那不是我记忆中的阿三！那双明亮的眼睛在哪儿？站在我面前的阿三，显得平静而淡漠，对于我的归来似乎是早已意料到的事情，并未显出多少惊喜和亲切。已经稍稍发胖的身躯和已经开始脱落的头发，使我的心痉挛般地抽动起来：岁月夺走了我儿时的阿三……我突然感到很伤心，我们失去的太多了！人的一生有许多值得珍惜的东西，可当我们还没来得及去珍惜它时，一切都已成为过去，一切都不存在了……

阿三邀我去他家吃饭，"王"和儿时两位同学同去；我感到很高兴。我知道，这是阿三和"王"的心愿。很感谢我童年的朋友们为我安排这样美好的程式。我们这些人，一生中相见的机会太少了，这样的聚会将成为最美好的忆念。

阿三的妻子比阿三大，也不漂亮。妻子是县里的"三八红旗手"、劳动模范。望着蹲在地上默默地刮着鱼鳞的阿三和跑里跑外为我们张罗佳肴的阿三的贤慧的妻子，我感到很安慰，但却又一阵凄恻：儿时的阿三再也不会归来了，这就是人生……"

"……1969年我在北京当兵，听说你在那里念大学，我去找过你，但没找着。"吃饭的时候，阿三对我说。这是我意想不到的事情，望着阿三，我便有万千的感激，阿三终没有忘记我！

"我提议，为我们的童年干杯！"我站了起来。

阿三和"王"，还有童年的好友都高高举起了酒杯。

这一瞬，大家似乎都有许多话要说，但却谁也没说什么，我不知这一颗颗沉默的心里是否和我一样在想：人生最美好的莫过于友谊，友谊最深厚的眷恋莫过于童年的相知……我突觉鼻尖发酸，真想哭。

临走，阿三开着小车送我上车站（阿三在县政府为首长们开车）。

"很难过，我们都长大了……"真真没想到，临别时，阿三能讲出这样动情的话。然而，他的样子却很淡漠，很详静，甚至可以说毫无表情，只是眼望前方，静悫地打着方向盘。这种不动声色的样子使我很压抑，自找到阿三，我就总想和他说说小时候的事情，比如关于手套、布球或者"喊名字"的风波……然而,岁月里的阿三已长成一个沉静而冷凝的男子汉,成年的阿三不属于我的感情,我想。实在是没想到,临别,阿三却说了这句令我一生再不会忘记他的话。

感谢我圆如明月清如水的乡梦,梦中,童年的阿三向我走来……

无须诉说 [1]

◎ 刘安

爱的理由

她实在是一个平常的女人。走在街头，想必不会有多少男人注意到她，他也不会。

她是一所小学的老师，而他姐姐的儿子恰好就在她的班上。他的单位靠近那所学校，有时快放学了，姐姐打个电话来，让他去接一下，一来二去，他就认识了她。

那时他年轻，喜欢把自行车骑得飞快。有一天傍晚他去接外甥，学生们排着队走出了学校，她就跟在孩子们的后面。看见了他，她走了过来，对他说："孩子坐在车上，不要骑得太快。"声音很轻，仿佛是不经意的叮嘱，因为事实上她说完了那句话，就转过身和另一位学生家长说起了什么。等他把外甥送到家，才发现自己那天真的骑得很慢。

---

① 选自《当代名家颂青春》，中国科学文化音像出版社2012年版。

后来她就做了他的女朋友。有一次她问他："你为什么会爱上我？"问得有些傻，就像大多数女孩子喜欢那样问自己的男朋友一样。他想了想，说："因为你对我说过的那句话。"

有人说过，爱是没有理由的，我不信。应该说爱是有理由的，无论轰轰烈烈的爱，还是平淡如水的爱，都会有它自己的理由。因了一句话，他爱上了她，因为他从那一句话里读出了体贴和关心，而这正是构成爱的最重要的理由。

黑暗中的手

她和他是同事。她知道他在暗恋着她，她对他也有一些好感。但是出于女孩子的羞涩，还有其他一些原因，她和他还保持着某种距离。

那天因为临时加班，等到走的时候，已经很晚了，电梯也已停开。更糟糕的是，楼道里居然没有一盏灯，天知道它们是什么时候坏的。

她是一个胆小的人，尤其怕黑。她站在楼梯口，有些发愣，不知所措的样子。

这时，他走了过来。"一起走吧。"他说。

她就跟在他的后面，一起下楼。因为没有灯光，她一脚踩空，一个趔趄，差点摔了个跟头。这时，他伸出了手。"抓住我。"他说。她迟疑了一下。转而抓住了他的手。他的手很大，也很暖和。

256级台阶。她在心里一级一级地数了过去，她以前一直不知道从自己办公的那层楼面走楼梯下楼，一共有256级台阶。数到最后，她奇怪自己抓着一个男人的手，竟然还能有闲情数楼梯。

已是满眼灯光，她的脸突然红了起来。灯光下，他的身影有些纤弱，但她看见的不是这些，她看见的，是她还抓着的他的手。

她对爱情曾有过无数浪漫的幻想，但从没有想到过这样的一双手，在她所惧怕的黑暗中向她伸过来。此时此刻，她才突然明白，其实她渴望的，就是这样的一双手，温暖的有力量的手。

爱，有时真的不需要很多，一双手足矣。她在心里想。就在那一刻，她是如此清晰地感觉到自己已经爱上了他。

麦琪的礼物①

◎　欧·亨利

> 欧·亨利（1862—1910），美国著名短篇小说家。他的作品构思新颖，语言诙谐，结局往往出人意料。代表作有《爱的牺牲》、《警察与赞美诗》、《贤人的礼物》等。

一元八角七分钱。全都在这儿了，其中六角是一分一分的铜板。这些分分钱是杂货店老板、菜贩子和肉店老板那儿软硬兼施地一分两分地抠下来，直弄得自己羞愧难当，深感这种掂斤播两的交易实在丢人现眼。德拉反复数了三次，还是一元八角七，而第二天就是圣诞节了。

除了扑倒在那破旧的小睡椅上哭嚎之外，显然别无他途。

德拉这样做了，可精神上的感慨油然而生，生活就是哭泣、抽噎和微笑，尤以抽噎占统治地位。

当这位家庭主妇逐渐平静下来之际，让我们看看这个家吧。一套带家具的公寓房子，每周房租八美元。尽管难以用笔墨形容，可它真真够得上乞丐帮这个词儿。

---

① 选自《麦琪的礼物》，（美）欧·亨利著，钱满素编，北京燕山出版社2000年版。

楼下的门道里有个信箱，可从来没有装过信，还有一个电钮，也从没有人的手指按响过电铃。而且，那儿还有一张名片，上写着"詹姆斯·迪林厄姆·杨先生"。

"迪林厄姆"这个名号是主人先前春风得意之际，一时兴起加上去的，那时候他每星期挣三十美元。现在，他的收入缩减到二十美元，"迪林厄姆"的字母也显得模糊不清，似乎它们正严肃地思忖着是否缩写成谦逊而又讲求实际的字母D。不过，每当詹姆斯·迪林厄姆·杨回家，走进楼上的房间时，詹姆斯·迪林厄姆·杨太太，就是刚介绍给诸位的德拉，总是把他称作"吉姆"，而且热烈地拥抱他。那当然是再好不过的了。

德拉哭完之后，往面颊上抹了抹粉，她站在窗前，痴痴地瞅着灰濛濛的后院里——一只灰白色的猫正行走在灰白色的篱笆上。明天就是圣诞节，她只有一元八角七给吉姆买一份礼物。她花去好几个月的时间，用了最大的努力一分一分地攒积下来，才得了这样一个结果。一周二十美元实在经不起花，支出大于预算，总是如此。只有一元八角七给吉姆买礼物，她的吉姆啊。她花费了多少幸福的时日筹划着要送他一件可心的礼物，一件精致、珍奇、贵重的礼物——至少应有点儿配得上吉姆所有的东西才成啊。

房间的两扇窗子之间有一面壁镜。也许你见过每周房租八美元的公寓壁镜吧。一个非常瘦小而灵巧的人，从观察自己在一连串的纵条影像中，可能会对自己的容貌得到一个大致精确的概念。德拉身材苗条，已精通了这门子艺术。

突然，她从窗口旋风般地转过身来，站在壁镜前面。她两眼晶莹透亮，但二十秒钟之内她的面色失去了光彩。她急速地折散头发，使之完全披散开来。

现在，詹姆斯·迪林厄姆·杨夫妇俩各有一件特别引以自豪的东西。一件是吉姆的金表，是他祖父传给父亲，父亲又传给他的传家宝；另一件则是德拉的秀发。如果示巴女王①也住在天井对面的公寓里，总有一天德拉会把头发披散下来，露出窗外晾干，使那女王的珍珠宝贝黯然失色；如果地下室堆满金银财宝、所罗门王又是守门人的话，每当吉姆路过那儿，准会摸出金表，好让那所罗门王忌妒得吹胡子瞪眼睛。

此时此刻，德拉的秀发披散在她的周围，微波起伏，闪耀光芒，有如那褐色的瀑布。她的美发长及膝下，仿佛是她的一件长袍。接着，她又神经质地赶紧把头发梳好。踌躇了一分钟，一动不动地立在那儿，破旧的红地毯上溅落了一两滴眼泪。

她穿上那件褐色的旧外衣，戴上褐色的旧帽子，眼睛里残留着晶莹的泪花，裙子一摆，便飘出房门，下楼来到街上。

她走到一块招牌前停下来，上写着："索弗罗妮夫人——专营各式头发"。德拉奔上楼梯，气喘吁吁地定了定神。那位夫人身躯肥大，过于苍白，冷若冰霜，同"索弗罗妮"的雅号简直牛头不对马嘴。

"你要买我的头发吗？"德拉问。

"我买头发，"夫人说，"揭掉帽子，让我看看发样。"

那褐色的瀑布泼撒了下来。

"二十美元。"夫人一边说，一边内行似的抓起头发。

"快给我钱。"德拉说。

呵，接着而至的两个小时犹如长了翅膀，愉快地飞掠而过。请不用理会这胡诌的比喻。她正在彻底搜寻各家店铺，为吉姆买礼物。

她终于找到了，那准是专为吉姆特制的，决非为别人。她找遍了各

---

① 示巴女王（Queen of sheba）：基督教《圣经》中朝觐所罗门王，以测其智慧的示巴女王，她以美貌著称。

家商店，哪儿也没有这样的东西，一条朴素的白金表链，镂刻着花纹。正如一切优质东西那样，它只以货色论长短，不以装潢来炫耀。而且它正配得上那只金表。她一见这条表链，就知道一定属于吉姆所有。它就像吉姆本人，文静而有价值——这一形容对两者都恰如其分。她花去二十一美元买下了，匆匆赶回家，只剩下八角七分钱。金表匹配这条链子，无论在任何场合，吉姆都可以毫无愧色地看时间了。

尽管这只表华丽珍贵，因为用的是旧皮带取代表链，他有时只偷偷地瞥上一眼。

德拉回家之后，她的狂喜有点儿变得审慎和理智了。她找出烫发铁钳，点燃煤气，着手修补因爱情加慷慨所造成的破坏，这永远是件极其艰巨的任务。亲爱的朋友们——简直是件了不起的任务呵。

不出四十分钟，她的头上布满了紧贴头皮的一绺绺小卷发，使她活像个逃学的小男孩。她在镜子里老盯着自己瞧，小心地、苛刻地照来照去。

"假如吉姆看我一眼不把我宰掉的话，"她自言自语，"他定会说我像个科尼岛上合唱队的卖唱姑娘。但是我能怎么办呢——唉，只有一元八角七，我能干什么呢？"

七点钟，她煮好了咖啡，把煎锅置于热炉上，随时都可做肉排。

吉姆一贯准时回家。德拉将表链对叠握在手心，坐在离他一贯进门最近的桌子角上。接着，她听见下面楼梯上响起了他的脚步声，她紧张得脸色失去了一会儿血色。她习惯于为了最简单的日常事物而默默祈祷，此刻，她悄声道："求求上帝，让他觉得我还是漂亮的吧。"

门开了，吉姆步入，随手关上了门。他显得瘦削而又非常严肃。可怜的人儿，他才二十二岁，就挑起了家庭重担！他需要买件新大衣，连手套也没有呀。

吉姆站在屋里的门口边，纹丝不动地好像猎犬嗅到了鹌鹑的气味似的。他的两眼固定在德拉身上，其神情使她无法理解，令她毛骨悚然。既不是愤怒，也不是惊讶，又不是不满，更不是嫌恶，根本不是她所预料的任何一种神情。他仅仅是面带这种神情死死地盯着德拉。

德拉一扭腰，从桌上跳了下来，向他走过去。

"吉姆，亲爱的，"她喊道，"别那样盯着我。我把头发剪掉卖了，因为不送你一件礼物，我无法过圣诞节。头发会再长起来——你不会介意，是吗? 我非这么做不可。我的头发长得快极了。说'恭贺圣诞'吧! 吉姆，让我们快快乐乐的。你肯定猜不着我给你买了一件多么好的——多么美丽精致的礼物啊! "

"你已经把头发剪掉了?"吉姆吃力地问道，似乎他绞尽脑汁也没弄明白这明摆着的事实。

"剪掉卖了，"德拉说，"不管怎么说，你不也同样喜欢我吗? 没了长发，我还是我嘛，对吗? "

吉姆古怪地四下望望这房间。

"你说你的头发没有了吗? "他差不多是白痴似的问道。

"别找啦，"德拉说，"告诉你，我已经卖了——卖掉了，没有啦。这是圣诞前夜，好人儿。好好待我，这是为了你呀。也许我的头发数得清，"突然她特别温柔地接下去，"可谁也数不清我对你的恩爱啊。我

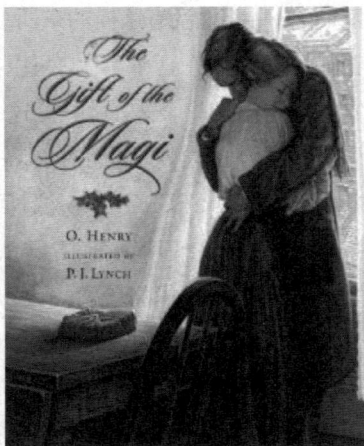

从表面上看，吉姆和德拉极不明智地为了对方而牺牲他们各自最为宝贵的东西。但是我们可以从中感到他们之间深深的爱意。爱，可以战胜一切。

可以做肉排了吗，吉姆？"

吉姆好像从恍惚之中醒来，把德拉紧紧地搂在怀里。现在，别着急，先让我们花个十秒钟从另一角度审慎地思索一下某些无关紧要的事。房租每周八美元，或者一百万美元——那有什么差别呢？数学家或才子会给你错误的答案。麦琪①带来了宝贵的礼物，但就是缺少了那件东西。这句晦涩的话，下文将有所交待。

吉姆从大衣口袋里掏出一个小包，扔在桌上。

"别对我产生误会，德尔，"他说道，"无论剪发、修面，还是洗头，我以为世上没有什么东西能减低一点点对我妻子的爱情。不过，你只消打开那包东西，就会明白刚才为什么使我楞头楞脑了。"

白皙的手指灵巧地解开绳子，打开纸包。紧接着是欣喜若狂的尖叫，哎呀！突然变成了女性神经质的泪水和哭泣，急需男主人千方百计的慰藉。

还是因为摆在桌上的梳子——全套梳子，包括两鬓用的，后面的，样样俱全。那是很久以前德拉在百老汇的一个橱窗里见过并羡慕得要死的东西。这些美妙的发梳，纯玳瑁做的，边上镶着珠宝——其色彩正好同她失去的美发相匹配。她明白，这套梳子实在太昂贵，对此，她仅仅是羡慕渴望，但从未想到过据为己有。现在，这一切居然属于她了，可惜那有资格佩戴这垂涎已久的装饰品的美丽长发已无影无踪了。

不过，她依然把发梳搂在胸前，过了好一阵子才抬起泪水迷濛的双眼，微笑着说："我的头发长得飞快，吉姆！"

随后，德拉活像一只被烫伤的小猫跳了起来，叫道："喔！喔！"

吉姆还没有瞧见他的美丽的礼物哩。她急不可耐地把手掌摊开，

---

① 麦琪（Magi，单数为Magus）：指圣婴基督出生时来自东方送礼的三贤人，载于圣经马太福音第二章第一节和第七至第十三节。

伸到他面前，那没有知觉的贵重金属似乎闪现着她的欢快和热忱。

"漂亮吗，吉姆? 我搜遍了全城才找到了它。现在，你每天可以看一百次时间了。把表给我，我要看看它配在表上的样子。"

吉姆非旦不按她的吩咐行事，反而倒在睡椅上，两手枕在头下，微微发笑。

"德尔，"他说，"让我们把圣诞礼物放在一边，保存一会儿吧。它们实在太好了，目前尚不宜用。我卖掉金表，换钱为你买了发梳。现在，你做肉排吧。"

正如诸位所知，麦琪是聪明人，聪明绝顶的人，他们把礼物带来送给出生在马槽里的耶稣。他们发明送圣诞礼物这玩艺儿。由于他们是聪明人，毫无疑问，他们的礼物也是聪明的礼物，如果碰上两样东西完全一样，可能还具有交换的权利。在这儿，我已经笨拙地给你们介绍了住公寓套间的两个傻孩子不足为奇的平淡故事，他们极不明智地为了对方而牺牲了他们家最最宝贵的东西。不过，让我们对现今的聪明人说最后一句话，在一切馈赠礼品的人当中，那两个人是最聪明的。在一切馈赠又接收礼品的人当中，像他们两个这样的人也是最聪明的。无论在任何地方，他们都是最聪明的人。他们就是麦琪。

胡凡小姐的故事[①]

◎ 席慕蓉

　　小时候看童话书，最爱看的是这样的结尾："于是，王子和公主结婚了，他们住在美丽的城堡里，过着非常快乐的日子。"

　　把书合起来以后，小小的心灵觉得欣慰又满足，历尽了千辛万苦的情侣终于可以在一起，人世间没有比这更美好的事了。

　　等到长大了一点，对爱情的憧憬又不一样了，爱应该是不指望报偿的奉献，是长久的等待，是火车上费雯丽带着泪的送别，是春花树下李察·波顿越来越模糊的挥手特写。凄怨感人的故事赚了我满眶热泪，却让我有一种痛快的感觉，毕竟，悲剧中的美才是永恒而持久的。

　　可是，又一次可是，胡凡小姐的爱情故事又改变了我的看法。

　　我在布鲁塞尔读书时住过好几个女生宿舍，其中有一间宿舍名叫"少女之家"。顾名思义，这里面住的应该都是年轻的女孩子。事实上，宿舍里最小的十六岁，大点的二十四岁，有一个住了十年的法兰西

①　选自《槭树下的家》，席慕蓉著，南海出版公司2003年版。

丝是例外。但是，她平日收拾得很漂亮，人也乐观和气，脸色红润，所以看起来仍然很年轻。

但有一个同伴与我们完全不一样。

其实，假如置身其外来看的话，她一点也不古怪，不过是个白头发的瘦老太太罢了。然而，在我们这些女孩子中间，她的面貌与举止就非常令人不舒服了。

胡凡小姐实在是个很奇怪的人。她并不住在宿舍，只是每天来吃三顿饭。她每天七点整一定来到饭厅了，穿着灰绿色的大学生式样的长大衣，终年围着一条灰色的围巾。进门第一件事，便是伸出长而瘦的双手去摸窗边的暖气，一个一个窗户地摸过来。假如暖气开得够大，她就喜笑颜开，否则，她就会一直搓着手，然后到每一桌的前面来抱怨：

"你不觉得冷吗？"

"你不觉得这房间冷得像冰窖吗？"

问的时候，她那灰色的眼睛就直瞪着你，你如果不马上回答她，她就会一直瞪着你看。只有听到你表示同意的回答以后，她才会离开你。一面很满足地点头，一面开始解开围巾，脱下大衣，扯一下灰色毛衣的下襟，然后仔细地挑选一个她认为最温暖的角落坐下来。

于是，她这一天差不多都会固定在这个角落上了。平日我们上班、上学的时候，她总是一个人待在冷清清的餐厅里，面前放一杯咖啡。偶尔，门房马格达会过来和她聊上几句，除此之外的多半时间，她都是一个人独坐在那里。

她叫得出我们每一个人的名字，对我们每一个人的喜怒哀乐都很关心，也都想参与。我们唱情歌时，她也用沙哑的声音拔高了来跟着我们一起唱；我们买了新衣服时，她比谁都热心地先来评价一番；我们有谁的男朋友来了信或者来了电话时，她也总会头一个大呼小叫起来。

而青春有一种很冷酷的界限，自觉青春的少女们更有着一种很残忍的排他心理——觉得她嗓子太尖，觉得她头发太白，觉得她的话太无趣……于是，不管我们玩得有多高兴，一发现她加入，大家就都会无奈地停下来，然后冷漠地离开她。

有一天，我们正在谈论着男朋友和未婚夫之类的话题，她也在一旁竖着耳朵细听，从刚果来的安妮忽然对她蹦出一句话来：

"胡凡小姐，你有没有过未婚夫？"

"有过啊。"她很快地回答。

"别哄人！拿相片来看才信你。"安妮恶作剧似的笑起来。

头一次，胡凡小姐不跟着我们傻笑了，她装做没听见似的低头喝咖啡。马格达在门边狠狠地瞪了安妮一眼。我们觉得很无趣，就都站了起来，散了。

学校放暑假，大卫打电话来约我参加他和同学们的郊游，我兴高采烈地去了。我们在比利时东部的山区里消磨了一天。当我正想走上一条很狭窄的山径，单独去寻幽探胜的时候，彼得——大卫的一个比利时朋友叫住了我。

那位比利时朋友是山区里的居民，他告诉我山中多歧路，很容易迷途，尤其是在冬天，因为积雪很久都不化，更不易找路。

他说这话的时候，正是风和日丽的夏日正午，地上开满了野花，鸟鸣带着怡人的尾音，美丽的森林安详宁静地包围着我们。

我实在不能想象这样美丽的森林还会有另外一副恐怖的面貌，有着狰狞的威胁，我也不愿想象。

回到宿舍时，已经很晚了。洗了澡换了睡衣，正想回房睡觉，走过法兰西丝的门前时，看见三四个女孩子正围坐在地板上闲聊。

"怎么还不睡？"

"进来坐,阿蓉。"

"嘿!阿蓉,今天玩得高兴吗?你们到哪里去了?"

法兰西丝一面问我,一面拍拍她身旁的空地。

我先报告了今天的行踪,她们马上就热热闹闹地谈起来了。

"嗨,说个秘密给你们听好吗?"法兰西丝忽然想起了什么来,"是关于胡凡小姐的。"

"好啊!"我们大家都要听,安妮又想到胡凡小姐的古怪模样,于是她站起来,伸出手在墙壁上乱摸,一面摸一面问我们:

"你们觉得够暖吗?"

"你们不觉这房子冷吗?"

大家都嬉笑了起来,法兰西丝也笑了,招手把安妮叫了回来,然后用暂时的静默和逐渐转变的神色来向我们暗示,她要讲的不是个轻松的故事:

"你们别看胡凡小姐现在这个模样,她年轻时可是个出了名的美人哩!她的相片还上过报纸呢。

"当然,假如不是因为那件事,仅仅因为她长得美,记者是不会特意去报道的。实在是因为那件事情太惨了。

"大概在四十多年前,胡凡小姐十九岁的时候,和同村的一个男孩子订了婚。那个男孩子大学毕业,在镇上找到了工作。他们两家都住在阿蓉今天去过的那个山区里,两家的中间,隔着一片森林。假如天气好,路又熟的话,从这家走到那家不过三四十分钟的样子。

"他们订婚的那一天照了很多相片,在几天后的傍晚都冲洗出来了。男孩子从镇上下了班以后,就把这些相片都带回来了,他想马上就把相片拿去给胡凡小姐看。可是,那几天山区下雪,天又快黑了,男孩子的母亲用那地方乡下人惯有的顾忌劝阻她的孩子,她认为这不是个可以外出的晚上,尤其是到森林里去。

"可是，你们大概是知道的，没有什么可以阻挡这年轻人去会爱人的心的。男孩子虽然知道山区里曾经发生过很多事情，但是，他自恃身强体壮，又自信对这森林了如指掌，于是就兴冲冲地带着相片要去献给爱人了。

　　"他进了那片林子以后，母亲就开始担心。母亲整夜都无法合眼，天刚亮，就四处求人去帮她找孩子。

　　"孩子找到了，就在一片枯树林中，一条他们平时极少走的路上。怀中的相片上微笑的情侣再也无法相见了，相片却被记者拿去登在报上，赚了很多读者的眼泪。

　　"胡凡小姐就这样出了名。后来，她一个人离开了家，到布鲁塞尔来做事。她没读过什么书，只能在工厂里做工，或者在商店里做店员。就是在那个时候她认识了安丝玉小姐，就搬到我们这个宿舍来住了。可是，几年后她就离开宿舍，听说是去法国投靠她姐姐，之后的二十年没有一点音信。

　　"有一天，她又回到宿舍来了。她变得很苍老，而且没有职业，靠社会福利金过活。安丝玉小姐替她在附近找了间房子，每天三餐叫她来吃。就这样又过了十几年。"

　　法兰西丝说完了她的故事，我们都呆了。房间里很安静，伊素特——一个平日待人很好的比利时女孩子轻声地开口说话：

　　"我去过她家。有一次，她病了，好几天没来吃饭，我打听了地址去看她。她的房间里空荡荡的，除了一张床，什么都没有。她好像很生气，不喜欢我去看她，一句话也不和我说。我只好赶快走掉。

　　"后来，安丝玉小姐去看她，大概给她请了医生。过了几天，她又回宿舍吃饭了，好像忘了跟我发过脾气，又对我有说有笑了。"

　　胡凡小姐的爱情故事，不正是我最爱看的那一种吗？有着永恒美感的悲剧！假如搬上银幕，最后的镜头应该是一片白茫茫的森林，女主角孤单落寞的背影越来越远，美丽的长发随风飘起，悲怆的音乐紧扣住观众的心弦，剧终的字幕从下方慢慢升起，女主角一直往前走，没有再回过头来。可是，我看到的剧终，却完全不一样了。这样的剧终虽然是真实的，却很难令人欣赏：一个古怪的白发老妇人，走在喧嚣狭窄的街市上，在她空荡荡的房间里，只有一张床。

自此以后，在胡凡小姐的面前，我再也不唱那首我一直很爱唱的法文歌了：

爱的欢乐，

只出现了一会儿，

爱的痛苦与悲衷啊，

却持续了整整的一生。

我们爱上某部电影，也许只是爱上了那部电影前的那个自己。

给女儿的信 ①

◎　瓦·阿·苏霍姆林斯基

瓦·阿·苏霍姆林斯基（1918—1970），前苏联伟大的教育理论家和教育实践家。著有《把整个心灵献给孩子》、《教育的艺术》等。

亲爱的女儿：

你提出的问题使我忐忑不安。

今天你已经十四岁了，已经迈进开始成为一个女人的年龄时期。你问我说："父亲，什么叫爱情？"

我的心经常为这种思想而跳动，就是今天我不再是和一个小孩子交谈了。进入这样一个年龄时期，你将是幸福的。然而只有你是一个明智的人，你才是幸福的。

是的，几百万年轻的十四岁的少女怀着一颗跳动的心，思考着这样的一个问题：什么叫爱情？每个人对它的理解都各不相同。希望成长为男子汉的年轻小伙子也在思考这一问题。

亲爱的小女儿，现在我给你写的信不再是过去那样的信了。我内

_____

① 选自《爱情的教育》，（苏）苏霍姆林斯基著，世敏、寒薇译，教育科学出版社2001年版。

心的愿望是：告诉你要学会明智地生活，也就是要善于生活。我希望作父亲的每一句话都能像一颗小小的种子，促使自己的观点和信念的幼芽萌发出来。

爱情这个问题也同样使我不平静。在童年和少年时代我最亲近的人是玛丽娅，她是一个了不起的人，渗透到我内心的一切美好、明智和真诚的品质都是受恩于她。

她死于战争前夕。她在我面前打开了童话、本族语言和人性美的世界。有一天，在一个早秋的寂静夜晚，我和她坐在一棵枝叶茂密的苹果树下，望着空中正飞往温暖的边远地区的仙鹤，我问祖母："奶奶，什么叫爱情呀？"

她能用童话讲解最复杂的事情。此刻她的一双眼睛呈现出沉思而惊异的神情。她以一种特别的、与往日不同的目光看了我一眼，说："什么叫爱情？……当上帝创造人类时，他在地球上播下了一切有生命的种子，并教会我们延续自己的后代，生出和自己同样的人。他把土地分给一个男人和女人，告诉他们怎样搭窝棚。'和男人一起过日子吧！延续后代。'上帝说，'我要办事了去了，一年之后，我再来，看看你们的情况怎么样。'

"整整一年之后，有一天一大早，他和大天使加弗利尔来了，他看见这一对男女坐在小棚子旁边，地里的庄稼已经熟了，他们身旁放着一个摇篮，摇篮里睡着一个婴儿，这一对男女时而望望天空，时而又彼此看看，就在这一瞬间，他俩的眼神相碰在一起，上帝在他们身上看见了一种不可思议的美和一种从未见过的力量。这种美远远超过蓝天和太阳、土地和长满小麦的田野。总之，比上帝所制作和创造的一切都美，这种美使上帝颤抖、惊异，以致于他惊呆了。

"他向大天使加弗利尔问道：'这是什么？'

"'这是爱情。'

"'什么是爱情？'

"大天使耸耸双肩，上帝走向这对男女，问他们什么是爱情，但是，他们无法向他解释，于是，上帝恼火了，他说：'那么，好吧！我要处罚你们，从即刻开始，你们要变老，你们生命的每一小时，都要消耗一点你们的青春和精力！五十年后我再来，看看你们的眼神里表现出什么，人……'"

"上帝为什么还能生气呢？"我问奶奶。

"是的，要知道，一个人不能擅自创造连他自己本人也没有见过的东西。但是，你往下听啊！

"五十年后上帝和大天使加弗利尔又来了。他看见了一座非常好的小木层代替了原来的小棚子，草原上修起了花园，地里的庄稼已经熟了，儿子们正在耕种，女儿们正在收麦，孙子们正在绿草地上玩耍。在小木屋门前坐着一个老头和老太婆，他们时而看看红色的朝霞，时而又彼此望望。上帝从他俩的眼神里看见了更加美丽和更加强大的力量，而且好像又增加了新的东西。

"'这是什么？'上帝问大天使。

"'忠诚！'大天使回答说，但是，他还是不能解释。

"这次上帝更加恼火了。他说：'人！你们为什么没有老多少？那好吧，你们的日子不长了，以后我再来，看看你们的爱情将变成什么。'

"三年后他与大天使又来了。他看见男人坐在小山坡上，一双眼睛呈现出非常忧虑的神色，但是，却仍然表现出那种不可思议的美和力量，已经不仅仅是爱情和忠诚，而且蕴藏着一种新的东西。

"'这又是什么？'他问大天使。

"'心灵的追念。'

"上帝手握着自己的胡须，离开了坐在小山坡上的老头，面向着麦田和红色的朝霞,他看见,在金色麦穗旁边站着一些青年男女,他们时而看看布满红色的朝霞的天空,时而又彼此看看……上帝站了很久,看着他们,然后深深地沉思着走了,从此以后,人就成了地球上的上帝了。

"这就是爱情,我的小孙子!爱情比上帝权威大,这是人类永恒的美与力量,一代一代地相传。我们每一个人最终都要变成一把骨灰,但是,爱情将成为赋予生命的、永不衰退的、使人类世代相传的纽带。"

我的小女儿,这就是爱情!世上各种有生命的东西生活、繁殖,成千上万地延续自己的有生命的后代。但是,只有人懂得爱。而且说实在的,只有在他善于像人那样去爱的时候,他才是一个真正的人。如果他不懂得爱,不能提到人性美的高度,那就是说他只有一个能够成为人的人,但是还没有成为真正的人。

木石姻缘①

◎ 曹雪芹

曹雪芹（1715—1763），清代小说家，出身于名门望族，后因家庭衰败饱尝了人生的辛酸。在人生的最后阶段，他以坚韧不拔的毅力，历经十年创作了《红楼梦》的前八十回。

《红楼梦》又名《石头记》，长篇小说，共一百二十回。前八十回为清代小说家曹雪芹作，后四十回多认为由高鹗续成。小说中以贾、史、王、薛四大家族为背景，以贾宝玉、林黛玉爱情悲剧为主要线索，着重描写贾家荣、宁二府由盛到衰的过程。全面地描写封建社会末世的人性世态，种种不可调和的矛盾……

且说宝玉因见黛玉病了，心里放不下，饭也懒怠吃，不时来问，只怕他有个好歹。黛玉因说道："你只管听你的戏去罢，在家里做什么？"宝玉因昨日张道士提亲之事，心中大不受用，今听见黛玉如此说，心里因想道："别人不知道我的心还可恕。连他也奚落起我来。"因此心中更比往日的烦恼加了百倍。要是别人跟前，断不能动这肝

① 选自《红楼梦》，曹雪芹著，人民出版社2008年版。题目为编者所加。

火，只是黛玉说了这话，倒又比往日说这活不同，由不得立刻沉下脸来，说道："我白认得了你！罢了，罢了！"黛玉听说，冷笑了两声道："你白认得了我吗？我那里能够像人家有什么配得上你的呢！"宝玉听了，便走来，直问到脸上道："你这么说，是安心咒我天诛地灭？"黛玉一时解不过这话来。宝玉又道："昨儿还为这个起了誓呢，今儿你到底儿又重我一句！我就天诛地灭，你又有什么益处呢？"黛玉一闻此言，方想起昨日的话来。今日原自己说错了，又是急，又是愧，便抽抽搭搭地哭起来，说道："我要安心咒你，我也天诛地灭！何苦来呢！我知道昨日张道士说亲，你怕拦了你的好姻缘，你心里生气，来拿我煞性子！"

原来宝玉自幼生成来的有一种下流痴病，况从幼时和黛玉耳鬓厮磨，心情相对，如今稍明时事，又看那些邪书僻传。凡远亲近友之家所见的那些闺英闱秀，皆未有稍及黛玉者，所以早存一段心事，只不好说出来。故每每或喜或怒，变尽法子暗中试探。那黛玉偏生也是个有些痴病的，也每用假意试探，你也将真心真意瞒起来，我也将真心真意瞒起来，都只用假意试探，如此"两假相逢，终有一真"，其间琐琐碎碎，难保不有口角之事。即如此刻，宝玉的心内想的是："别人不知我的心还可恕，难道你就不想我的心里眼里只有你？你不能为我解烦恼，反来拿这个话堵噎我，可见我心里时时刻刻白有你，你心里竟没我了。"宝玉是这个意思，只口里说不出来。那黛玉心里想着："你心里自然有我，虽有'金玉相对'之说，你岂是重这邪说不重人的呢？我就时常提起这'金玉'，你只管了然无闻的，方见的是待我重，无毫发私心了。怎么我只一提'金玉'的事，你就着急呢？可知你心里时时有这个'金玉'的念头。我一提，你怕我多心，故意着急，安心哄我。"那宝玉心中又想着："我不管怎么样都好，只要你随意，我就立刻因你死了，也是情愿的。你知也罢，不欠也罢，只由我的心，那才是你和我近，不和我远。"黛玉心里又想着："你只管你就是了。你好，我自然好。你要把自己丢开，只管周旋我，是你不叫我近你，竟叫我远了。"

看官，你道两个人原是一个心，如此看来，却都是多生了枝叶，将那求近之心反弄成疏远之意了。此皆他二人素昔所存私心，难以备述。如今只说他们外面的形容。

那宝玉又听见他说"姻缘"三个字，越发逆了己意。心里干噎，口里说不出来，便赌气向颈上摘下通灵玉来，咬咬牙，狠命往地下一摔，道："什么劳什子！我砸了你，就完了事了！"偏生那玉坚硬非常，摔了一下，竟纹风不动。宝玉见不破，便回身找东西来砸。黛玉见他如此，早已哭起来，说道："何苦来你砸那哑巴东西？有砸他的，不如来砸我！"

二人闹着，紫鹃雪雁等忙来解劝。后来见宝玉下死劲地砸那玉，忙上来夺，又夺不下来。见比往日闹的大了，少不得去叫袭人。袭人忙赶了来，才夺下来。宝玉冷笑道："我是砸我的东西，与你们什么相干！"袭人见他脸都气黄了，眉眼都变了，从来没气的这么样，便拉着他的手，笑道："你和妹妹拌嘴，不犯着砸他；倘或砸坏了，叫他心里脸上怎么过的去呢？"黛玉一行哭着，一行听了这话，说到自己心坎儿上来，可见宝玉连袭人不如，越发伤心大哭起来。心里一急，方才吃的香薷饮、解暑汤，便承受

宝黛之间的爱情似乎诞生于一个神话——西方灵河岸边的三生石和绛珠草的缘起与缘灭，给了世间凡俗一个为爱惊喜的理由。

不住，"哇"的一声，都吐出来了。紫鹃忙上来用绢子接住，登时一口一口的，把块绢子吐湿。雪雁忙上来捶揉。紫鹃道："虽然生气，姑娘到底也该保重些。才吃了药，好些儿，这会子因和宝二爷拌嘴，又吐出来了；倘若犯了病，宝二爷怎么心里过的去呢？"宝玉听了这活，说到自己心坎儿上来，可见黛玉竟还不如紫鹃呢。又见黛玉脸红头胀，一行啼哭，一行气凑，一行是泪，一行是汗，不胜怯弱。宝玉见了这般，又自己后悔："方才不该和他较证，这会子他这样光景，我又替不了他。"心里想着，也由不得滴下泪来了。

袭人守着宝玉，见他两个哭的悲痛，也心酸起来。又摸着宝玉的手冰凉，要劝宝玉不哭罢，一则恐宝玉有什么委屈闷在心里，二则又恐薄了黛玉：两头儿为难。正是女儿家的心性，不觉也流下泪来。紫鹃一面收拾了吐的药，一面拿扇子替黛玉轻轻地扇着，见三个人都鸦雀无声，各自哭各自的，索性也伤起心来，也拿着绢子拭泪。四个人都无言对泣。还是袭人勉强笑向宝玉道："你不看别的，你看看这玉上穿的穗子，也不该和林姑娘拌嘴呀。"黛玉听了，也不顾病，赶来夺过去，顺手抓起一把剪子就来铰。袭人紫鹃刚要夺，已经剪了几段。黛玉哭道："我也是白效力，他也不稀罕，自有别人替他再穿好的去呢！"袭人忙接了玉道："何苦来何苦来！这是我才多嘴的不是了。"宝玉向黛玉道："你只管铰！我横竖不戴他，也没什么。"

只顾里头闹，谁知那些老婆子们见黛玉大哭大吐，宝玉又砸玉，不知道要闹到什么田地儿，便连忙地一齐往前头去回了贾母王夫人知道，好不至于连累了他们。那贾母王夫人见他们忙忙的做一件正经事来告诉，也都不知有了什么缘故，便一齐进园来瞧。急的袭人抱怨紫鹃："为什么惊动了老太太、太太？"紫鹃又只当是袭人着人去告诉的，也抱怨袭人。那贾母王夫人进来，见宝玉无言，黛玉也无话，问起来，又没为什么事，便将这祸移到袭人紫鹃两个人身上，说："为什么你们不小心服侍，这会子闹起来都不管呢？"因此将二人连骂带说教训了一顿。二人都没的说，只得听着。还是贾母带宝玉去了，方才平伏。

过了一日，至初三日，乃是薛蟠生日，家里摆酒唱戏，贾府诸人都去了。宝玉因得罪了黛玉，二人总未见面，心中正自后悔，无精打采，哪里还有心肠去看戏，因而推病不去。黛玉不过前日中了些暑溽之气，本无甚大病，听见他不去，心里想："他是好吃酒听戏的，今日反不去，自然是因为昨儿气着了；再不然他见我不去，他也没心肠去。只是昨儿千不该万不该铰了那玉上的穗子。管定他再不戴了，还得我穿了他才戴。"因而心中十分后悔。那贾母见他两个都生气，只说趁今儿那边去看戏，他两个见了，也就完了，不想又都不上。老人家急的抱怨说："我这老冤家，是哪一世里造下的孽障？偏偏儿的遇见了这么两个不懂事的小冤家儿，没有一天不叫我操心！真真的是俗语儿说的，'不是冤家不聚头'了。几时我闭了眼，断了这口气，任凭你们两个冤家闹上天去，我'眼不见，心不烦'，也就罢了。偏他娘的又不咽这口气！"自己抱怨着，也哭起来了。谁知这个话传到宝玉黛玉二人耳内，他二人竟从来没有听见过"不是冤家不聚头"的这句俗活儿，如今忽然得了这句活，好似参禅的一般，都低着头细嚼这句活的滋味儿，不觉地潸然泪下。虽然不曾会面，却一个在潇湘馆临风洒泪，一个在怡红院对月长吁，正是"人居两地，情发一心"了。袭人因劝宝玉道："千万不是，都是你的不是。往日家里的小厮们和他的姐姐妹妹拌嘴，或是两口子分争，你要是听见了，还骂那些小厮们蠢，不能体贴女孩儿们的心肠；今儿怎么你也这么着起来了？明儿初五，大节下的，你们两个再这么仇人似的，老太太越发要生气了，一定弄的大家不安生。依我劝你，正经下个气儿，赔个不是，大家还是照常一样儿的，这么着不好吗？"宝玉听了，不知依与不依。

系于一发 ①

◎ 卡尔·施普林根施密

卡尔·施普林根施密,美国作家。

    我们想:让姑妈把秘密公开吧!我们虽年幼,但毕竟长大了,好歹快成年了。有什么事不能对我们说呢?埃弗里纳姑妈真不用对我们保什么密了。就说那个圆的金首饰吧,她用一根细细的链,总是把它系在脖子上。我们猜想,这里准有什么异乎寻常的缘由,里面肯定嵌着那个她曾爱过的年轻人的小相片。也许她是白白地爱过他一阵哩!这个年轻人是谁呢?他们当时究竟怎样相爱的呢?那时情况又是如何呢?

    这没完没了的疑问使我们纳闷。

    我们终于使埃弗里纳姑妈同意给我们看看那个金首饰。我们急切地望着她。她把首饰放在平展开的手上,用指甲小心翼翼地塞进缝隙,盖子猛地弹开了。

---

① 选自《读者文摘(精粹版Ⅲ):天使走过人间》,东方笑主编,陕西师范大学出版社2006年版。

令人失望的是，里面没有什么照片，连一张变黄的小相片也没有，只有一根极为寻常的、结成蝴蝶结状的女人头发。难道全在这儿了吗？"是的，全在这儿，'姑妈微微地笑着，"就这么一根头发，我发结上的一根普普通通的头发，可它却维系着我的命运。更确切地说，这纤细的一根头发决定了我的爱情。你们现在这些年轻人也许不理解这点，你们把自爱不当回事，不，更糟糕的是，你们压根儿没想过这么做。对你们说来，一切都是那样直截了当，来者不拒，受之坦然，草草了事。我那时十九岁，他——事情关系到他——不满二十岁。他确是尽善尽美，当然最重要的是，他爱我。他经常对我这样说：我该相信这一点。至于我呢，虽然我俩间有许多话难以启口，但我是乐意相信他的。

"一天，他邀我上山旅行。我们要在他父亲狩猎用的僻静的小茅舍里过夜。我踌躇了好一阵。因为我还得编造些谎话让父母放心，不然他们说啥也不会同意我干这种事的。当时，我可是给他们好好地演了出戏，骗了他们。

"小茅舍坐落在山林中间，那儿万籁俱寂，孤零零地只有我们俩。他生了火，在灶旁忙个不歇，我帮他煮汤。饭后，我们外出，在暮色中漫步。两人慢慢地走着，无声胜有声，强烈的心声替代了言语，此时还有什么可说的呢？

"我们回到茅舍。他在小屋里给我置了张床。瞧他干起事来有多细心周到！他在厨房里给自己腾了个空位。我觉得那铺位实在不太舒服。

"我走进房里，脱衣睡下。门没上栓，钥匙就插在锁里。要不要把门栓上？这样，他就会听见栓门声，他肯定知道，我这样做是什么意思。我觉得这太幼稚可笑了。难道当真需要暗示他，我是怎么理解我们的欢聚的吗？话说到底，如果夜里他真想干些风流韵事的话，那么锁、钥匙都无济于事，无论什么都对他无奈。对他来说，此事尤为重要，因为它涉及到我俩的一辈子——命运如何全取决于他。不用我为他操心。

"在这关键时刻，我蓦地产生了一个奇妙的念头。是的，我该把自己'锁'在房里，可是，在某种程度上说，只不过是采用一种象征性的方法。我踮着脚悄悄地走到门边，从发结上扯下一根长发，把它缠在门手把和锁上，绕了好几道。只要他一触动手把，头发就会扯断。

"嗨，你们今天的年轻人呀！你们自以为聪明，聪明绝顶。但你们真的知道人生的秘密吗？这根普普通通的头发——翌日清晨，我完整无损地把它取了下来！——它把我们俩强有力地连在一起了，它胜过生命中其他任何东西。一俟时机成熟，我们就结为良缘。他就是我的丈夫，多乌格拉斯。你们是认识他的，而且你们知道，他是我一生的幸福所在。这就是说，一根头发虽纤细，但它却维系着我的整个命运。"

爱不苟且 [1]

◎ 程醉

布拉格非常小，用半天时间就能走完。

卡夫卡住在这个城市的黄金小巷22号。每天，他都要到希贝斯卡大街的雅可咖啡馆里进行思考和写作，维持生命的就是老板送的几片面包。他从来不问世事。

卡夫卡的特立独行，引起了一个女人的注意。她坐到卡夫卡的对面，从桌子上拿起他写好的稿纸，卡夫卡写一页，她便读一页。那是《变形记》手稿，当时，没有谁能读懂，这个女人是例外。

离开前，她通过酒侍，留下一张便笺，上面写着："我不得不承认，我喜欢上了你和你的作品。"

这个女人是俄罗斯著名记者米列娜·洁森斯卡，是一位银行家的夫人，但是，她隐瞒了这一切。以后，他们开始通过布拉格的邮差交流情感。

---

① 选自《现代妇女》2010年第11期。

1920年，一个偶然的机会，卡夫卡得知洁森斯卡是有夫之妇，他陷入深思。之后，卡夫卡停止与洁森斯卡的一切联系。

1921年，洁森斯卡再次来到布拉格，来到这家咖啡馆，她没有见到卡夫卡。在熟悉的亚麻桌布上，空余一副旧刀叉。

洁森斯卡离开布拉格的那个晚上，卡夫卡坐在咖啡馆幽暗的灯影里，给她写下最后一封信："现在，我已经记不起你脸庞的模样，只有你离开咖啡桌那一刹那的背影，历历在目。"

后来，他们没有见过面。

弥留之际，人们听到处于昏迷状态的卡夫卡，念叨着洁森斯卡的名字。

不横刀夺爱，不在爱的名义下苟且；把爱人放在光明之处，把自己放在光明之处。卡夫卡用孤寂的一生，表达自己对爱的尊重。

爱怕什么[①]

◎ 毕淑敏

毕淑敏（1952— ），著名作家，心理医生。著有《女心理师》、《养心的妙药》等。

爱挺娇气挺笨挺糊涂的，有很多怕的东西。

爱怕撒谎。当我们不爱的时候，假装爱，是一件痛苦而倒霉的事情。假如被人识破，我们就成了虚伪的坏蛋。你骗了别人的钱，可以退还；你骗了别人的爱，就成了无赦的罪人。假如别人不曾识破，那就更惨。除非你已良心丧尽，否则便要承诺爱的假象，那心灵深处的绞杀，永无宁日。

爱怕沉默。太多的人，以为爱到深处是无言。其实爱是很难描述的一种感情，需要详尽的表达和传递。爱需要行动，但爱绝不仅仅是行动，或者说是语言和感情的流露，也是行动不可或缺的一部分。我曾经和朋友们做过一个测验，让一个人心中充满一种独特的感觉，然后用表情和手势做出来，让其他不知底细的人猜测他的内心活动。出谜和解谜的人都欣然答应，自以为万无一失。结果，能正确解码的人

---

① 选自《有家的日子》，毕淑敏著，中央编译出版社2005年版。

少得可怜。当你自觉满脸爱意的时候，他人误读的结论千奇百怪。比如认为那是——矜持、发呆、忧郁……

一位妈妈，胸有成竹地低下头，做出一个表情。我和另一位女士愣愣地看着她，相互对视了一下，异口同声地说：你要自杀！她愤怒地瞪着我们说：岂有此理？你们怎么那么笨！我此刻心头正充盈着温情！愚笨的我俩挺惭愧的，但没等我们道歉的话出口，那位妈妈恍然大悟道：原来是这样！怪不得我每次这样看着儿子的时候，他都会不安地说：妈妈，我又做错了什么？你又在发什么愁？

爱需要表达，就像耗电太快的电器，每日都得充电。重复而新鲜地描述爱意吧，它是一种勇敢和智慧的艺术。

爱怕犹豫。爱是羞怯和机灵的，一不留神它就吃了鱼饵闪去。爱的初起往往是柔若无骨的碰撞和翩若惊鸿的引力。在爱的极早期，就敏锐地识别自己的真爱，是一种能力，更是一种果敢。爱一桩事业，就奋不顾身地投入。爱一个人，就勇往直前地追求。爱一个民族，就挫骨扬灰地献身。爱一桩事业，就呕心沥血。爱一种信仰，就至死不悔。

爱怕模棱两可。要么爱这一个，要么爱那一个，遵循一种"全或无"的铁律。爱，就铺天盖地，不遗下一个角落。不爱就应该快刀斩乱麻，迟疑延宕是对他人和自己的不负责任。

爱怕沙上建塔。那样的爱，无论多么玲珑剔透，潮起潮落，遗下的只是无珠的蚌壳和断根的水草。

爱怕无源之水。沙漠里的河啊，即便不是海市蜃楼，波光粼粼又能坚持几天？当沙暴袭来的时候，最先干涸的正是泪水积聚的咸水湖。

爱怕假冒伪劣。真的爱也许不那么外表光鲜、色彩艳丽，没有精致的包装，没有夸口的广告，但是它有内在的质量保证。真爱并非不会发生短路与损伤，但是它有保修单，那是两颗心的承诺，写在天地间。

爱是一个有机整体，怕分割。好似钢化玻璃，据说坦克轧上也不会碎，可惜它的弱点是宁折不弯，脆不可裁。一旦破碎，就裂成了无数蚕豆大的渣滓，流淌一地，闪着凄楚的冷光，再也无法复原。

　　爱的脚力不健，怕远。距离会漂淡彼此相思的颜色。假如有可能，就靠得近一点，再近一点，直到水乳交融、亲密无间。万万不要人为地以分离考验它的强度，那样你也许会后悔莫及。尽量地创造并肩携手"天人合一"的机会。

　　爱像仙人掌类的花朵，怕转瞬即逝。爱可以不朝朝暮暮，爱可以不卿卿我我，但爱要铁杵磨针、恒远久长。

　　爱怕平分秋色。在爱的钢丝上不能学高空王子，不宜做危险动作。即使你摇摇晃晃，一时不曾跌落，也是偶然性在救你，任何一阵旋风，都可能使你飘然坠毁。最明智最保险的是赶快从高空回到平地，在泥土上留下深深的脚印。

　　爱怕刻意求工。爱可以披头散发，爱可以荆钗布裙，爱可以粗茶淡饭，爱可以风餐露宿。只要有一腔真情，爱就有了依傍。

　　爱的时候，眼睛近视散光，只爱看江山如画。耳朵是聋的，只爱听莺歌燕舞。爱让人片面，爱让人轻信。爱让人智商下降，爱让人一厢情愿。爱最怕的，是腐败。爱需要天天注入激情和活力，但又如深潭，波澜不惊。

《没有字的故事》　　　　　　　麦绥莱勒（1920）

"雷霆雨露,无不是恩泽",这是一些表达爱的故事,生命中最原始的舐犊之情的浓缩。父母,犹如大树,快乐奉献,无私付出,他们是儿女生命坚守的永恒信念,是他们人生旅途中暗夜里熠熠生辉的一盏不灭的灯。"谁言寸草心,报得三春晖?"别迟疑,学会表达,学会感恩,不要让"树欲静而风不止,子欲养而亲不待"成为永久的痛与悔!

猜猜我有多爱你

猜猜我有多爱你①

◎　山姆·麦克布雷尼

山姆·麦克布雷尼（1945—），爱尔兰作家，创作的童书富含
童心和想象力，畅销全球。作品有《JUST ONE！》、《你们都是
我的最爱》、《猜猜我有多爱你》等。

小兔子要上床睡觉了。他紧紧抓着大兔子的长耳朵。他要大兔子
好好地听他说。

"猜猜我有多爱你。"

"噢，我大概猜不出来。"大兔子说。

"我爱你这么多。"小兔子把手臂张开，开得不能再开。

大兔子有一双更长的手臂，他张开来一比，说："可是，我爱你这
么多。"

小兔子想："嗯，这真的很多。"

"我爱你，像我举的这么高，高得不能再高。"小兔子说。

"我爱你，像我举的这么高，高得不能再高。"大兔子说。

这真的很高，小兔子想。希望我的手臂可以像他一样。

---

① 选自《猜猜我有多爱你》，〔爱尔兰〕麦克布雷尼著，〔英〕安妮塔·婕朗
图，梅子涵译，中国少年儿童出版社2005年版。

小兔子又有一个好主意。他把脚顶在树干上倒挂起来了。他说：
"我爱你到我的脚趾头这么多。"

大兔子把小兔子抛起来，飞得比他的头还高，说："我爱你到你的
脚趾头那么多。"

小兔子笑起来了，说："我爱你，像我跳的这么高，不能再高。"他
跳过来又跳过去。

大兔子笑着说："可是，我爱你，像我跳的这么高，高得不能再
高。"他往上一跳，耳朵都碰到树枝了。

"跳得真高，"小兔子想，"真希望我也可以跳得像他一像高。"

小兔子大叫："我爱你，一直到过了小路，在远远的河那边。"

大兔子说："我爱你，一直到过了远远的小河，越过山的那
一边。"

小兔子想，那真的好远。他开始困了，想不出来了。他看着树丛后
面那一大片的黑夜，没有任何东西比天空更远了。

小兔子闭上了眼睛说："我爱你，从这里一直到月亮。"

"噢! 那么远，"大兔子说，"真的非常远、非常远。"大兔子轻轻
的把小兔子放到叶子铺成的床上，低下头来亲亲他，祝他晚安。

然后，大兔子躺在小兔子的旁边，小声地、轻轻地、微笑着说：
"我爱你，从这里一直到月亮，再——绕、回、来。"

爷爷一定有办法①

◎ 菲比·吉尔曼

菲比·吉尔曼，生于纽约，现定居加拿大，她的书充满着奇妙的想象力。《爷爷一定有办法》是她出版的第七本书。

当约瑟还是娃娃的时候，爷爷为他缝了一条奇妙的毯子。

……毯子又舒服、又保暖，还可以把噩梦通通赶跑。不过，约瑟渐渐长大了，奇妙的毯子也变得老旧了。

有一天，妈妈对他说："约瑟，看看你的毯子，又破又旧，真该把它丢了。"约瑟说："爷爷一定有办法。"爷爷拿起了毯子，翻过来，又翻过去。

"嗯……"爷爷拿起剪刀开始喀吱、喀吱地剪，再用针飞快地缝进、缝出、缝进、缝出。爷爷说："这块料子还够做……

"……一件奇妙的外套。"约瑟穿上这件奇妙的外套，开心地跑出去玩了。不过，约瑟渐渐长大，奇妙的外套也变得老旧了。

有一天，妈妈对他说："约瑟，看看你的外套，缩水了、变小了，一

_____

① 选自《爷爷一定有办法》，（加）吉尔曼文图，宋珮译，少年儿童出版社2005年版。

点儿也不合身，真该把它丢了！"

约瑟说："爷爷一定有办法。"爷爷拿起了外套，翻过来，又翻过去。

"嗯……"爷爷拿起剪刀开始喀吱、喀吱地剪，再用针飞快地缝进、缝出、缝进、缝出。爷爷说，"这块料子还够做……

"……一件奇妙的背心。"第二天，约瑟穿着这件奇妙的背心去上学。不过，约瑟渐渐长大了，奇妙的背心也变得老旧了。

有一天，妈妈对他说："约瑟，看看你的背心！上面沾了胶，又粘着颜料，真该把它丢了！"

约瑟说："爷爷一定有办法。"爷爷拿起了背心，翻过来，又翻过去。

"嗯……"爷爷拿起剪刀开始喀吱、喀吱地剪，再用针飞快地缝进、缝出、缝进、缝出。爷爷说，"这块料子还够做……

"……一条奇妙的领带。"每个礼拜五，约瑟都戴着这条奇妙的领带去爷爷奶奶家。不过，约瑟渐渐长大了，奇妙的领带也变得老旧了。

有一天，妈妈对他说："约瑟，看看你的领带！沾到泛，脏了一大块，弄得它都变形了，真该把它丢了。"

约瑟说："爷爷一定有办法。"爷爷拿起了领带，翻过来，又翻过去。

"嗯……"爷爷拿起剪刀

约瑟从小就和爷爷感情深厚，他相信爷爷一定有办法把旧东西变成新的。

开始喀吱、喀吱地剪,再用针飞快地缝进、缝出、缝进、缝出。爷爷说,"这块料子还够做……

"……一块奇妙的手帕。"约瑟收集的小石头,就用这块奇妙的手帕包得好好的。不过,约瑟渐渐长大了,奇妙的手帕也变得老旧了。

有一天,妈妈对他说:"约瑟,看看你的手帕!已经用得破破烂烂、斑斑点点的,真该把它丢了。"

约瑟说:"爷爷一定有办法。"爷爷拿起了手帕,翻过来,又翻过去。

"嗯……"爷爷拿起剪刀开始喀吱、喀吱地剪,再用针飞快地缝进、缝出、缝进、缝出。爷爷说,"这块料子还够做……

"……一颗奇妙的纽扣。"约瑟把这颗奇妙的纽扣装在他的吊带上,这样裤子就不会滑下来了。

有一天,妈妈对他说:"约瑟,你的纽扣呢?"约瑟一看,纽扣不见了!

他找遍了所有的地方,就是找不到纽扣。约瑟跑到爷爷家。

约瑟嚷着:"我的纽扣!我的奇妙纽扣不见了!"他的妈妈跟着跑来,说:"约瑟!听我说——"

"那颗纽扣没有了、不在了、消失了。即使是爷爷也没办法无中生有呀!"爷爷难过地摇摇头,说:"约瑟啊,你妈妈说得没错。"

第二天,约瑟去上学。"嗯……"约瑟拿起笔来,在纸上刷刷地写着,他说:"这些材料还够……写成一个奇妙的故事。"

母爱永恒 ①

◎ 江南雨

青海省有一个沙漠地区特别缺水。据介绍，每人每天只有靠驻军从很远的地方运来三斤定额的水量。三斤水，不光饮用、淘米、洗菜……最后还要喂牲口。

牲口缺水不行，渴啊！终于有一天，一头一向被人们认为憨厚、忠诚的老牛渴极了，挣脱缰绳，强行闯入沙漠中一条运水车必经的公路。老牛以惊世骇俗的识别力，等了半天，等来了运水的军车。老牛迅速顶上去，运水的战士以前也碰到过牲口拦路索水这样的情形，但那些动物不像老牛这样倔强。部队有规定，运水车在中途不能出现"跑冒滴漏"，更不能随便给水。这些规定，看似无情，实则不得已，这每一滴水都是一个人的"口粮"啊！沙漠中，人和牛就这样耗着，持续了好半天，最后甚至造成了堵车。后面的司机开始骂骂咧咧，有些性急的司机用汽油点火试图驱走老牛。可老牛没有动，泰山一样，不放

① 选自《新世纪文学选刊·上半月》2001年第11期。

松。直到牛的主人寻来。

牛主人愧疚极了，操起长鞭狠狠打在瘦弱的老牛身上，老牛被打得浑身青筋直冒，可还是没有动，最后顺着鞭痕沥出的血迹染红了鞭子，染红了牛身，染红了黄沙，染红了夕阳。老牛的凄惨哞叫，和着沙漠中阴冷的酷风，显得那么悲壮。一旁的运水战士哭了，等车的司机也哭了。最后，运水的战士说："就让我违反一次队规吧，我愿接受处分。"他拿出自己随身的水盆，从水车上放了三斤左右的水，放在老牛面前。

老牛没有喝面前以死抗争得到的水，面对夕阳，仰天长啸，似乎在呼唤。晚霞中，不远的沙堆背后跑来一头小牛，受伤的老牛看着小牛贪婪地喝完水，伸出舌头，舔舔爱子的眼睛，孩子也舔了舔母亲的眼睛，沉寂中的人们看到了母子眼中的泪水。天边燃起最后一丝余辉，母子俩没等主人吆喝，在人们的一片静寂无语中，踏上了回家的路。

20世纪末的一个晚上，当我从湖南卫视看到这感天动地的一幕时，我想起二十多年前改革开放之初家庭的贫穷，想起了我那至今劳作的苦难的母亲，我和电视机前的许多观众一样，留下了滚烫的热泪。

这个世界，无论何时何地，母爱是永恒的。

疯娘①

◎ 树儿

树儿，笔名，作者原名王恒绩，现为《爱情婚姻家庭》杂志社采访部主任。本文创作于2004年底，一经发表，便引起巨大轰动。

二十三年前，有个年轻的女子流落到我们村，蓬头垢面，见人就傻笑，且毫不避讳地当众小便。因此，村里的媳妇们常对着那女子吐口水，有的媳妇还上前踹几脚，叫她"滚远些"。可她就是不走，依然傻笑着在村里转悠。

那时，我父亲已有三十五岁。他曾在石料场子干活被机器绞断了左手，又因家穷，一直没娶媳妇。奶奶见那女子还有几分姿色，就动了心思，决定收下她给我父亲做媳妇，等她给我家"续上香火"后，再把她撵走。父亲虽老大不情愿，但看着家里这番光景，咬咬牙还是答应了。结果，父亲一分未花，就当了新郎。

娘生下我的时候，奶奶抱着我，瘪着没剩几颗牙的嘴，欣喜地说："这疯婆娘，还给我生了个带把的孙子。"只是我一生下来，奶奶就把

---

① 选自《感动中学生的精品美文：有一种情感永不泯灭》，卢祥之主编，青岛出版社2006年版。

我抱走了,而且从不让娘靠近。

娘一直想抱抱我,多次在奶奶面前吃力地喊:"给,给我……"奶奶没理她。我那么小,像个肉嘟嘟,万一娘失手把我掉在地上怎么办?毕竟,娘是个疯子。每当娘有抱我的请求时,奶奶总瞪起眼睛训她:"你别想抱孩子,我不会给你的。要是我发现你偷抱了他,我就打死你。即使不打死,我也要把你撵走。"奶奶说这话时,没有半点儿含糊的意思。娘听懂了,满脸的惶恐,每次只是远远地看着我。尽管娘的奶胀得厉害,可我没能吃到娘的半口奶水,是奶奶一匙一匙把我喂大的。奶奶说娘的奶水里有"神经病",要是传染给我就麻烦了。

那时,我家依然在贫困的泥潭里挣扎。特别是添了娘和我后,家里常常揭不开锅。奶奶决定把娘撵走,因为娘不但在家吃"闲饭",时不时还惹是生非。

一天,奶奶煮了一大锅饭,亲手给娘添了一大碗,说:"媳妇儿,这个家太穷了,婆婆对不起你。你吃完这碗饭,就去找个富点儿的人家过日子,以后也不准来了,啊?"娘刚扒了一大团饭在口里,听了奶奶下的"逐客令"显得非常吃惊,一团饭就在嘴里凝滞了。娘望着奶奶怀中的我,口齿不清地哀叫:"不,不要……"奶奶猛地沉下脸,拿出威严的家长作风厉声吼道:"你这个疯婆娘,犟什么犟,犟下去没你的好果子吃。你本来就是到处流浪的,我收留了你两年了,你还要怎么样?吃完饭就走,听到没有?"说完奶奶从门后拿出一柄锄,像佘太君的龙头杖似的往地上重重一磕,"咚"地发出一声响。娘吓了一大跳,怯怯地看着婆婆,又慢慢低下头去看面前的饭碗,有泪水落在白花花的米饭上。在逼视下,娘突然有个很奇怪的举动,她将碗中的饭分了一大半给另一只空碗,然后可怜巴巴地看着奶奶。

奶奶呆了,原来,娘是向奶奶表示,每餐只吃半碗饭,只求别赶她走。心仿佛被人狠狠揪了几把,奶奶也是女人,她的强硬态度也是装出来的。奶奶别过头，生生地将热泪憋了回去，然后重新板起了脸说："快吃快吃，吃了快走。在我家你会饿死的。"娘似乎绝望了，连那半碗饭也没吃，跟跟跄跄地出了门，却长时间站在门前不走。奶奶硬着心肠说："你走，你走，不要回头。天底下富裕人家多着呢！"娘反而走拢来，一双手伸向婆婆怀里，原来，娘想抱抱我。

奶奶犹豫了一下，还是将襁褓中的我递给了娘。娘第一次将我搂在怀里，咧开嘴笑了，笑得春风满面。奶奶却如临大敌，两手在我身下接着，生怕娘的疯劲一上来，将我像扔垃圾一样丢掉。娘抱我的时间不足三分钟，奶奶便迫不及待地将我夺了过去，然后转身进屋关上了门。

当我懵懵懂懂地晓事时，我才发现，除了我，别的小伙伴都有娘。我找父亲要，找奶奶要，他们说，你娘死了。可小伙伴却告诉我："你娘是疯子，被你奶奶赶走了。"我便找奶奶扯皮，要她还我娘，还骂她是"狼外婆"，甚至将她端给我的饭菜泼了一地。那时我还没有"疯"的概念，只知道非常想念她，她长什么样？还活着吗？没想到，在我六岁那年，离家五年的娘居然回来了。

那天，几个小伙伴飞也似的跑来报信："小树，快去看，你娘回来了，你的疯娘回来了。"我喜得屁颠屁颠的，撒腿就往外跑，父亲奶奶随着我也追了出来。这是我有记忆后第一次看到娘。她还是破衣烂衫，头发上还有些枯黄的碎草叶，天知道是在那个草堆里过的夜。娘不敢进家门，却面对着我家，坐在村前稻场的石碾上，手里还拿着个脏兮兮的气球。当我和一群小伙伴站在她面前时，她急切地从我们中间搜寻她的儿子。娘终于盯住我，死死地盯住我，咧着嘴叫我："小树……球……球……"她站起来，不停地扬着手中的气球，讨好地往我怀里塞。我却一个劲儿地往后退。我大失所望，没想到我日思夜想的娘居然是这样一副形象。一个小伙伴在一旁起哄说："小树，你现在知道疯子是什么样了吧? 就是你娘这样的。"

我气愤地对小伙伴说:"她是你娘! 你娘才是疯子,你娘才是这个样子!"我扭头就跑了。这个疯娘我不要了。奶奶和父亲却把娘领进了门。当年,奶奶撵走娘后,她的良心受到了拷问,随着一天天衰老,她的心再也硬不起来,所以主动留下了娘,而我老大不乐意,因为娘丢了我的面子。

我从没给娘好脸色看,从没跟她主动说过话,更没有喊她一声"娘",我们之间的交流是以我"吼"为主,娘是绝不敢顶嘴的。

家里不能白养着娘,奶奶决定训练娘做些杂活。下地劳动时,奶奶就带着娘出去"观摩",说不听话就要挨打。

过了些日子,奶奶以为娘已被自己训练得差不多了,就叫娘单独出去割猪草。没想到,娘只用了半小时就割了两筐"猪草"。奶奶一看,又急又慌,娘割的是人家田里正生浆拔穗的稻谷。奶奶气急败坏地骂她:"疯婆娘谷草不分……"奶奶正想着如何善后时,稻田的主人找来了,竟说是奶奶故意教唆的。奶奶火冒三丈,当着人家的面拿出棍棒一下敲在娘的后腰上,说:"打死你这个疯婆娘,你给老娘滚远些……"

娘虽疯,疼还是知道的,她一跳一跳地躲着棒槌,口里不停地发出"别、别……"的哀号。最后,人家看不过眼,主动说:"算了,我们不追究了。以后把她看严点就是……"这场风波平息后,娘歪在地上抽泣着。我鄙夷地对她说:"草和稻子都分不清,你真是个猪。"话音刚落,我的后脑勺挨了一巴掌,是奶奶打的。奶奶瞪着眼骂我:"小兔崽子,你怎么说话的? 再这么着,她也是你娘啊!"我不屑地嘴一撇:"我没有这样的傻疯娘!"

"嗬,你真是越来越不像话了。看我不打你!"奶奶又举起巴掌,这时只见娘像弹簧一样从地上跳起,横在我和奶奶中间,娘指着自己的头，"打我、打我"地叫着。

我懂了，娘是叫奶奶打她，别打我。奶奶举在半空中的手颓然垂下，嘴里喃喃地说道："这个疯婆娘，心里也知道疼爱自己的孩子啊！"我上学不久，父亲被邻村一位养鱼专业户请去守鱼池，每月能赚五十元。娘仍然在奶奶的带领下出门干活，主要是打猪草，她没再惹什么大的乱子。

记得我读小学三年级的一个冬日，天空突然下起了雨，奶奶让娘给我送雨伞。娘可能一路摔了好几跤，浑身像个泥猴似的，她站在教室的窗户旁望着我傻笑，口里还叫："树……伞……"一些同学嘻嘻地笑，我如坐针毡，对娘恨得牙痒痒，恨她不识相，恨她给我丢人，更恨带头起哄的范嘉喜。当他还在夸张地模仿时，我抓起面前的文具盒，猛地向他砸过去，却被范嘉喜躲过了，他冲上前来掐住我的脖子，我俩撕打起来。我个小，根本不是他的对手，被他轻易压在地上。这时，只听教室外传来"嗷"的一声长啸，娘像个大侠似的飞跑进来，一把抓起范嘉喜，拖到了屋外。都说疯子力气大，真是不假。娘双手将欺负我的范嘉喜举向半空，他吓得哭爹喊娘，一双胖乎乎的小腿在空中乱踢蹬。娘毫不理会，居然将他丢到了学校门口的水塘里，然后一脸漠然地走开了。

娘为我闯了大祸，她却像没事似的。在我面前，娘又恢复了一副怯怯的神态，讨好地看着我。我明白这就是母爱，即使神志不清，母爱也是清醒的，因为她的儿子遭到了别人的欺负。当时我情不自禁地叫了声："娘！"这是我会说话以来第一次喊她。娘浑身一震，久久地看着我，然后像个孩子似的羞红了脸，咧了咧嘴，傻傻地笑了。那天，我们母子俩第一次共撑一把伞回家。我把这事跟奶奶说了，奶奶吓得跌倒在椅子上，连忙请人云把爸爸叫了回来。爸爸刚进屋，一群拿着刀棒的壮年男人闯进我家，不分青红皂白，先将锅碗瓢盆砸了个稀巴烂，家里像发生了九级地震。这都是范嘉喜家请来的人，范父恶狠狠地指着爸爸的鼻子说："我儿子吓出了神经病，现在卫生院躺着。你家要不拿出一千块钱的医药费，我他妈一把火烧了你家的房子。"

一千块？爸爸每月才五十块钱啊！看着杀气腾腾的范家人，爸爸的眼睛慢慢烧红了，他用非常恐怖的目光盯着娘，一只手飞快地解下腰间的皮带，劈头盖脸地向娘打去。一下又一下，娘像只惶惶偷生的老鼠，又像一只跑进死胡同的猎物，无助地跳着、躲着，她发出的凄厉声以及皮带抽在她身上发出的那种清脆的声响，我一辈子都忘不了。最后还是派出所所长赶来制止了爸爸施暴的手。派出所的调解结果是，双方互有损失，两不亏欠。谁再闹就抓谁！一帮人走后，爸爸看看满屋狼籍的锅碗碎片，又看看伤痕累累的娘，他突然将娘搂在怀里痛哭起来，说："疯婆娘，不是我硬要打你，我要不打你，这事下不了地，咱们没钱赔人家啊。这都是家穷惹的祸！"爸又看着我说："树儿，你一定要好好读书考大学。要不，咱们就这样被人欺负一辈子啊！"我懂事地点点头。

2000年夏，我以优异成绩考上了高中。积劳成疾的奶奶不幸去世，家里的日子更难了。恩施州的民政局将我家列为特困家庭，每月补助四十元钱，我所在的高中也适当减免了我的学杂费，我这才得以继续读下去。

由于是住读，学习又抓得紧，我很少回家。父亲依旧在为五十元打工，为我送菜的担子就责无旁贷地落在娘身上。每次总是隔壁的姊姊帮忙为我炒好咸菜，然后交给娘送来。二十公里的羊肠山路亏娘牢牢地记了下来，风雨无阻。也真是奇迹，凡是为儿子做的事，娘一点儿也不疯。除了母爱，我无法解释这种现象在医学上应该怎么破译。

2003年4月27日，又是一个星期天，娘来了，不但为我送来了菜，还带来了十几个野鲜桃。我拿起一个，咬了一口，笑着问她："挺甜的，哪来的？"娘说："我……我摘的……"没想到娘还会摘野桃，我由衷地表扬她："娘，您真是越来越能干了。"娘嘿嘿地笑了。

娘临走前，我照例叮嘱她注意安全，娘哦哦地应着。送走娘，我又扎进了高考前最后的复习中。第二天，我正在上课，婶婶匆匆地赶来学校，让老师将我喊出教室。婶婶问我娘送菜来没有，我说送了，她昨天就回去了。婶婶说："没有，她到现在还没回家。"我心一紧，娘该不会走错道吧？可这条路她走了三年，照理不会错啊。婶婶问："你娘没说什么？"我说没有，她给我带了十几个野鲜桃哩。婶婶两手一拍："坏了坏了，可能就坏在这野鲜桃上。"婶婶问我请了假，我们沿着山路往回找，回家的路上确有几棵野桃树，桃树上稀稀拉拉地挂着几个桃子，因为长在峭壁上才得以保存下来。我们同时发现一棵桃树有枝丫折断的痕迹，树下是百丈深渊。婶婶看了看我说："我们到峭壁底下去看看吧！"我说："婶婶你别吓我……"婶婶不由分说，拉着我就往山谷里走……

娘静静地躺在谷底，周边是一些散落的桃子，她手里还紧紧攥着一个，身上的血早就凝固成了沉重的黑色。我悲痛得五脏俱裂，紧紧地抱住娘，说："娘啊，我的苦命娘啊，儿悔不该说这桃子甜啊，是儿子要了你的命……娘啊，您活着没享一天福啊……"我将头贴在娘冰凉的脸上，哭得漫山遍野的石头都陪着我落泪……

2003年8月7日，在娘下葬后的第一百天，湖北大学烫金的录取通知书穿过娘所走过的路，穿过那几株野桃树，穿过村前的稻场，径直"飞"进了我的家门。我把这份迟到的书信插在娘冷寂的坟头："娘，儿出息了，您听到了吗？您可以含笑九泉了！"

锅盔 煎饼 石子馍①

◎ 依娃

　　我刚七岁时，因为家境贫困，日子艰难，加上已有三个女娃的父母一心想生个男娃，父亲便写信商量把我过继给外省城里没有孩子的亲戚。乡下一切由男人说了算，男人是家里头的掌柜的。父亲定下送我，母亲心里刀子剜样的难过，却又不敢言语什么。

　　父亲送我走的时候，正是正月，家里陈麦吃完了，新麦还在地里长着。母亲着急地胡翻腾，从柜里找出自己点灯熬夜纺的一斤线，从邻家换回几升白面，给我发面烙锅盔。母亲说烙的馍香，不容易坏，好上路吃。母亲怕我性子急看不好火，喊了心细的春芳嫂来帮忙。我们那地方烙的锅盔有水缸盖那么大，近三寸厚，得盖上盖子用微火慢慢烙一个多钟头。火看不好，外面焦黑，里面又不熟。

　　我提着麦秸笼进厨房，见母亲双手用擀杖擀锅盔，她不住地吸着鼻子，眼泪成串成串地往下掉，有些都滴到了锅盔上。母亲用袖子抹

————————
① 选自《青年文摘（红版）》2006年第9期。

抹眼睛说："娃走呀，屋里恓惶（穷苦），看娃瘦的，也没办法给娃好好烙些馍。城里生活能好些。"母亲好像是说给春芳嫂听的，又像是说给我听的。灶房里弥漫着烧麦秸的烟味、锅盔的麦香气和母亲无奈的悲伤。

待锅盔搁凉了，母亲把它切成一角一角，全部装进布袋里给我拿上。三岁多的妹子抱着母亲的腿缠着要吃锅盔，被母亲一把推到一边，"你吃啥哩，你姐姐要走哩。"惹得妹子啼哭不止，母亲拾掇些案板上的锅盔渣渣给她，她才不哭了。

我背着黄灿灿、松软软、香喷喷的锅盔离开了家，公共汽车开出很远了，我回头看，母亲还站在路边。那一年，母亲还不到三十岁，是个好看的小媳妇，梳着两条粗辫子，脸圆圆的，泛着光……那以后，就很少有机会见到母亲了。

我长大工作后，每年有一个月探亲假可以回家，那时家里的生活也逐渐好些了。

每次一进家门，母亲一见到我就大声嚷嚷："瘦了，瘦了，看瘦成啥样子了。"过后又对来串门的婶子嫂子说我比以前瘦了。事实上正值发育的我身体壮得像头小母牛，成天为减肥发愁。我想母亲只是怜惜我不在她身边吧。

回到家，母亲很少坐下来和我说话闲谈。母亲不识几个字，从没在城市生活过，单位、工作这些事情对她来说都太陌生了，我生怕自己说不到地方上。母亲高兴做的、能做的就是问我："今个想吃啥饭？"我随口说个啥，母亲就在灶房丁丁当当烟熏火燎忙活大半天，饭桌上就端来我说过的想吃的饭食，捞干面、包子、饺子、煎饼、搅团、漏鱼儿……每天变着花样吃。一日早饭，我进灶房帮着端饭，看见母亲舀起一勺稀饭，又小心地把上面清的米汤倒回锅里，把稠的倒进碗里，一勺勺重复着倒来倒去，我好奇地问："妈，你干啥呢？"母亲说：

"我想给你多捞些豆子。"那一刻,我的心里一颤,这句话深深烙在我的心上,让我一直铭记。

我每次探亲离开家的那个晚上,灶房里的灯都要亮到三更半夜。母亲揉面,让父亲拉风箱,给我打石子馍。就是把石子先烧烫了,铲出来一些,把薄薄的饼放在石子上,再盖上铲出的石子,用石子的高温把饼烙熟。石子馍坑坑洼洼,薄脆干香,牙口好的人都喜欢吃。我说不用麻烦了,路上买些吃就行了。母亲反驳道:"外面啥都贵得很,也不能顿顿买着吃,咱自己的馍还是好吃。"父亲也帮腔:"你妈愿意弄就让她弄,你妈高兴弄。"第二天,母亲一脸倦容眼布红丝,给我装上大的小的圆的椭圆的石子馍,叮嘱我:"路上饥了吃。"

去年春天,我从美国回到离开十年的家,第一眼见到母亲简直不敢相认,母亲头发花白了,牙掉了不少,脸像放得过久干枯了的苹果,布满横纹,从前那个年轻的小媳妇已是六十老妇。我不由得搂着母亲哭泣不止。可母亲打量着我又说:"瘦了,瘦了,在外面不容易。"母亲不住地用粗糙干枯的手抹着老泪。听父亲说,我不在家的这些年,母亲常常拿着我的照片暗自难过,说:"娃咋走得么这远?"

短短的几日团圆,母亲做了早饭备午饭,刚洗刷了锅碗又点火,乐颠颠手忙脚乱自不必说,又跑去邻村人家的蔬菜大棚称回一笼西红柿。因为不是季节,要三块钱一斤。有人对母亲说:"这阵菜价大得很,你还舍得买?"母亲说:"称了给娃吃,我娃爱吃生洋柿子。"小时候,生西红柿就是我们姐妹的水果,我一次能吃四五个呢。这么多年了,母亲还记得。

临走的那晚,母亲抱着枕头进来说:"我和你睡一晚,明就走了。"母亲的神情生怕我不愿意,我赶紧帮母亲铺好被子。我和母亲面对面睡着,说着话,我又变成母亲身边的娃。很多很多年没有和母亲一起睡过了。母亲反复说:"现在屋里日子好得很,顿顿都吃白面馍哩,你在外面别操心。"

第二天,母亲天麻麻亮就起来了,却不让我起。"你多睡一会儿,上路哩。"

我看看表,还不到五点。一会儿就听到灶房里传来切菜声、拉风箱声、炒菜声;又听到春芳嫂在院子里说:"我给你帮忙烧火。"

我临行的早饭桌上摆着酱牛肉、炒鸡蛋、蒜薹肉丝、拌豆腐干、凉拌黄瓜等七八个菜,说实话,谁大清早有胃口吃这些。母亲端上厚厚一盘煎饼专门放在我面前,我才顿悟,她早早起来。就是为了给我摊煎饼。想想我昨晚上是说过这几天好吃的太多,还没吃上煎饼。

"我妈爱排场,吃个早饭也摆个七碟八碗。"我故意说笑,以冲淡饭桌上和家人即将离别的伤感气氛,唯恐母亲难过。

"做娘的心,让娃吃上,心里就舒坦了,你从小又不在跟前……"春芳嫂在一边说。

为了让母亲高兴.我一会儿卷牛肉,一会儿卷黄瓜,一连吃了四五张煎饼。好香,还是我以前吃过的味道。母亲知道,我从小就喜欢吃筋筋的软软的煎饼,可那几年粮食又不宽裕,一年吃不上几回煎饼。母亲又用塑料袋装了七八张,让我路上吃……

在回美国的飞机上,午餐时间,我把飞机上的餐盒放在一边,拿出母亲摊的煎饼,咬了一口,仿佛看到头发灰白面容憔悴的母亲往锅上擦油、往里倒面汁、摊煎饼的身影,不知下次回来要到几时。我咽不下煎饼,掩面而泣伤心不已……

"Honey, something wrong? "(亲爱的,怎么了?)身边的白人妇女小声问我。

"No, I just missed my mum."(没什么,我只是想我的妈妈了。)

终于承认你已经老去①

◎ 安宁

安宁，80后作家，大学老师，副教授。《读者》、《青年文摘》
等多家期刊签约作家。

一

我和他一直都没有共同语言。我总怀疑自己是他捡来的，但事实
上，我的确是他亲生的儿子：有与他一样棱角分明的脸，一样淡漠冰
冷的神情，甚至眉毛的走势，都是一样的倔强又执拗。每次我们一起
出门，即便是隔了一段距离，一前一后地走，也还是会有人在背后小
声地议论，说，这定是一对父子，看他们昂头走路的姿势，简直是一
个模子里刻出来的。

这样的结论，常常让我难过。他是一个我多么想要摆脱掉的人
啊!有着尖酸刻薄的言语，从来不懂得温柔，看见了我，永远像见了阶
级敌人一样。像小时候挨他打时那样，拼命地想要躲闪开他，岁月却
是悄无声息的，还是在我的身上深深刻下了他的痕迹。母亲每次从远
方来，看我对她买来的大堆礼物不屑一顾的样子，总会叹气，说：你
怎么就和他一样总让人伤心呢。这句话，母亲说出来，只是感慨，而

① 选自《儿童文学》2007年第2期。

一旁漫不经心听着的我，内心却立刻会弥漫了感伤。我想这是宿命，我极力想要逃掉的，却反而愈加清晰鲜明地烙进我的生命。

在我十四岁以前，我和他也曾经有过快乐的时光。那时候他和母亲还没有离婚，他在一家单位做工程师，业绩不错，备受领导赏识。他心情因此也好，不怎么和母亲吵架，但却是因了我的顽劣，像吃饭一样频繁地与我恶语相向。两个人常常吵得惊天动地，互不退让互不妥协。我拿回去的满是叉号的试卷，他看见了，立马会愤愤然地给我撕掉；我在学校里惹了祸，他当着老师的面，就会狠狠给我一拳，尽管我常常被他打得眼冒金星，依然英雄股站着纹丝不动。有时候我们也会为一些琐事，彼此故意地找茬，激怒对方。母亲每每帮我们收拾满屋的狼藉，总会笑着说：天下还有像你们这样相像的父子吗？你们简直是在跟另一个自己争吵呢，可是，人跟自己过不去，是多累的一件事啊。

但我和他却并没有像母亲说的觉出累来，反而从中品出无限的乐趣，就像语录里说的，与人斗，其乐无穷。我喜欢看他企图将我的嚣张气焰打垮，自己却装得像皮球一样精神饱满时，颓然跌进沙发里的模样。感觉就像打了一场胜仗，且得意地收缴了大批的战利品。他也是一样吧。当我因为怕冷，不得不将他扔过来的热水袋乖乖拥进怀中时，他脸上的笑意，亦是生动鲜明的。

二

但十四岁那年，一场突如其来的机器事故，将他的双臂齐刷刷卷去之后，一切便都改变了。他的脾气，那一年史无前例的坏。他和母亲的关系也因此恶化，直至以离婚告终。母亲问我要不要跟她一起走，我看着角落里头发蓬乱、神情凶恶的他，听他朝我大吼：别在这里晃来晃去地让我心烦！都给我走！我突然很坚定地对母亲说：我不要转学，我要和我的朋友在一起.我就这样倚仗这个不怎么可信的谎言，最终选择了跟他在一起。我从没有想过,跟他守在一起,以后的生活将会怎样的艰难。那一刻的我,只知道这个曾经像狮子一样怒吼咆哮的人,以后将再没有能力让我挨他的拳头或是巴掌了。

乡下的爷爷奶奶赶来照顾我们。为了继续生存,他的嘴,自此不只是用来骂我,亦学会了衔着笔,艰难地绘图;且在一个月后,便又回到原来的岗位,只是无法得到提升,只能做一个普通的工程人员。但这份薪水,足以养活这个家。他昔日的自尊,也因此得以小心的保全。他照例可以对我大吼大叫,施展一个父亲的威风和尊严。但也只有吼叫了,他那有力的臂膀,如今已是空荡荡的,只剩两个在风里飘来晃去的袖筒。他那曾引以为傲的振臂一呼的英勇,已是荡然无存。

我依然是一个粗心的少年,知道他有爷爷奶奶照顾,便从没有想过,他是怎样解决那些在我看来易如反掌的吃饭穿衣如厕之类琐屑的事情。因为时间的不一致,我很少和他在一起吃饭。每天放了学,总是我风卷残云般地吃完了,他才下班回来。早晨亦是我抓了书包冲出家门的时候,他的房间里才有习惯性的咳嗽声响起。后来是偶尔的一次,我返回家去向他讨钱花,一头撞进他的卧室时,见他正光着脊背,努力地将脑袋钻进挂在墙上的套头衫里。那一刻的他,像极了一条笨拙的虫子,很可笑地将头从里面探出来,而后长长舒了一口气,宛如做了一件劳苦功高的大事。当他看见我愣愣地站在门口的时候,他的裤子还松松垮垮地搭在"半山腰"上,头发亦是鸡窝一样蓬乱。我们彼此对视了足足有一分钟,他先吼道:谁让你没敲门进来的?快给我出去!我倚在门框上,高昂着头。斜斜瞥他一眼,没吱声,却是走上前去,帮他细心地扎好腰带,而后从他钱包里掏了一张二十元的票子,这才漫不经心地走了出去。轻轻关上门的时候,我的背后一片静寂,但我知道,他的眼里,定是写满了挫败和哀伤。他曾经是一个多么坚硬好强的人啊,可是,他竟然让他的儿子,看到了自己最尴尬最蠢笨的一个瞬间。

三

　　我似乎一下子长大成熟了。我开始在他坐下吃饭的时候，记得将吸管给他放好；又在他吃得满脸都是米饭时，将毛巾洗好了递给爷爷；看他要去厕所了，便走过去将马桶盖子啪地打开；见爷爷帮他洗完了头发，便将吹风机拿过来，插上电，等他坐定了，给他开始吹。这样的"殷勤"，他显然不适应。我自己做此事的时候，亦是觉得有些矫情。但还是装作从容和自然，而且沉默又迅速，不给他任何反驳的机会。任他的一堆言语憋在心里，忘记，或是桃子一样，烂掉。

　　但我并没有逾越爷爷奶奶的职责，近距离地帮他穿衣或是擦脸梳头，他亦刻意地回避着我进一步的"殷勤"。甚至看我拿了刮胡刀过来时，会下意识地后退几步，似乎我的手，很快就会碰到他茂密的胡子。这样的敏感和尊严，他小心翼翼地呵护着，不准我靠近半步。曾经争吵不休的我们，很突然地，便彼此陷入了一种其实一触即发的沉默中去。

　　后来有一次，奶奶住进医院，爷爷去陪床，走时嘱咐我别忘记给他早起穿衣。那天晚上，我定了闹钟，然后很幸福地睡去。可还是起晚了，睡眼惺忪地爬起来时，他已在客厅里，衣服上全是褶皱。我突然朝他大吼：为什么不脱衣服就睡？吼完了才愚蠢地意识到，为什么我就忘记了临睡前帮他脱呢？我无比羞愧地转过身去，拿了梳子给他梳头。他顺从地坐下来，任我帮他整理黑硬的短发，又将毛巾浸了水，笨拙僵硬地给他擦脸，刮掉新长出来的胡子。我们之间的空气，依然是冷寂又沉闷的。直到我已经走下楼去，他突然从窗户里探出头来，朝我喊：记得放学后买午饭回来吃。我抬头看他一眼，随即就快步走开了。我想我不能让他看见我的眼泪，就像他曾经那样千方百计地躲避着我, 不让我窥见他的脆弱一样。

四

日子就这样悄无声息地滑过。有一次, 他生了场大病, 我去医院看他。正是吃饭的时候, 我端来一大碗熬得香甜浓郁的八宝粥, 拿了汤匙, 一口口地喂他。他吃了不过几口, 便呛出来。我拿了手绢, 给他擦, 但没过片刻, 他又突然哇的一声全吐出来。我看着他难过地斜倚在床头, 神情倦怠, 吐出来的秽物, 脏了地板, 也溅湿了他干净的衣服。我没有立刻拿毛巾给他擦, 却是将碗重重地摔到桌子上, 不耐烦地朝他喊, 你怎么这么笨!喊完了我便迅速地起身走到门外去, 蹲下身, 抱头无声地哭泣。

那一年, 我24岁, 读完了大学, 为了他, 回到这个城市, 做一份平凡的工作。我以为他依然像往昔一样坚硬且倔强, 却是没想到, 他这样快地就老下去了。老到他做任何的事, 都需要依赖我; 老到我冲他发脾气, 他脸上有了惶恐和不安; 老到他完全将我当成自己的臂膀, 那么坚实不惧地靠过来。

可是, 我怎么就像个打遍天下无敌手的侠客, 突然就有了找不到对手的孤寂和失落? 那些与他斗其乐无穷的快乐光阴呢? 那些他在房子里将我追得鸡飞狗跳的往昔呢? 那些他断了臂依然在我面前假扮英雄的时光呢? 什么时候, 他真的老了, 连跟我争吵的力气都不再有了?

我原来是这样地依恋他, 用伪装的冷漠爱着他。而他, 也是一样吧。因为, 我们那样的相像, 我们谁都不曾低下头, 说一个爱字。可是, 岁月还是让我们相伴着走到今天, 走到我终于承认, 他再也离不开我, 我亦再不能将他这个老去的对手舍弃。

父亲①

◎ 利奥·罗斯滕

利奥·罗斯滕，英国作家。

父亲帮助儿子时，两人都笑了；儿子帮助父亲时，两人都哭了。

安葬父亲后不久，对父亲的回忆——他的每一次大笑，每一声叹息，都像难以预测的涓涓细流时时在我的脑中流过。父亲为人坦率，没有一丝虚假或伪善。他的情趣纯真无邪，他的愿望极易满足。他从不将自己的意志强加于别人，他对闲言碎语深恶痛绝，从不知道什么叫怨恨或妒忌。我很少听到过他有什么抱怨，从未听到过他亵渎别人的话。在过去的五十年里，我记不得他讲过低俗或恶意的想法。

父亲很爱我母亲，对她总是体贴入微，并常为有这样一位美貌贤惠的妻子感到自豪。步入晚年后，他起床后的第一件工作便是煮咖

---

① 选自《人文精神读本·生命（中级版）》，黎尚主编，中央编译出版社2006年版。

啡（他煮得一手好咖啡），然后一边看报，一边呷着咖啡，等着母亲前来与他共享"少时夫妻老来伴"的欢乐。

我不知道还有谁比他更喜欢看报纸。他看起报纸来总是津津有味，即使一条新闻也细细品尝。在他看来，晨报重现着每日生活的新意，是奇迹与愚行的舞台。

父亲是个天才的"故事大王"，常以逗别人大笑为乐。他总是将自己刚听到的最新笑话或故事讲给大家听。当我年幼时他常用一些幽默故事和哑剧逗我。他或鼓着腮帮，或滴溜着眼珠，或模仿着一种走路姿势。他可以在你面前活灵活现地装扮出一个人物来。

他还常用诙谐的幽默引得我们捧腹大笑。有时他兴致勃勃地问："你们猜今早我见到谁了？"

"谁？"

"邮递员！"

或者他伸出食指问："你们知道为什么伍德罗·威尔逊不会用这根指头写字吗？"

"不知道。为什么？"

"因为这是我的指头。"

这些事听起来很荒唐，是吗？不过你或许根本无法想象它给我带来的乐趣。然而在绞尽脑汁取乐一个小孩子的同时，父亲自己也感受到人世间的天伦之乐。在我做了爸爸后，父亲又开始给他的孙子们讲他那幽默可笑的故事。"唉，"他常叹道，"当我跟你们一般年纪时，我可以将手举这么高（他将手举过头顶），可是现在只能举到这儿（他又将手举到肩膀那么高）。"

这时，孩子们总是皱眉挠头，绞尽脑汁寻想这是怎么回事。"啊，是呀，"见孩子们仍在云里雾里，他又说，"我过去能举这么高，可现在却不行了——"旋即，孩子们异口同声尖叫起来："爷爷，可是您刚才还能举那么高呢！"

此时他便开心地大笑起来，要么拉过来在脸上猛吻，要么高高举过头顶，同时还夸奖说："喔唷，这些精灵鬼！"

幽默风趣是父亲的天性。来芝加哥定居后不久，他就去参加一所为外国人举办的夜校。老师问他："你可以就名词举一个例子吗？"

"门。"父亲回答说。、

"很好。那么，请再举一例。"

"另一扇门。"他说。

父亲喜欢唱歌，并且唱得很不错，不过他的鼾声也如响雷。父亲打鼾，姐姐说呓语，整个屋子里彻夜不得安宁。

父母对我的学习成绩很是满意。很小时，我就懂得拿上一本书就可以逃避干家务活。瞥见我看书时，他总是拍着我的脑袋瓜说："很好，你在往这儿积累知识！"他常对人类大脑所创造的奇迹赞叹不已。

在我十一岁时，父亲开始教我下棋。六七个月后，当我第一次赢了他时，他高兴得直拍手，见人就讲，逢人便说。

他热爱这个国家．视美国为一块宝地。

父亲过去曾是波兰一家纺织工厂的织袜工。定居美国后，他又织运动衫。二十多岁时，他只身一人来到美国，后来才将我和母亲接了过去。

在芝加哥，父亲每周要在一台笨重的织机上工作六十多小时。

他得在黎明前起床，在滴水成冰的季节，要乘一个多小时的车，八点前赶到工厂。下班回家后，他匆匆吃过晚饭，又在家里那台半旧不新的织机上工作。母亲决意开办一个"家庭工厂"，以解脱老板的摆布。

父亲从没什么野心。母亲则永不知足，精力充沛，富于心计。他俩干起活来如同一个小组：母亲负责设计、剪裁（她小时候在一家纺织厂干过），然后经销帽子、围巾等。父亲除了开机编织外，还搞采购。

后来，他俩雇了帮工，在离我家还有一段距离的地方开了个铺子。父亲是店主兼制造商，母亲站柜台。两人都是激进的工会会员，这种由工人一跃成为"老板"的地位变化使他们感到无所适从。我怎么也不会忘记父亲曾力劝四位雇员组织一个工会的情景——为提高工资举行罢工！雇员们死活不干，认为他们的报酬已经可观。他们还说："既然你觉得我们应该得到更高的报酬，你给我们增加一些不就得了？"

"噢，那不行，"他立即说，"难道你们还不明白吗？如果只有我给你们增加了工资，那么我就无法和其他制造商竞争了。可是如果芝加哥所有的纺织工人都联合起来，并派一个代表团去要挟所有的制造商，那么我们就不得不增加工资了。"他到底还是说服了他们。

若干年后，当我在大学上经济学课时，这荒谬的一幕总是在我的大脑中闪现。

父亲交友甚广，却很少有知己密友。他十分钦佩自己所不具备的别人的优点：所受教育、分析能力和创造能力。他最崇尚直率的性格。他常情不自禁地赞美某某人："是个了不起的人物，实在了不起！"

父亲对大海有着深厚的感情。在密执安，在加利福尼亚和佛罗里达海滨，他不知度过了多少个美好时光。他不会游泳，因此从不到淹没膝盖的地方去。看着他坐在海边戴着草帽看报纸，就像一个澡盆里嬉水的孩子实在令人发笑。

丹尼·托马斯曾给我讲述了他父亲——一个身高体壮、妄自尊大的人——是如何去世的。临终前，老人朝天挥动拳头大喊：

"让死亡滚蛋吧！"

我父亲没能像他那样壮烈地死去。经过了一年的心脏病、咳嗽、肺气肿的折磨后，他身体极度虚弱，最后在氧气帐中悄然离去。每当想到"死亡"二字时，他表现出的不是大发雷霆，而是闷闷不乐。

一次，母亲将他送到南天门医院，他抱怨说他脸上有点发痒。于是我带来了我的电动剃须刀。在我给他剃胡须时，他问："你为何从纽约一直跑到密执安来了？""没有啊，"我撒谎说，"我碰巧来底特律开会，碰上了。"

"是碰上了！"他叹道。接着又笑着说："你可是我这一生中请过的最昂贵的理发师啊！"

出院后，他憔悴难认了。走路得拄拐杖，还需我搀扶。我不禁想起了一句犹太谚语："父亲帮助儿子时，两人都笑了；儿子帮助父亲时，两人都哭了。"

可我俩谁都从没哭过，因为我总是滔滔不绝地谈论自己的工作、妻子、儿女以及工作计划，他对这些向来都是百听不厌。我攒了一肚子听来的新故事——任何能使他暂时从病痛中解脱出来的方式都未尝不可。在我讲故事时，他总是面带笑容，装出一副痛苦很快就会消失的样子，装出一副还有大量的时光交谈，还有数以千计的故事要讲的神态。

最后一次我是在芝加哥的一家医院见到他的，当时他被放在氧气帐中，处于昏睡中。我和妻子向他道别，他都没听见。我送他一个飞吻，以为他也没看见，然而他看见了。他点了点头，用满是皱纹、扭曲的脸做着怪相——以前当他说到"别为我担心"或"别等我"时常做这种鬼脸。接着，他费劲地伸出两根手指举到唇边，回报我一个飞吻。

父亲是个和蔼可亲、通情达理的人，我爱他。

父亲去世后，我每天都要进行长时间的游泳。我可以在水中尽情痛哭，当两眼通红地从水中出来时，别人还以为是水刺痛了眼睛。我不知道别人是否有过如此的思念之情。和我在一起，父亲感到愉快；和父亲在一起，我感到幸福。

父亲活在我的脑海里，他的音容笑貌时时涌进我的记忆。有时，我会情不自禁地脱口喊道："哦，爸爸，您真了不起！"

姐姐 ①

◎ 周国平

周国平（1945—），哲学家，著作有《尼采：在世纪的转折点上》、《人与永恒》、《周国平文集》等。

第二章 新大陆（札记之一）

初为人父的日子，全新的体验，全新的感情，人生航行中的一片新大陆。我怀着怎样虔诚的感激和新鲜的喜悦，守在妞妞的摇篮旁，写下了登陆第一个月的游记。我何尝想到，当时的妞妞已经身患绝症，我的新大陆注定将成为我的凄凉的流放地，我生命中的永恒的孤岛……

1. 奇迹

四月的一个夜晚，那扇门打开了，你的出现把我突然变成了一个父亲。

在我迄今为止的生涯中，成为父亲是最接近于奇迹的经历，令我

___

① 选自《妞妞——一个父亲的札记》，周国平著，长江文艺出版社2006年版。

难以置信。以我凡庸之力,我怎么能从无中把你产生呢?不,必定有一种神奇的力量运作了无数世代,然后才借我产生了你。没有这种力量,任何人都不可能成为父亲或母亲。

所以,对于男人来说,唯有父亲的称号是神圣的。一切世俗的头衔都可以凭人力获取,而要成为父亲却必须仰仗神力。

你如同一朵春天的小花开放在我的秋天里。为了这样美丽的开放,你在世外神秘的草原上不知等待了多少个世纪?

由于你的到来,我这个不信神的人也对神充满了敬意。无论如何,一个亲自迎来天使的人是无法完全否认上帝的存在的。你的奇迹般的诞生使我相信,生命必定有着一个神圣的来源。

望着你,我禁不住像泰戈尔一样惊叹:"你这属于一切人的,竟成了我的!"

2. 摇篮与家园

今天你从你出生的医院回到家里,终于和爸爸妈妈团圆了。

说你"回"到家里,似不确切,因为你是第一次来到这个家。

不对,应该说,你来了,我们才第一次有了一个家。

孩子是使家成其为家的根据。没有孩子,家至多是一场有点儿过分认真的爱情游戏。有了孩子,家才有了自身的实质和事业。

男人是天地间的流浪汉,他寻找家园,找到了女人。可是,对于家园,女人有更正确的理解。她知道,接纳了一个流浪汉,还远远不等于建立了一个家园。于是她着手编筑一只摇篮,——摇篮才是家园的起点和核心。

在摇篮四周,和摇篮里的婴儿一起,真正的家园生长起来了。

屋子里有摇篮,摇篮里有孩子,心里多么踏实。

3. 最得意的作品

你的摇篮放在爸爸的书房里,你成了这间大屋子的主人。从此爸爸不读书,只读你。

你是爸爸妈妈合写的一本奇妙的书。在你问世前,无论爸爸妈妈怎么想象,也想象不出你的模样。现在你展现在我们面前,那么完美,仿佛不能改动一字。

我整天坐在摇篮旁,怔怔地看你,百看不厌。你总是那样恬静,出奇地恬静,小脸蛋闪着洁净的光辉。最美的是你那双乌黑澄澈的眼睛,一会儿弯成妩媚的月牙,掠过若有若无的笑意,一会儿睁大着久久凝望空间中某处,目光执著而又超然。我相信你一定在倾听什么,但永远无法知道你听到了什么,真使我感到神秘。

看你这么可爱,我常常禁不住要抱起你来,和你说话。那时候,你会盯着我看,眼中闪现两朵仿佛会意的小火花,嘴角微微一动似乎在应答。

你是爸爸最得意的作品,我读你读得入迷。

4. 舍末求本

我退学了。这是德国人办的一所权威性的语言学校,拿到这所学校的文凭,差不多等于拿到了去德国的通行证。

可是,此时此刻,即使请我到某个国家去当国王或议员,我也会轻松地谢绝的。当我的孩子如此奇妙地存在着和生长着的时候,我别无选择你比一切文凭、身份、头衔、幸运更加属于我的生命的本质。你使我更加成其为一个人,而别的一切至多只是使我成为一个幸运儿。我宁愿错过一千次出国或别的什么好机会,也不愿错过你的每一个笑容和每一声啼哭，不愿错过和你相处的每一刻不可重复的时光。

如果有人讥笑我没有出息，我乐于承认。在我看来，有没有出息也只是人生的细枝末节罢了。

5. 心甘情愿的辛苦

未曾生儿育女的人，不可能知道父母的爱心有多痴。

在怀你之前，我和妈妈一直没有拿定主意要不要孩子。甚至你也是一次"事故"的产物。我们觉得孩子好玩，但又怕带孩子辛苦。有了你，我们才发现，这种心甘情愿的辛苦是多么有滋有味，爸爸从给你换尿布中品尝的乐趣不亚于写出一首好诗！

这样一个肉团团的小躯体，有着和自己相同的生命密码，它所勾起的如痴如醉的恋和牵肠挂肚的爱，也许只能用生物本能来解释了。

哲学家会说，这种没来由的爱不过是大自然的狡计，它借此把乐于服役的父母们当成了人类种族延续的工具。好吧，就算如此。我但有一问：当哲学家和诗人怀着另一种没来由的爱从事精神的劳作时，他们岂非也不过是充当了人类文化延续的工具？

6. 你、我和世界

你改变了我看世界的角度。

我独来独往，超然物外。如果世界堕落了，我就唾弃它。如今，为了你有一个干净的住所，哪怕世界是奥吉亚斯①的牛圈，我也甘愿坚守其中，承担起清扫它的苦役。我旋生旋灭，看破红尘。我死后世界

———————————
① 奥吉亚斯：希腊神话中的国王，养牛三千头，牛圈三十年来未打扫。"奥吉亚斯的牛圈"常被喻为极其肮脏的地方。

向何处去，与我何干？如今，你纵然也不能延续我死后的生存，却是我留在世上的一线扯不断的牵挂。有一根纽带比我的生命更久长，维系着我和我死后的世界，那就是我对你的祝福。

有了你，世界和我息息相关了。

7. 弱小的力量

你的力量比不上一株小草，小草还足以支撑起自己的生命，你只能用啼哭寻求外界的援助。可是你的啼哭是天下最有权威的命令，一声令下，妈妈的乳头已经为你擦拭干净，爸爸也已经用臂弯为你架设一只温暖的小床。

此刻你闭眼安睡了。你的小身子信赖地倚偎在我的怀里，你的小手紧紧抓住我的衣襟。闻着你身上散发的乳香味，我不禁流泪了。你把你的小生命无保留地托付给我，相信在爸爸的怀里能得到绝对的安全。你怎么知道，爸爸并无这样的能力，我们的命运都在未定之中。

对于爸爸妈妈，你的弱小确有非凡之力。唯其因为你弱小，我们的爱更深，我们的责任更重，我们的服务更勤。你的弱小召唤我们迫不及待地为你献身。

8. 略

9. 孩子带引父母

我记下我看到的一个场景——

黄昏时刻，一对夫妇带着他们的孩子在小河边玩，兴致勃勃地替孩子捕捞河里的蝌蚪。

我立即发现我的记述有问题。真相是——

黄昏时刻,一个孩子带着他的父母在小河边玩,教他们兴致勃勃地捕捞河里的蝌蚪。

像捉蝌蚪这类"无用"的事情,如果不是孩子带引,我们多半是不会去做的。我们久已生活在一个功利的世界里,只做"有用"的事情,而"有用"的事情是永远做不完的,哪里还有工夫和兴致去玩,去做"无用"的事情呢? 直到孩子生下来了,在孩子的带引下,我们才重新回到那个早被遗忘的非功利的世界,心甘情愿地为了"无用"的事情而牺牲掉许多"有用"的事情。

所以,的确是孩子带我们去玩,去逛公园,去跟踪草叶上的甲虫和泥地上的蚂蚁。孩子更新了我们对世界的感觉。

10. 凡夫俗子与超凡脱俗

在哲学家眼里,生儿育女是凡夫俗子的行为。这自然不错。不过,我要补充一句: 生儿育女又是凡夫俗子生涯中最不凡俗的一个行为。

婴儿都是超凡脱俗的, 因为他们刚从天周来。再庸俗的父母, 生下的孩子绝不庸俗。有时我不禁惊诧, 这么天真可爱的孩子怎么会出自如此平常的父母。

当然, 这不值得夸耀, 正如纪伯伦所说:"他们是凭借你们而来,却不是从你们而来。"但是, 能够成为凭借, 这就已经是一种光彩了。

孩子的世界是尘世上所剩不多的净土之一。凡是走进这个世界的人, 或多或少会受孩子的熏陶, 自己也变得可爱一些。

孩子的出生为凡夫俗子提供了一个机会。被孩子的明眸所照亮,多少因岁月的销蚀而暗淡的心灵又焕发出了人性的光辉,成就了可歌可泣的爱的事业。一个人倘若连孩子都不能给他以启迪,他反而要把孩子拖上他的轨道,那就真是不可救药的凡夫俗子。

11. 忘恩负义的父母

过去常听说,做父母的如何为子女受苦、奉献、牺牲,似乎恩重如山。自己做了父母,才知道这受苦同时就是享乐,这奉献同时就是收获,这牺牲同时就是满足。所以,如果要说恩,那也是相互的。而且,愈有爱心的父母,愈会感到所得远远大于所予。

对孩子的爱是一种自私的无私,一种不为公的舍己。这种骨肉之情若陷于盲目,真可以使你为孩子牺牲一切,包括你自己,包括天下。

其实,任何做父母的,当他们陶醉于孩子的可爱时,都不会以恩主自居。一旦以恩主自居,就必定是已经忘记了孩子曾经给予他们的巨大快乐,也就是说,忘恩负义了。人们总谴责忘恩负义的子女,殊不知天下不有忘恩负义的父母呢。

12. 做父母才学会爱

我们从小就开始学习爱,可是我们最习惯的始终是被爱。直到我们自己做了父母,我们才真正学会了爱。

在做父母之前,我们不是首先做过情人吗?

不错,但我敢说,一切深笃的爱情必定包含着父爱和母爱的成分。一个男人深爱一个女人,一个女人深爱一个男人,潜在的父性和母性就会发生作用,不由自主地要把情人当作孩子一样疼爱和保护。

然而,情人之爱毕竟不是父爱和母爱。所以,一切情人又都太在乎被爱。

顺便说一点对弗洛伊德的异议。依我之见,所谓恋父和恋母情结，与其说是无意识固结于对父母的爱恋，毋宁说是固结于被父母所爱。固结于被爱，爱就难免会有障碍了。

当我们做了父母，回首往事，我们便会觉得，以往爱情中最动人的东西仿佛是父爱和母爱的一种预演。与正剧相比，预演未免相形见绌。不过成熟的男女一定会让彼此都分享到这新的收获。谁真正学会了爱，谁就不会只限于爱。

13. 报酬就在眼前

人生中一切美好的事情，报酬都在眼前。爱情的报酬就是相爱时的陶醉和满足，而不是有朝一日缔结良缘。创作的报酬就是创作时的陶醉和满足，而不是有朝一日名扬四海。如果事情本身不能给人以陶醉和满足，就不足以称为美好。

养儿育女也如此。养育小生命或许是世上最妙不可言的一种体验了。小的就是好的，小生命的一颦一笑都那么可爱，交流和成长的每一个新征兆都叫人那样惊喜不已。这种体验是不能从任何别的地方获得，也不能用任何别的体验来代替的。一个人无论见过多大世面，从事多大事业，在初当父母的日子里，都不能不感到自己面前突然打开了一个全新的世界。小生命丰富了大心胸。生命是一个奇迹，可是，倘若不是养育过小生命，对此怎能有真切的领悟呢？面对这样的奇迹，邓肯情不自禁地喊道："女人啊，我们还有什么必要去当律师、画家或雕塑家呢？我的艺术、任何艺术又在哪里呢？"如果野心使男人不肯这么想，那绝不是男人的光荣。

养育小生命是人生中的一段神圣时光，报酬就在眼前。至于日后孩子能否成才，是否孝顺，实在无需考虑。那些"望子成龙"、"养儿防老"的父母亵渎了神圣。

14. 15. 16 略

17. 圆满

照片上的这个婴儿是我吗？母亲说是的。然而，在我的记忆中，没有蛛丝马迹可寻。我只能说，他和我完全是两个人，其间的联系仅仅存在于母亲的记忆中。

我最早的记忆可以追溯到三岁，再往前便是一片空白。无论我怎么试图追忆我生命最初岁月的情景，结果总是徒劳。如果说每个人的一生是一册书，那么，它的最初几页保留着最多上帝的手迹，而那几页却是每个人自己永远无法读到的了。我一遍遍翻阅我的人生之书，绝望地发现它始终是一册缺损的书。

可是，现在当我自己做了父亲，守在摇篮旁抚育着自己的孩子时，我觉得自己在某种意义上好像是在重温那不留痕迹地永远失落了的我的摇篮岁月，从而填补了记忆中一个似乎无法填补的空白。我恍然悟到，原来大自然早已巧作安排，使我们在适当的时候终能读全这本可爱的人生之书。

面对我的女儿，我收起了我幼年的照片。眼前这个活生生的小生命与我的联系犹如呼吸一样实在，我的生命因此而圆满了。

大师的痛与爱①

◎　李晓

　　八十五岁的谢晋在故乡上虞的睡梦中悄然辞世。此时上海的家中，儿子阿四还在梦中，他依然在盼望着父亲的归来。

　　那天出门，父亲还搂住阿四和他约定，回来后好好陪他游玩。阿四一直站在阳台上目送着父亲离去，却没能送父亲最后一程。

　　父亲的最后离去，没有让儿子受到一点惊吓。父亲冥冥中似乎明白，不能让阿四受到惊吓。

　　这位影响了几代人的大师级电影导演，有四个孩子。不幸的是，除了大儿子谢衍，其余三个都有不同程度的智障，这成为一个父亲心中最深的痛。阿四，是谢晋最小的儿子。在几十年的相濡以沫中，谢晋已把心中最柔软的角落给了阿四。当阿三离世后，做导演的大儿子谢衍在陪同父亲为阿三选墓地时，紧紧抱住如受到雷击一般的父亲说："爸爸您放心，我一定把弟弟照顾好、安排好后再走。"谢晋一把搂

① 选自《幸福·悦读》2010年第11期。

住儿子,顿时老泪纵横。命运对谢晋竟是如此残酷,就在他离世的两个月前,大儿子谢衍先他而去。

谢晋最疼爱阿四。只要谢晋外出,阿四总要站在阳台上等父亲回家。阿四傻傻地靠在门前,倾听父亲回家上楼的脚步声。每当谢晋风尘仆仆地从外面回来,他一进门首先要拥抱的就是阿四。他让阿四站在自己面前,就那么怔怔地打量着阿四,脸颊是瘦了还是胖了,头发是长了还是短了,然后为他正正衣角。父子俩一同在书房玩玩具,一阵开心的大笑后,阿四便会摇摇晃晃地去为父亲拿酒瓶。

晚年的谢晋,几乎很少出家门,他要好好守着阿四。只要转眼不见了阿四,他就要大声呼喊。他明白,按照生命的自然规律,他应该走在阿四的前面。所以,他为阿四未来岁月里的一点一滴都作了细微的安排,还在上虞老家修建了一所房子留给他。

有一次,阿四在上海街头,突然不知道回家的方向。阿四失踪了。回到家中的谢晋,发出了狮子一般令人揪心的吼叫。

谢晋和亲友们一起,寻遍了整个大上海。谢晋还在上海的报纸上刊登了寻找阿四的启事。

阿四终于回来了。谢晋抱住儿子,从头到脚一遍一遍地抚摸。大师一生中在光影世界里拍出了那么多杰作,也没有哪次像这样,动情地搂住儿子,一次又一次抚摸。

谢晋说过,无论自己一生中怎样颠沛流离,怎样痛苦不堪,只要

为小儿子整理衣服的谢晋。无论多么伟大的人物,面对自己孩子的时候,都会释放出心底最柔软的情感。不管生活本身如何痛苦不堪,只要亲人相依相守,就是最美好的时光。

有亲人相守在一起，一切都会变得美好起来。

是什么支撑了谢晋在艺术生涯中的激情探索与不懈追求？有人说，是阿三，是阿四。一个父亲心中的疼痛，如何尽情释放与升腾？

在谢晋一生的电影作品中，他曾饱含深情地拍过一部反映智障人群的电影《启明星》。影片中，有一个智障孩子被发疯的人群扔到了垃圾桶中，据说，那是谢晋在非常岁月里受到冲击时，儿子阿四的真实遭遇。谢晋说，因为生命里有阿四，他对天下有残障的孩子，都有一份如父爱般的情怀。这份情怀，在谢晋的艺术生命里，如水蒸气凝聚成云朵一样，得到了极致的发挥。

谢晋心中堆积了太多太多的遗憾与疼痛，一层一层地叠垒，最终，凝聚成了琥珀——那一部部光与影世界里的珍品。在他的影片中，即使故事发生在漆黑的岁月里，人性的温暖之光也会在茫茫天宇像星辰一样闪烁。

一个父亲心中的痛与爱，谱写了电影史上最美丽的传奇。

一碗清汤荞麦面 ①

◎　栗良平

栗良平（1943—），日本著名作家、演讲家。生于日本北海道。曾经从事过十多种职业。其名作《一碗清汤荞麦面》被译成几十种文字。

一

对于面馆来说，生意最兴隆的日子，就是大年除夕了。

北海亭每逢这一天，总是从一大早就忙得不可开交。不过，平时到夜里十二点还熙攘热闹的大街，临到除夕，人们也都匆匆赶紧回家，所以一到晚上十点左右，北海亭的食客也就骤然稀少了。当最后几位客人走出店门就要打烊的时候，大门又发出无力的"吱吱"响声，接着走进来一位带着两个孩子的妇人。两个都是男孩，一个六岁，一个十岁的样子。孩子们穿着崭新、成套的运动服，而妇人却穿着不合季节的方格花呢裙装。

"欢迎！"女掌柜连忙上前招呼。

妇人嗫嚅地说："那个……清汤荞麦面……就要一份……可以吗？"

---

① 选自《一碗清汤荞麦面》，（日）栗良平、（日）竹本幸之佑著，文明、谢琼译，漓江出版社2005年版。

躲在妈妈身后的两个孩子也担心会遭到拒绝，胆怯地望着女掌柜。

"噢，请吧，快请里边坐。"女掌柜边忙着将母子三人让到靠暖气的第二张桌子旁，边向柜台后面大声吆喝，"清汤荞麦面一碗——！"当家人探头望着母子，也连忙应道："好咧，一碗清汤荞麦面——！"他随手将一把面条丢进汤锅里后，又额外多加了半把面条。煮好盛在一个大碗里，让女掌柜端到桌子上。于是母子三人几乎是头碰头地围着一碗面吃将起来，"咝咝"的吃吸声伴随着母子的对话，不时传至柜台内外。

"妈妈，真好吃呀！"兄弟俩说。

"嗯，是好吃，快吃吧。"妈妈说。

不大工夫，一碗面就被吃光了。妇人在付饭钱时，低头施礼说："承蒙关照，吃得很满意。"这时，当家人和女掌柜几乎同声答说："谢谢您的光临，预祝新年快乐！"

二

迎来新的一年的北海亭，仍然和往年一样，在繁忙中打发日子，不觉又到了大年除夕。

夫妻俩这天又是忙得不亦乐乎，十点刚过，正要准备打烊时，忽听见"吱吱"的轻微开门声，一位领着两个男孩的妇人轻轻走进店里。

女掌柜从她那身不合时令的花格呢旧裙装上，一下就回忆起一年前除夕夜那最后的一位客人。

"那个……清汤面……就要一份……可以吗？"

"请，请，这边请。"女掌柜和去年一样，边将母子三人让到第二张桌旁，边开腔叫道，"清汤荞麦面一碗——"

桌子上，娘儿仨在吃面中的小声对话，清晰地传至柜台内外。

"真好吃呀！"

"我们今年又吃上了北海亭的清汤面啦。"

"但愿明年还能吃上这面。"

吃完，妇人付了钱，女掌柜也照例用一天说过数百遍的套话向母子道别："谢谢光临，预祝新年快乐！"

在生意兴隆中，不觉又迎来了一年一度的除夕夜。北海亭的当家人和女掌柜虽没言语，但九点一过，二人都心神不宁，时不时地倾听门外的声响。

在那第二张桌上，早在半个钟头前，女掌柜就已摆上了"预约席"的牌子。

终于挨到十点了，就仿佛一直在门外等着最后一个客人离去才进

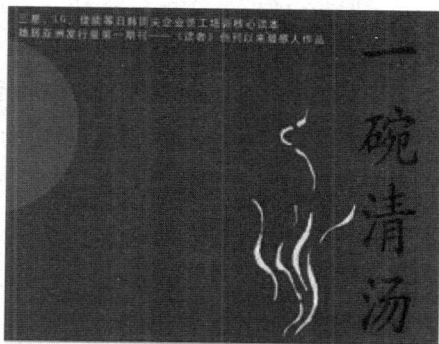

《一碗清汤荞麦面》的故事在日本和韩国家喻户晓，所有人都被这个故事深深感动。在它朴实的语言下，蕴藏着触动灵魂的人格力量和人性光辉。

店堂一样，母子三人悄然进来了。

哥哥穿一身中学生制服，弟弟则穿着去年哥哥穿过的大格运动衫。兄弟俩这一年长高了许多，简直认不出来了，而母亲仍然是那身褪了色的花格呢裙装。

"欢迎您！"女掌柜满脸堆笑地迎上前去。

"那个……清汤面……要两份……可以吗？"

"嗳。请，请，呵，这边请！"女掌柜一如既往，招呼他们在第二张桌子边就座，并若无其事地顺手把那个"预约席"牌藏在背后，对着柜台后面喊道："面，两碗——"

"好咧，两碗面——"

可是，当家人却将三把面扔进了汤锅。

于是，母子三人轻柔的话语又在空气中传播开来。

"昕儿，淳儿……今天妈妈要向你们兄弟二人道谢呢。"

"道谢？……怎么回事呀？"

"因为你们父亲而发生的交通事故，连累人家八个人受了伤，我们的全部保险金也不够赔偿的，所以，这些年来，每个月都要积攒些钱帮助受伤的人家。"

"噢，是吗，妈妈？"

"嗯，是这样，昕儿当送报员，淳儿又要买东西，又要准备晚饭，这样妈妈就可以放心地出去做工了。因为妈妈一直勤奋工作，今天从公司得到了一笔特别津贴，我们终于把所欠的钱都还清了。"

"妈妈，哥哥，太棒了！放心吧，今后，晚饭仍包在我身上好了。"

"我还继续当业余送报员！小淳，我们加油干哪！"

"谢谢……妈妈实在感谢你们。"

…………

这天，娘儿仁在一餐饭中说了很多话，哥哥进得了"坦白"：他怎样担心母亲请假误工，自己代母亲去出席弟弟学校家长座谈会，会上听小淳如何朗读他的作文《一碗清汤荞麦面》。这篇曾代表北海道参加了"全国小学生作文竞赛"的作文写道，父亲因交通事故逝世后留下一大笔债务；妈妈怎样起早贪黑拼命干活；哥哥怎样当送报员；母子三人在除夕夜吃一碗清汤面，面怎样好吃；面馆的叔叔和阿姨每次向他们道谢，还祝福他们新年快乐……

小淳朗读的劲头，就好像在说；我们不泄气，不认输，坚持到底！弟弟在作文中还说，他长大以后，也要开一家面馆，也要对客人大声说："加油干哪，祝你幸福……"

刚才还站在柜台里静听一家人讲话的当家人和女掌柜不见了。原来他们夫妇已躲在柜台后面，两人扯着条毛巾，好像拔河比赛各拉着一头，正在拼命擦拭满脸的泪水。

三

又过去了一年。

在北海亭面馆靠近暖气的第二张桌子上，九点一过就摆上了"预约席"的牌了，老板和老板娘等呵、等呵，始终也未见母子三人的影子。转过一年，又转过一年，母子三人再也没有出现。

北海亭的生意越做越兴旺，店面进行了装修，桌椅也更新了，可是，靠暖气的第二张桌子，还是原封不动地摆在那儿。

光阴荏苒，夫妻面馆北海亭在不断迎送食客的百忙中，又迎来了一个除夕之夜。

手臂上搭着大衣，身着西装的两个青年走进北海亭面馆，望着坐无虚席、热闹非常的后堂，下意识地叹了口气。

"真不凑巧，都坐满了……"

女掌柜面带歉意，连忙解释说。

这时，一位身着和服的妇人，谦恭地深深低着头走进来，站在两个青年中间。店内的客人一下子肃静下来，都注视着这几位不寻常的客人。只听见妇人轻柔地说：

"那个……清汤面，要三份，可以吗？"

一听这话，女掌柜猛然想起了那恍如隔世的往事——在那年除夕夜，娘儿仨吃一碗面的情景。

"我们是十四年前在除夕夜，三口人吃一碗清汤面的母子三人。"妇人说道，"那时，承蒙贵店一碗清汤面的激励，母子三人携手努力生活过来了。"

这时，模样像是兄长的青年接着介绍说：

"此后我们随妈妈搬回外婆家住的滋贺县。今年我已通过国家医师考试，现在是京都医科大学医院的医生，明年就要转往札幌综合医院。之所以要回札幌，一是向当年抢救父亲和对因父亲而受伤的人进行治疗的医院表示敬意；再者是为父亲扫墓，向他报告我们是怎样奋斗的。我和没有开成面馆而在京都银行工作的弟弟商量，我们制订了有生以来最奢侈的计划——在今年的除夕夜，我们陪母亲一起访问札幌的北海亭，再要上三份清汤面。"

一直在静听说话的当家人和女掌柜，眼泪刷刷刷地流了下来。

"欢迎，欢迎……呵，快请。喂，当家的，你还愣在那儿干嘛？！二号桌，三碗清汤荞麦面——"

当家人一把抹去泪水，欢悦地应道：

"好咧，清汤荞麦面三碗——"

爱心树①

◎　谢尔·希尔弗斯坦

谢尔·希尔弗斯坦（1932—1999），美国20世纪最伟大的绘本作家之一，作品有《爱心树》、《阁楼上的光》、《失落的一角等》。

从前有一棵大树，它喜欢上一个男孩儿。男孩儿每天会跑到树下，采集树叶，给自己做王冠，想象自己就是森林之王。他也常常爬上树干，在树枝上荡秋千，吃树上结的苹果，同大树捉迷藏。累了的时候，就在树阴里睡觉。

小男孩儿爱这棵树，非常非常爱它，大树很快乐。但是时光流逝，孩子逐渐长大，大树常常感到孤寂。

有一天孩子来看大树。大树说："来吧，孩子，爬到我身上来，在树枝上荡秋千，吃几个苹果，再到阴凉里玩一会儿。你会很快活的！"

"我已经大了，不爱爬树玩儿了，"孩子说，"我想买些好玩儿的东西。我需要些钱，你能给我一点儿钱吗？"

"很抱歉，"大树说。"我没有钱，我只有树叶和苹果。把我的苹果拿去吧，孩子，把它们拿到城里卖掉，你就会有钱，就会快活了。"

---

① 选自《爱心树》，（美）希尔弗斯坦文图，傅唯慈译，南海出版社2007年版。

于是孩子爬上大树,摘下树上的苹果,把它们拿走了。大树很快乐。

很久很久,孩子没有再来看望大树。大树很难过。

后来有一天,孩子又来了。大树高兴地摇晃着肢体,对孩子说:"来吧,孩子,爬到我的树干上,在树枝上荡秋千,你会很快活的!"

"我有很多事要做,没有时间爬树。"孩子说,"我需要一幢房子保暖。"他接着说,"我要娶个妻子,还要生好多孩子,所以我需要一幢房子。你能给我一幢房子吗?"

"我没有房子,"大树说,"森林就是我的房子。但是你可以把我的树枝砍下来,拿去盖房。你就会快活了。"于是那个男孩儿把大树的树枝都砍下来,把它们拿走,盖了一幢房子。大树很快乐。

孩子又有很长时间没有来看望大树了。

The Giving Tree

爱心树

[美] 谢尔·希尔弗斯坦/文·图 博生宏/译

作者用美国乡村音乐的节奏,为我们讲述了一个耐人寻味的故事。大树的无私和博爱像极了父母对儿女的那份爱,只要给予就是幸福快乐的。

当他终于又回来的时候,大树非常高兴,高兴得几乎说不出话来。"来吧,孩子,"它声音喑哑地说,"来和我玩玩吧!"

"我年纪已经大了,心情也不好,不愿意玩儿了。"孩子说,"我需要一条船,驾着它到远方去,离开这个地方。你能给我一条船吗?"

"把我的树干砍断,用它做船吧。"大树说,"这样你就可以航行到远处去,你就会快活了。"于是孩子把树干砍断，做了一条船，驶走了。大树很快乐，但是心坎里却有些……

又过了很久，那孩子又来了。"非常抱歉，孩子，"大树说，"我没有什么可以给你的了。我没有苹果了。"

"我的牙齿已经老化，吃不动苹果了。"孩子说。

"我没有枝条了，"大树说，"你没法儿在上面荡秋千了……"

"我太老了，不能再荡秋千了。"孩子说。

"我也没有树干，"大树说，"不能让你爬上去玩了……"

"我很疲倦，爬也爬不动了。"孩子说。

"真是抱歉，"大树叹了口气，"我希望还能给你点儿什么东西……但是我什么都没有了。我现在只是个老树墩，真是抱歉……"

"我现在需要的实在不多，"孩子说，"只想找个安静的地方坐坐，好好休息。我太累了。"

"那好吧。"大树说，它尽量把身子挺高，"你看，我这个老树墩，正好叫你坐在上面休息。来吧，孩子，坐下吧，坐在我身上休息吧。"于是孩子坐下了。

大树很快乐。

送冰激凌的女孩子①

◎ 玛瑞恩·斯彻柏林

玛瑞恩·斯彻柏林，美国作家。

十岁的艾莉诺最近有点儿不高兴，是因为她奶奶，奶奶不知出了什么毛病，总是忘事。

妈妈说："奶奶老了，她需要更多的关护和关心"

"老了是怎么回事儿？每个老人都忘事吗？妈你将来也会这样吗？还有我，也是吗？"

"倒不是所有的老人都忘事，奶奶得了'老年性痴呆'的病，这种病总是让人忘事。我们过些天要把她到疗养院去，在那里她会受到适当的照顾。"

"噢，不，妈妈，那可太糟了，奶奶可舍不得离开自己的家。"

"这我知道，"妈妈说，"不过我们每天要去上班，不能总陪着她，让她一个人在家是不安全的。还是去疗养院好些，她还能认识些新朋友。"

---

① 选自《课外美文》，戈致中主编，江苏教育出版社2003年版。

艾莉诺心里很难过，她爱奶奶，她觉得让奶奶住在那种地方，就像一个无家可归的人一样。

"我们能常去看望她吗？如果奶奶不老忘事，我可是特别愿意和她说话的。"

"我们周末可以去看她，给她买些礼物什么的。"

艾莉诺一下子来了精神："带冰激凌！奶奶最爱吃草莓冰激凌。"

第一次去疗养院看奶奶时，艾莉诺几乎惊呆了：差不多所有的老人都坐在轮椅上，有的自己摇着走，有的由护士推着。奶奶会变成那样吗？

妈妈解释说："不然他们会摔倒的。好孩子，一会儿见到奶奶，要对她笑，要说她看起来很精神，记住了吗？"

奶奶倒没有坐轮椅，她坐在日光会客室的一角，正呆呆地向外看，看一棵树。

艾莉诺高兴地扑上去："奶奶，我想死你了。我们给你带来了礼物，你猜是什么？"

奶奶没什么反应，她慢慢地扭过脸，呆呆地看着艾莉诺。

艾莉诺麻利地取出冰激凌盒子："看！草莓冰激凌！"

奶奶一声不吭，她低头打开盒盖，拿起小勺，慢慢地吃起来。

"艾莉诺，你看奶奶吃得多香啊！"妈妈有几分高兴地说。

艾莉诺却很丧气，"奶奶好像根本不认识咱们。"

妈妈说："别着急呀，奶奶需要时间。这里是个新环境，她得调整好自己的感觉才行。"

可第二次去看奶奶时，她还是老样子。奶奶见到冰激凌，对艾莉诺和妈妈淡淡地笑了一下，然后一声不吭地低头慢慢吃起来。

艾莉诺忍不住了："奶奶，你知道我是谁吗？"

奶奶这回说话了。她慢吞吞地说："你是……给我送冰激凌的女孩子。"

艾莉诺又气又急，她张开双臂用力地搂住奶奶："我是艾莉诺！你的孙女，你不记得我了！"

奶奶定定地看着她，停了一会儿，说："记得……你就是给我送冰激凌的女孩子。"

艾莉诺突然明白了，奶奶永远记不得自己了。

她生活在另一个世界里，那里有孤独和忧伤的阴影。

艾莉诺伤心地哭了起来："奶奶你怎么了……你原来那么爱我，我也那么爱你，你怎么就忘了？"

这时，她发现奶奶的混浊的、灰黄色的眼珠轻轻地转动了几下，眼中流出了泪水，一下子流到面颊上。

"爱……"奶奶喃喃地说，"我记得，我记得爱……爱……"

妈妈哽咽着："孩子，明白了吗？这就是奶奶最想要的——爱。"

艾莉诺愣了片刻，破涕为笑："我以后每周都给奶奶送草莓冰激凌，都来拥抱她。不管她记不记得我是谁。"

总而言之，这是最重要的——记住爱，而不是记住名字。

目送 ①

◎ 龙应台

龙应台，（1952— 台湾著名文化人及公共知识分子，著名作家，作品《野火集》具有很大影响。

华安上小学第一天，我和他手牵着手，穿过好几条街，到维多利亚小学。九月初，家家户户院子里的苹果和梨树都缀满了拳头大小的果子，枝丫因为负重而沉沉下垂，越出了树篱，勾到过路行人的头发。

很多很多的孩子，在操场上等候上课的第一声铃响。小小的手，圈在爸爸的、妈妈的手心里，怯怯的眼神，打量着周遭。他们是幼稚园的毕业生，但是他们还不知道一个定律：一件事情的毕业，永远是另一件事情的开启。

铃声一响，顿时人影错杂，奔往不同方向，但是在那么多穿梭纷乱的人群里，我无比清楚地看着自己孩子的背影——就好像在一百个婴儿同时哭声大作时，你仍旧能够准确听出自己那一个的位置。华安背着一个五颜六色的书包往前走，但是他不断地回头；好像穿越一条无边无际的时空长河，他的视线和我凝望的眼光隔空交会。

---

① 选自《目送》，龙应台著　生活·读书·新知三联书店2009年版。

我看着他瘦小的背影消失在门里。

十六岁,他到美国作交换生一年。我送他到机场。告别时,照例拥抱,我的头只能贴到他的胸口,好像抱住了长颈鹿的脚。他很明显地在勉强忍受母亲的深情。

他在长长的行列里,等候护照检验;我就站在外面,用眼睛跟着他的背影一寸一寸往前挪。终于轮到他,在海关窗口停留片刻,然后拿回护照,闪入一扇门,倏乎不见。

我一直在等候,等候他消失前的回头一瞥。但是他没有,一次都没有。

现在他二十一岁,上的大学,正好是我教课的大学。但即使是同路,他也不愿搭我的车。即使同车,他戴上耳机——只有一个人能听的音乐,是一扇紧闭的门。有时他在对街等候公车,我从高楼的窗口往下看:一个高高瘦瘦的青年,眼睛望向灰色的海;我只能想象,他的内在世界和我的一样波涛深邃,但是,我进不去。一会儿公车来了,挡住了他的身影。车子开走,一条空荡荡的街,只立着一只邮筒。

我慢慢地、慢慢地了解到,所谓父女母子一场,只不过意味着,你和他的缘分就是今生今世不断地在目送他的背影渐行渐远。你站立在小路的这一端,看着他逐

《目送》是一本生死笔记,深邃、忧伤、美丽。

渐消失在小路转弯的地方，而且，他用背影默默告诉你：不必追。

我慢慢地、慢慢地意识到，我的落寞，仿佛和另一个背影有关。

博士学位读完之后，我回台湾教书。到大学报到第一天，父亲用他那辆运送饲料的廉价小货车长途送我。到了我才发觉，他没开到大学正门口，而是停在侧门的窄巷边。卸下行李之后，他爬回车内，准备回去，明明启动了引擎，却又摇下车窗，头伸出来说："女儿，爸爸觉得很对不起你，这种车子实在不是送大学教授的车子。"

我看着他的小货车小心地倒车，然后噗噗驶出巷口，留下一团黑烟。直到车子转弯看不见了，我还站在那里，一口皮箱旁。

每个礼拜到医院去看他，是十几年后的时光了。推着他的轮椅散步，他的头低垂到胸口。有一次，发现排泄物淋满了他的裤腿，我蹲下来用自己的手帕帮他擦拭，裙子也沾上了粪便，但是我必须就这样赶回台北上班。护士接过他的轮椅，我拎起皮包，看着轮椅的背影，在自动玻璃门前稍停，然后没入门后。

我总是在暮色沉沉中奔向机场。

火葬场的炉门前，棺木是一只巨大而沉重的抽屉，缓缓往前滑行。没有想到可以站得那么近，距离炉门也不过五公尺。雨丝被风吹斜，飘进长廊内。我掠开雨湿了前额的头发，深深、深深地凝望，希望记得这最后一次的目送。

我慢慢地、慢慢地了解到，所谓父女母子一场，只不过意味着，你和他的缘分就是今生今世不断地在目送他的背影渐行渐远。你站立在小路的这一端，看着他逐渐消失在小路转弯的地方，而且，他用背影默默告诉你：不必追。

祖母的呼唤①

◎　牛汉

牛汉（1923—），原名史成汉，现当代著名诗人、作家。著有诗集《色彩生活》、《祖国》、《温泉》等。

在一篇文章里，我说过"鼻子有记忆"的话，现在仍确信无疑。我还认为耳朵也能记忆，具体说，耳朵深深的洞穴里，天然地贮存着许多经久不灭的声音。这些声音，似乎不是心灵的忆念，更不是什么幻听，它是直接从耳朵秘密的深处飘响出来的，就像幽谷的峰峦缝隙处渗出的一丝一滴丁冬作响的水，这水珠或水线永不枯竭，常常就是一条河的源头。耳朵幽深的洞穴是童年牧歌的一个源头。

我十四岁离开家以后，有几年十分想家，常在睡梦中被故乡的声音唤醒，有母亲急促而沉重的脚步声，有祖母深夜在炕头因胃痛发出的压抑的呻吟。几十年之后，在生命承受着不断的寂闷与危难时，常常能听见祖母殷切的呼唤。她的呼唤似乎可以穿透几千里的风尘与云雾，越过时间的沟壑与迷障：

---

① 选自《你要爱你的寂寞：笔会60年·青春版》，文汇报笔会编辑部编，文汇出版社2006年版。

"成汉，快快回家，狼下山了！"成汉是我的本名。

童年时，每当黄昏，特别是冬天，天昏黑得很突然，随着田野上冷峭的风，从我们村许多家的门口，响起呼唤儿孙回家吃饭的声音。男人的声音极少，总是母亲和祖母的声音。喊我回家的是我的祖母。祖母身体病弱，在许多呼唤声中，她的声音最细最弱，但不论在河边，在树林里，还是在村里哪个角落，我一下子就能在几十个声调不同的呼唤声中分辨出来。她的声音发颤，发抖，但并不沙哑，听起来很清晰。

有时候，我在很远很远的田野上和一群孩子们逮田鼠，追兔子，用锹挖甜根苗（甘草），祖母喊出第一声，只凭感觉，我就能听见，立刻回一声："奶奶，我听见了。"挖甜根苗，常常挖到一米深，挖完后还要填起来，否则大人要追查，因为甜根苗多半长在地边上。时间耽误一会，祖母又喊了起来："狼下山了，狼过河了，成汉，快回来！"偶然有几次，听到母亲急促而忿怒的呼吼："你再不回来，不准进门！"祖母的声音拉得很长，充满韧性，就像她擀的杂面条那么细那么有弹力。有时全村的呼唤声都停息了，只我还没回去，祖母焦急地一声接一声喊我，声音格外高，像扩大了几十倍，小河、树林、小草都帮着她喊。

大人们喊孩子们回家，不是没有道理。我们那一带，狼叼走孩子的事不止发生过一次。前几年，从家乡来的妹妹告诉我，我离家后，我们家大门口，大白天，狼就叼走一个两三岁的孩子。狼叼孩子非常狡猾，它从隐秘的远处一颠一颠不出一点声息地跑来，据说它有一只前爪总是贴着肚皮不让沾地，以保存这个趾爪的锐利。狼奔跑时背部就像波浪似的一起一伏，远远望去，异常恐怖。它悄悄在你背后停下来，你几乎没有感觉。它像人一般站立起来，用一只前爪轻轻拍拍你的后背，你以为是熟人跟你打招呼，一回头，狼就用保存得很好的那个趾爪深深刺入你的喉部。祖母常常警戒我：在野地走路，有谁拍你的背，千万不能回头。

祖母最后的呼唤声，带着担忧和焦急，我听得出来，她是一边吁喘，一边使尽力气在呼唤我啊！她的脚缠得很小，个子又瘦又高，总在一米七以上，走路时颤颤巍巍的，她只有托着我家的大门框才能站稳。久而久之，我家大门的一边门框，由于她几乎天天呼唤我回家，手托着的那个部位变得光滑而发暗。祖母如果不用手托着门框，不仅站不稳，呼唤声也无法持久。

天寒地冻，为了不至于冻坏，祖母奇小的双脚不时在原地蹬踏，她站立的那地方渐渐形成两块凹处，像牛皮鼓面的中央，因不断敲击而出现的斑驳痕迹。

我风风火火地一到大门口，祖母的手便离开门框扶着我的肩头。她从不骂我，至多说一句："你也不知道肚子饿。"

半个世纪来，或许是命运对我的赐予，我仍在风风雨雨的旷野上奔跑着，求索着；写诗，依我的体验，跟童年时入迷地逮田鼠、兔子，挖掘甜根苗的心态异常的相似。

祖母离开人世已有半个世纪之久了，但她那立在家门口焦急而担忧地呼唤我的声音，仍然一声接一声地在远方飘荡着：

"成汉，快回家来，狼下山了……"

我仿佛听见了狼的凄厉的叫声。

由于童年时心灵上感触到的对狼的那种恐怖，在人生道路上跋涉时我从不回头，怕有一个趾爪轻轻地拍我的后背。

"旷野上走路，千万不能回头！"祖母对我的这句叮咛，像警钟在我的心灵上响着。

外婆你好吗 ①

◎　梅子涵

梅子涵（1949—），著名儿童文学作家，著有《汉字的故事》、《女儿的故事》、《相信童话》等。

墓

外婆去世以后，每年春天我都乘火车或者轮船去看她。

去看的是一个墓。

外婆的墓在她的家乡。

她在我出生的时候，从家乡来到我的身边，四十多年一瞬间过去了。

那时候我睡在摇篮里是个伸手伸脚的婴儿，外婆放下包袱就说："我的毛毛怎么这么好玩啊！"

她把我领大。她还把我的女儿领大。

然后是我送她回家。

人生就是这样，总要分别，在一起的时候真没有好好珍惜啊。

我送她是乘船的。小时候，外婆带我去乡下，也常常乘船。外婆

---

① 选自《天空包在馅饼里》，梅子涵主编，孙悦等选编，浙江文艺出版社2007年版。

叫它大轮。我们在十六铺码头上船,经过南通、镇江、南京、马鞍山,到芜湖下。

外婆领我乘四等舱,也乘过三等舱。

外婆坐在舱里,我满船地走了玩。从上走到下,从头走到尾。看江里的流水,看岸上的景色。无穷无尽的旅途乐趣和感觉,都因为有外婆带着而无忧无虑。尤其在今天想起来,那是最温馨的童年记忆和诗画了。也恍惚和伤感。

可现在外婆已不在。我送的是一个很小的盒子,用红的布包着的。

我捧着盒子走上大轮。

小的时候,外婆抱着我上船,背着我上船,搀着我上船。

这是多么不同的两种情景,当中隔着的是时间。

我把它放在床头。

坐船的感觉依旧,江水的声音依旧,岸上的景色也是依旧的,但是我的外婆不在了。

我没有任何的心情,只是坐在外婆的盒子旁边,想陪陪她,自从长大以后,奔进了外面的世界,坐在外婆身边的时间就很少,但是现在来不及了。下了船以后,外婆的盒子将被放进地下,那更是真正永远地分开了……

外婆的墓在长江边上。

我离开她是夕阳西下的时候。

夕阳照在墓群照在她的墓上。

我说外婆我走了,我泪水涟涟,趴在她的碑下。

离开的时间是那么难啊,我把外婆留在这里,我却要走了,我说外婆我走了哦,我走了哦……

我走几步,就回一下头,每年都这样。

外婆叫我毛毛

外婆一直叫我毛毛。

外婆说："毛啊……"

我说："外婆,我这么大了,你还叫我毛毛。"

外婆笑起来。

外婆说："毛啊……"

长大以后,有了自己的家,就不再和母亲住在一起,不再和外婆住在一起。

每个星期回家。

外婆早趴在窗口看我。我远远地就看见她在窗口。

她一定在说："毛怎么还没来……"

这一天外婆总欢天喜地,跟在我后面说毛啊毛啊……跟我说了不少的话。

可是晚上总要到来,我要走了。

外婆送到楼梯口:"毛啊,下个礼拜还来吗?"

我走出大门,走到路上,回头看看,外婆趴在窗口,外婆一定在说:"我的毛走了……"

我朝外婆挥挥手,天已经黑了,但是外婆看得见,我看见外婆看见了。

走了已经很远,我回过头,外婆仍趴在那里。

在送别外婆的时候,我念着悼词,我说,从此以后,窗口空了……

心中赋得永久的悔①

◎ 季羡林

季羡林（1911—2009），中国著名文学家、语言学家、教育家、翻译家、散文家。著有《天竺心影》、《朗润集》、《牛棚杂忆》等。

　　题目是韩小蕙小姐出的，所以名之曰"赋得"。但文章是我心甘情愿作的，所以不是八股。

　　我为什么心甘情愿作这样一篇文章呢？一言以蔽之，题目出得好，不但实获我心，而且先获我心：我早就想写这样一篇东西了。

　　我已经到了望九之年。在过去的七八十年中，从乡下到城里；从国内到国外；从小学、中学、大学到洋研究院；从"志于学"到超过"从心所欲不逾矩"，曲曲折折，坎坎坷坷，既走过阳关大道，也走过独木小桥；既经过"山重水复疑无路"，又看到"柳暗花明又一村"，喜悦与忧伤并驾，失望与希望齐飞，我的经历可谓多矣。要讲后悔之事，那是俯拾皆是。要选其中最深切、最真实、最难忘的悔，也就是永久的悔，那也是唾手可得，因为它片刻也没有离开过我的心。

　　我这永久的悔就是：不该离开故乡，离开母亲。

---

① 选自《另一种回忆录》，季羡林著，作家出版社2006年版。

我出生在鲁西北一个极端贫困的村庄里。我们家是贫中之贫，真可以说是贫无立锥之地。十年浩劫中，我自己跳出来反对北大那一位倒行逆施但又炙手可热的"老佛爷"，被她视为眼中钉，必欲除之而后快。她手下的小喽啰们曾两次窜到我的故乡，处心积虑把我"打"成地主，他们那种狗仗人势穷凶极恶的教师爷架子，并没有能吓倒我的乡亲。我小时候的一位伙伴指着他们的鼻子，大声说："如果让整个官庄来诉苦的话，季羡林家是第一家！"

这一句话并没有夸大，它说的是实情。我祖父母早亡，留下了我父亲等三个兄弟，孤苦伶仃，无依无靠。最小的一叔送了人。我父亲和九叔饿得没有办法，只好到别人家的枣林地里去捡落到地上的干枣充饥。这当然不是长久之计。最后兄弟俩被逼背井离乡，盲流到济南去谋生。此时他俩也不过十几二十岁。在举目无亲的大城市里，必然是经过千辛万苦，九叔在济南落住了脚。于是我父亲就回到了故乡，说是农民，但又无田可耕。又必然是经过千辛万苦，九叔从济南有时寄点儿钱回家，父亲赖以生活。不知怎么一来，竟然寻（读xín）上了媳妇，她就是我的母亲。母亲的娘家姓赵，门当户对，她家穷得同我们家差不多，否则也决不会结亲。她家里饭都吃不上，哪里有钱、有闲上学。所以我母亲一个字也不识，活了一辈子，连个名字都没有。她家是在另一个庄上，离我们庄五里路，这个五里路就是我母亲毕生所走的最长的距离。

北京大学那一位"老佛爷"要"打"成"地主"的人，也就是我，就出生在这样一个家庭里，就有这样一位母亲。

后来我听说，我们家确实也"阔"过一阵。大概在清末民初，九叔在东三省用口袋里剩下的最后五角钱，买了十分之一的湖北水灾奖券，中了奖。兄弟俩商量，要"富贵而归故乡"，回家扬一下眉，吐一下气。于是把钱运回家，九叔仍然留在城里，乡里的事由父亲一手张罗。

他用荒唐离奇的价钱，买了砖瓦，盖了房子。又用荒唐离奇的价钱，置了一块带一口水井的田地。一时兴会淋漓，真正扬眉吐气了。可惜好景不长，我父亲又用荒唐离奇的方式，仿佛宋江一样，豁达大度，招待四方朋友。一转瞬间，盖成的瓦房又拆了卖砖，卖瓦。有水井的田地也改变了主人。全家又回归到原来的情况。我就是在这个时候，在这样的情况下降生到人间来的。

母亲当然亲身经历了这个巨大的变化。可惜，当我同母亲住在一起的时候，我只有几岁，告诉我，我也不懂。所以，我们家这一次陡然上升，又陡然下降，只像是昙花一现，我到现在也不完全明白。这个谜恐怕要成为永恒的谜了。

不管怎样，我们家又恢复到从前那种穷困的情况。后来听人说，我们家那时只有半亩多地。这半亩多地是怎么来的，我也不清楚。一家三口人就靠这半亩多地生活。城里的九叔当然还会给点儿接济，然而像中湖北水灾奖那样的事儿，一辈子有一次也不算少了，九叔没有多少钱接济他的哥哥了。

家里日子是怎样过的，我年龄太小，说不清楚。反正吃得极坏，这个我是懂得的。按照当时的标准，吃"白的"（指麦子面）最高，其次是吃小米面或棒子面饼子，最次是吃红高粱饼子，颜色是红的，像猪肝一样。"白的"与我们家无缘。"黄的"（小米面或棒子面饼子颜色都是黄的）与我们缘分也不大。终日为伍者只有"红的"。这"红的"又苦又涩，真是难以下咽。但不吃又害饿，我真有点儿谈"红"色变了。

但是，小孩子也有小孩子的办法。我祖父的堂兄是一个举人，他的夫人我喊她奶奶。他们这一支是有钱有地的。虽然举人死了，但家境依然很好。我这一位大奶奶仍然健在。她的亲孙子早亡，所以把全部的钟爱都倾注到我身上来。她是整个官庄能够吃"白的"的仅有的几个人中之一。她不但自己吃，而且每天都给我留出半个或者四分之一个白面馍馍来。我每天早晨一睁眼，立即跳下炕来向村里跑，我们家住在村外。我跑到大奶奶跟前，清脆甜美地喊上一声："奶奶！"她立即笑得合不上嘴，把手缩回到肥大的袖子，从口袋里掏出一小块馍馍，递给我，这是我一天最幸福的时刻。

此外，我也偶尔能够吃一点"白的"，这是我自己用劳动换来的。一到夏天麦收季节，我们家根本没有什么麦子可收。对门住的宁家大婶子和大姑——她们家也穷得够戗——就带我到本村或外村富人的地里去"拾麦子"。所谓"拾麦子"就是别家的长工割过麦子，总还会剩下那么一点儿麦穗，这些都是不值得一捡的，我们这些穷人就来"拾"。因为剩下的决不会多，我们拾上半天，也不过拾半篮子；然而对我们来说，这已经是如获至宝了。一定是大婶和大姑对我特别照顾，以一个四五岁、五六岁的孩子，拾上一个夏天，也能拾上十斤八斤麦粒。这些都是母亲亲手搓出来的。为了对我加以奖励，麦季过后，母亲便把麦子磨成面，蒸成馍馍，或贴成白面饼子，让我解馋。我于是就大快朵颐了。

记得有一年，我拾麦子的成绩也许是有点"超常"。到了中秋节——农民嘴里叫"八月十五"——母亲不知从哪里弄来点儿月饼，给我掰了一块，我就蹲在一块石头旁边，大吃起来。在当时，对我来说，月饼可真是神奇的好东西，龙肝凤髓也难以比得上的，我难得吃上一次。我当时并没有注意，母亲是否也在吃。现在回想起来，她根本一口也没有吃。不但是月饼，连其他"白的"，母亲从来都没有尝过，都留给我吃了。她大概是毕生就与红色的高粱饼子为伍。到了歉年，连这个也吃不上，那就只有吃野菜了。

至于肉类，吃的回忆似乎是一片空白。我老娘家隔壁是一家卖煮牛肉的作坊，给农民劳苦耕耘了一辈子的老黄牛，到了老年，耕不

动了,几个农民便以极其低的价钱买来,用极其野蛮的办法杀死,把
肉煮烂,然后卖掉。老牛肉难煮,实在没有办法,农民就在肉锅里小
便一通,这样肉就好烂了,农民心肠好,有了这种情况,就昭告四邻:
"今天的肉你们别买!"老娘家穷,虽然极其疼爱我这个外孙,也只能
用土罐子,花几个制钱,装一罐子牛肉汤,聊胜于无。记得有一次,罐
子里多了一块牛肚子,这就成了我的专利。我舍不得一气吃掉,就用
生了锈的小铁刀,一块一块地割着吃,慢慢地吃。这一块牛肚真可以
同月饼媲美了。

"白的"、月饼和牛肚难得,"黄的"怎样呢?"黄的"也同样难
得。但是,尽管我只有几岁,我却也想出了办法。到了春、夏、秋三个季
节,庄外的草和庄稼都长起来了。我就到庄外去割草,或者到人家高
粱地里去劈高粱叶。劈高粱叶,田主不但不禁止,而且还欢迎;因为叶
子一劈,通风情况就能改进,高粱长得就能更好,粮食打得就能更多。
草和高粱叶都是喂牛用的。我们家穷,从来没有养过牛。我二大爷家是
有地的,经常养着两头大牛。我这草和高粱叶就是给它们准备的。每当
我这个不到三块豆腐干高的孩子背着一大捆草或高粱叶走进二大爷的
大门,我心里有所恃而不恐,把草放在牛圈里,赖着不走,总能蹭上一
顿"黄的"吃,不会被二大娘"卷"(我们那里的土话,意思是"骂")出
来。到了过年的时候,自己心里觉得,在过去的一年里,自己喂牛立了
功,又有了勇气到二大爷家里赖着吃黄面糕。黄面糕是用黄米面加上
枣蒸成的,颜色虽黄,却位列"白的"之上,因为一年只在过年时
吃一次,物以稀为贵,于是黄面糕就贵了起来。

我上面讲的全是吃的东西。为什么一讲到母亲就讲起吃的东西
来了呢?原因并不复杂。第一,我作为一个孩子容易关心吃的东西;第
二,所有我在上面提到的好吃的东西,几乎都与母亲无缘。除了"黄
的"以外,其余她都不沾边儿。我在她身边只呆到六岁,以后两次奔丧

回家，呆的时间也很短。现在我回忆起来，连母亲的面影都是迷离模糊的，没有一个清晰的轮廓。特别有一点，让我难解而又易解：我无论如何也回忆不起母亲的笑容来，她好像是一辈子都没有笑过。家境贫困，儿子远离，她受尽了苦难，笑容从何而来呢？有一次我回家听对面的宁大婶子告诉我说"你娘经常说：'早知道送出去回不来，我无论如何也不会放他走的！'"简短的一句话里面含着多少辛酸、多少悲伤啊！母亲不知有多少日日夜夜，眼望远方，盼望自己的儿子回来啊！然而这个儿子却始终没有回去，一直到母亲离开这个世界。

对于这个情况，我最初懵懵懂懂，理解得并不深刻。到了上高中的时候，自己大了几岁，逐渐理解了。但是自己寄人篱下，经济不能独立，空有雄心壮志，怎奈无法实现，我暗暗地下定了决心，立下了誓愿：一旦大学毕业，自己找到工作，立即迎养母亲；然而没有等到我大学毕业，母亲就离开我走了，永远永远地走了。古人说："树欲静而风不止，子欲养而亲不待。"这话正应到我身上。我不忍想象母亲临终时思念爱子的情况；一想到，我就会心肝俱裂，眼泪盈眶。当我从北平赶回济南，又从济南赶回清平奔丧的时候，看到了母亲的棺材，看到那简陋的屋子，我真想一头撞死在棺材上，随母亲于地下。我后悔，我真后悔，我千不该万不该离开了母亲。世界上无论什么名誉，什么地位，什么幸福，什么尊荣，都比不上呆在母亲身边，即使她一字也不识，即使整天吃"红的"。

这就是我的"永久的悔"。

父亲的画面 ①

◎ 刘墉

> 刘墉（1949—），知名华人作家。著有《冷眼看人生》、《把话说到心窝里》等多部温馨励志书籍。

　　人生的旅途上，父亲只陪我度过最初的九年，但在我幼小的记忆中，却留下非常深刻的画面，清晰到即使在三十二年后的今天，父亲的音容仍仿佛在眼前。

　　最早最早，甚至可能是两三岁的记忆中，父亲是我的溜滑梯，每天下班才进门，就伸直双腿，让我一遍又一遍地爬上膝头，再顺着他的腿溜到地下。母亲常怨父亲宠坏了我，没有一条西装裤不被磨得起毛。

　　父亲的怀抱也是可爱的游乐场，尤其是寒冷的冬天，他常把我藏在他皮袄宽大的两襟之间，那里面有着银白的长毛，很软，也很温暖。

　　父亲宠我，甚至有些溺爱。他总专程到衡阳路为我买纯丝的汗衫，说这样才不致伤到我幼嫩的肌肤。在我四五岁的时候，突然不再生产这种丝质的内衣。当父亲看着我初次穿上棉质的汗衫时，流露出

---

① 选自《在于一种幸福叫感恩》，林清玄编著，中国华侨出版社2011年版。

一种心疼的目光，直问我扎不扎。当时我明明觉得非常舒服，却因为他的眼神，故意装作有些不对劲的样子。

傍晚时，父亲更常把我抱上脚踏车前面架着的小藤椅，载我穿过黄昏的暮色和竹林，到萤桥附近的河边钓鱼。我们把电石灯挂在开满姜花的水滨，隔些时在附近用网一捞，就能捕得不少小虾，再用这些小虾当饵。

刘墉，一个很认真生活，总希望超越自己的人。有一颗很热的心、一对很冷的眼、一双很勤的手、两条很忙的腿和一种很自由的心情。他的处世散文和温馨励志散文书籍经常成为华人世界的畅销书。

我最爱看那月光下鱼儿挣扎出水的画面，闪闪如同白银打成的鱼儿，扭转着、拍打着，激起一片水花，仿佛银梭般飞射。

当然父亲也是我枕边故事的述说者，只是我从来不曾听过完整的故事。一方面因为我总是很快地入梦，一方面由于他的故事都是从随手看过的武侠小说里摘出的片段。也正因此，在我的童年记忆中，"踏雪无痕"和"浪里白条"，比白雪公主的印象更深刻。

真正的白雪公主，是从父亲买的《儿童乐园》里读到的，那时候还不易买到这种香港出版的图画书，但父亲总会千方百计地弄到。尤其是当我获得小学一年级演讲比赛冠军时，他高兴地从国外买回一大箱立体书。每页翻开都有许多小人和小动物站起来。我始终记得其中的画面，甚至那涂色的方法，也影响了我学生时期的绘画作品。

父亲不擅画，但是很会写字，他常说些"指实掌虚"、"眼观鼻，鼻观心"之类的话，还买了成沓的描红簿子，把着我的小手，一笔一笔地描。直到他逝世之后，有好长一段时间，每当我练毛笔字，都觉得父亲的身影,站在我的身后……

父亲爱票戏,常拿着胡琴,坐在廊下自拉自唱。他最先教我一段《苏三起解》,后来被母亲说:"什么男不男、女不女的,怎么教孩子尖声尖气学苏三?"于是改教了大花脸,那词我还记得清楚:"老虽老,孤的须发老,上阵全凭马和刀……"

父亲有我时已经四十多岁,但是一直到他五十一岁过世,头上连一根白发都没有。他的照片至今仍挂在母亲的床头。八十二岁的老母,常仰着脸,盯着他的照片说:"怎么愈看愈不对劲儿!那么年轻,不像丈夫,倒像儿子了!"然后她便总是转过身来对我说:"要不是你爸爸早死,只怕你也成不了气候,不知被宠成了什么样子!"

是的,在我记忆中,不曾听过父亲的半句斥责,也从未见过他不悦的表情。尤其记得有一次蚊子叮他,父亲明明发现了,却一直等到蚊子吸足了血,才打。

母亲说:"看到了还不打?哪儿有这样的人?"

"等它吸饱了,飞不动了,才打得到。"父亲笑着说,"打到了,它才不会再去叮我儿子!"

三十二年了,直到今天,每当我被蚊子叮到,总会想到我那慈祥的父亲,听到"啪"的一声,也清晰地看见他手臂有被打死的蚊子和殷红的血迹……

成长的岁月，充满欢愁。父母的关爱和理解、儿女的体谅与担当、兄妹姐弟的支持和依靠……有过多少平凡、琐碎却纯净透明、感人至深的故事！

相互拥有的日子，看似漫长，实则稍纵即逝，愿我们珍惜彼此，珍惜每一次欢愁记忆，尽可能地分享每一段能够在一起的时光。

欢愁岁月

最幸福的一天①

◎ 阿·阿列克辛

阿·阿列克辛（1924— ），前苏联著名儿童文学作家。作品有《我的哥哥吹黑管》、《可怕事件》、《第三十一天》、《两个同学的通信》等。

瓦连季娜·格奥尔基耶夫娜老师对我们说："明天开始放寒假，我相信，你们每天都将过得十分幸福，展览会啊，博物馆哪，都在等着你们呢。不过，你们也会有最幸福的一天，一定会有的！那就把它写下来，作为寒假作业，写得好的文章，我将在全班朗读！作文题目就是《我最幸福的一天》。"

我发现，瓦连季娜·格奥尔基耶夫娜喜欢我们在作文中总要写上"最"的字眼：《我最可靠的朋友》《我最心爱的书》《我最幸福的一天》。

除夕夜间妈妈和爸爸吵架了。我不知道吵架的原因，因为他们是在朋友那里迎接新年，很晚很晚才回家的，到了早晨。两人就不说话了……

————————————
① 选自《蝴蝶站在提篮上》，梅子涵主编，孙悦等选编，浙江文艺出版社2007年版。

这是最不好的事情！宁可他们吵一顿，闹一顿，然后就和好。要不然，别看他们走起路来若无其事，和我讲话也是轻声细语，仿佛什么事儿也没有，但在这种情况下，我总觉得出事了。而这事儿什么时候了结呢？那是无法知道的，因为他们两人不讲话啊！就好像在生病的时候……如果体温突然上升，哪怕升到40℃，也没什么可怕的：可以用药把体温压下去嘛。而且我总觉得，体温越高，越容易确定病症，然后就治好了……譬如有一次医生完全以一副若有所思的样子看了看我，对妈妈说："他的体温正常……"我马上就感到很不自在。

总之，寒假的第一天，我们家里就出现了这种宁静和轻声细语，我也就没有兴致去参加枞树游艺会了。

妈妈和爸爸吵架时，我总是非常难过，虽然，在这种时候，他们对我总是有求必应，我想要什么就能得到什么！譬如，我刚说不想去参加枞树游艺会，爸爸马上建议我到天文馆去；妈妈说，她愿意带我去溜冰。在这种时候，他们总竭力表明，他们的争吵绝对不会影响我的生活水平，而且，这和我一点儿关系也没有……

但是我很难过。在吃旦饭的时候，我的心情更加忧郁了。起先，爸爸问我：

"你向妈妈祝贺新年了吗？"

而妈妈呢？看也没看爸爸，接着说：

"给父亲把报纸拿来，我听见刚才已经送到信箱里了。"

妈妈很少把爸爸称做"父亲"，这是第一；第二，他们两人都想使我相信：不论他们之间发生了什么，这只是他们的事情。

但是，实际上这也与我有关，而且很有关系！于是，我拒绝去天文馆，也不去溜冰……"最好别让他们分开，别让他们各去各的地方，"我打定了主意，"或许，到了傍晚，一切就都过去了。"

然而，他们还是一句话也不说。

如果外婆到我家来，我想，妈妈和爸爸就能和好了，他们总不能让外婆伤心。但是外婆到别的城市去了，去找她中学时代的女朋友，要十天后才能回来。

不知为什么，她总是在假期里去找这个女朋友，好像她们两人至今仍然是中学生，因而其他时间不能相会似的。

我始终竭力注意观察我的父母亲。他们刚刚下班回来，我马上向他们提出各种请求，迫使他们两人都留在家里，甚至在一个房间里。我的请求，他们总是满口答应，在这一点上，他们简直在相互竞赛呢！而且，他们一直悄悄地、不让人觉察地抚摩着我的头。我想："他们可怜我，同情我……这就是说，发生了一件严重的事情！"

瓦连季娜·格奥尔基耶夫娜老师坚信，寒假里我们每天都将过得十分幸福，她说："对这一点，我决不怀疑。"但是，已经过去整整五天了，可我一点儿幸福也没有。

我心里暗暗想道："要是他们老不讲话，那以后……"我感到十分可怕，于是，我下了决心，一定要叫妈妈爸爸和好。

必须采取迅速、果断的行动。但怎么做呢？……

我记得在哪本书上见过，或在广播里听过，欢乐和痛苦能把人们联系在一起。当然，使别人痛苦容易，使别人欢乐可就难了。要给别人带来快乐，使他感到幸福，必须想方设法，必须勤奋、花力气，而破坏别人的情绪，这是最轻而易举的事情！但我不想这样做……于是，我决定从令人欢乐的事情做起。

如果我仍然在上学，那我可以做一件难以达到的事情：几何得一个四分。数学女教师说我没有任何"空间概念"，为此还写了一封信给我的爸爸。而我要突然拿回来一个四分，妈妈和爸爸一定会吻我，然后他们也相互亲吻……

但这仅仅是幻想：还没有人假期里得过分数呢。

在这些日子里,什么事情能给父母亲带来欢乐呢?

我决定在家里进行大扫除。我用抹布、刷子忙乎了好一阵子,不过真倒霉,除夕那天妈妈已亲自打扫了一整天。如果你冲洗了已经洗过的地板,用抹布擦拭没有灰尘的柜子,那又有谁能发现你的劳动呢?晚上,父母亲回来后,并没有注意到整个地板干干净净,而只看到我浑身邋里邋遢。

"我做大扫除了。"我报告说。

"你能尽量帮助妈妈,这很好。"爸爸说,但没往妈妈那边儿看。

妈妈吻吻我,摸摸我的头,仿佛我是个父母双亡的孤儿。

第二天,虽然还是假期,我七点钟就起来了,打开收音机,开始做早操,用湿布擦身(以前我一次也没做过)。我在家里跺着脚,大声喘着气,往身上浇水。

"父亲不妨也擦擦。"妈妈说,也没看爸爸一眼。

爸爸只摸了摸我的颈子……我差点儿没哭出声来。

总之,欢乐并没有把他们联在一起,没能让他们和好……他们的欢乐是分开的,各归各的。

这时,我决定采取特别行动,用痛苦把他们联系在一起。

当然,最好是能生病。我愿意整个假期躺在被子里,翻来覆去,说着胡话,吞服各种药片,只要我的父母亲能重新相互讲话,那一切就仍然和以前一样了……是啊,最好能装出生病的样子,而且病得很重,几乎无法医治。但是,真遗憾,世界上还有体温表和医生。

剩下的办法只有从家里消失,暂时失踪。

晚上,我说:

"我要到'坟墓'那儿去一趟,有重要的事情!"

"坟墓"——这是我的朋友热尼卡的绰号。热尼卡不论讲什么，总是先说："你发誓，不告诉任何人！"我发了誓。"守口如瓶。"我答道。

不论别人对热尼卡讲什么，他总是一个劲声明："我任何时候任何人都不讲，就像坟墓一样守口如瓶。"他老是让人家相信这一点，于是得了个绰号"坟墓"。

那天晚上，我需要一个能保守秘密的人！

"你要去很久吗？"爸爸问。

"不要很久，二十分钟左右，不会再多了。"我答道，用力吻了吻爸爸。

然后我又使劲吻了吻妈妈，就像出发上前线或者开到北极去似的。妈妈和爸爸对看了一眼，痛苦还未降临到他们身上，目前仅仅是惊慌，但他们已经有一点点儿接近了，我感觉到了这一点。接着，我就到热尼卡那儿去了。

我到了他家，一看我的模样，他就问我：

"你从家里逃出来的？"

"是……"

"对！早该这样！不用担心，谁也不会知道，我像坟墓一样守口如瓶！"

热尼卡什么事儿也不知道，但他喜欢别人逃跑、躲藏、失踪。

"每隔五分钟你就给我的父母亲打一次电话，告诉他们，说你在等我，着急得很，但我还是没有来……明白吗？一直打到你觉得他们快急得发疯了，当然，不是真的发疯……"

"这是干吗？啊？我任何人任何时候都不会说，像坟墓一样守口如瓶！你知道……"

但是这件事就连"坟墓"我也不能讲啊！

热尼卡开始打电话了，来接电话的有时是妈妈，有时是爸爸，这要看谁恰好在走廊里，电话机就放在这里的小桌子上。

但是，在热尼卡打了三次电话以后，妈妈和爸爸已经不离开走廊了。

后来，他们自己打电话来了……

"他还没有到吗？"妈妈问，"这不可能。要不是出什么事儿了……"

"我也很着急，"热尼卡说，"我们有重要的事情必须会面，不过，也许他还活着？……"

"什么事？"

"这是秘密！我不能说，我发过誓。但是，他是急着要到我这儿来的……一定是发生什么事了！"

"你别说得太过火了，"我预先提醒"坟墓"，"妈妈说话时声音发抖吗？"

"发抖。"

"抖得厉害吗？"

"现在还不太厉害，但是会抖得十分十分厉害的，你不用怀疑。有我……"

"绝对不可能！"

我很可怜妈妈和爸爸，不过我这样做是为了崇高的目的！我要拯救我们的家庭，必须克制同情心！

我控制住自己，过了一个小时，我受不住了。

在热尼卡又接到妈妈不断打来的电话后，我问他：

"她说什么？"

"我们要发疯了！"他高兴地报告说，显得特别兴奋。

"她说'我们要发疯……'是说我们吗？你没记错？"

"如果记错了，让我立刻就死！不过还得让他们再难受一会

对于孩子来说，最幸福的事情莫过于家庭的完整和睦，父母的相亲相爱。

儿，"热尼卡说，"让他们打电话到警察局，到无名尸公示所……"

"完全没必要了！"

我拔起腿就向家里奔去……

我用自己的钥匙轻轻地打开了门，几乎没有一点儿响声，然后蹑手蹑脚地溜进了走廊。

爸爸和妈妈坐在电话机的两旁，脸色惨白，痛苦不堪，他们互相看着对方的眼睛……他们两人在一起受苦，这是多么好啊！

突然他们跳了起来……他们吻我，拥抱我，然后又相互亲吻。

这就是我的假期生活中最幸福的一天！

我心里的石头落地了，第二天便坐下来写作文。我把参观特烈基亚科夫绘画陈列馆那天写成是我最幸福的一天，虽然事实上这还是一年半之前的事情。

我可不能写爸爸和妈妈的事情……瓦连季娜·格奥尔基耶夫娜说过，优秀文章要在全班朗读，而我们六年级二班有四十三个人哪，万一我的作文写得最好呢！

爸爸的新鞋 ①

◎　威利·B. 雷邦

威利·B. 雷邦，美国作家。

　　记得我十三岁的时候，和所有的少年一样爱赶时髦。那个冬天，我在买了一双牛津鞋之后，才发现流行的却是路夫便鞋。那时的我虚荣地认为，如果没有一双路夫便鞋，那么我宁愿赤着脚度过这个冬天。

　　我的爸爸是一家汽车修理厂的修理师。一天下午，我对爸爸说："爸爸，我想要一些钱买一双路夫便鞋。"

　　"威利。"他显然非常震惊，严肃地说，"你脚上的这双鞋才穿了一个月啊！为什么又要买一双新的呢？"

　　"因为我这双鞋已经过时了，伙伴们现在穿的都是路夫便鞋，爸爸。"

　　"也许是吧，但是，孩子，你应该知道，再买这样一双鞋对我来

---

① 选自《感动中学生的精品美文：有一种情感永不泯灭》，卢祥之主编，青岛出版社2006年版。

说确实不是一件容易的事,我力不从心啊!"的确,爸爸的薪水很低,几乎还不够付房租和购买食品。

"但是,爸爸,我穿着这双鞋看起来就像一个傻子一样。"

爸爸目不转睛地注视着我。良久,他才说:"听我说,孩子,这双鞋你暂且再穿一天。然后,你要仔细看一看你们学校里每一个学生脚上穿的鞋子。如果你能告诉我你的情况比其他孩子更糟的话,那么,我会从你妈妈让我买食品的钱里拿出一部分来为你买新鞋子的。"

第二天早上,我昂首挺胸地走进学校,因为我知道那将是我穿着这双过时的鞋子的最后一天了。而我的目光只停留在那些擦得锃亮的、鞋底打上了铁掌的黑色的路夫便鞋上。穿上它走起路来,那敲击地板所发出的"咔嗒、咔嗒"的声音,很容易就能吸引人们的注意。啊,看着那些穿着路夫便鞋的同学,我心里真是羡慕极了!

周一,当我跑进汽车修理厂的时候,那里非常安静,只有爸爸在检修汽车。

我走到旁边等待着。那时,我能看到的只有爸爸那露在汽车外面的小腿。我静静地站在那里,一边拨弄着雪佛兰汽车的尾灯,一边凝视着爸爸的鞋。

他的鞋又旧又脏,其中左脚穿的那只鞋的鞋底已经断裂很长时间了,爸爸只是用金属丝缝合了两针。两只鞋的鞋带没有一根是完整的,都是由好几段接起来的。两只鞋没有一只是有鞋跟的,只是在鞋底上有些鞋跟被拔掉后留下来的被弄弯的鞋钉。爸爸把它们弄弯以免它们穿过鞋底扎伤脚。

"你放学了吗,儿子?"爸爸从车子底下爬出来,见我站在旁边,就问道。

"嗯。"我答道。

"那今天你照我说的去做了吗?"

"是的,爸爸。"

"那么,你想怎么做?"他看着我,那神色就好像他已经知道我将怎样回答似的。

"我还是想买一双路夫便鞋。"我一边说一边强迫自己不去看他的鞋。

爸爸给了我10美元,一双路夫便鞋要9.95美元。但是爸爸给我的钱只够买鞋,买过鞋之后,剩下的钱就不够买这种鞋必须配备的鞋后跟了。我决定等回家之后再向妈妈要些钱。我知道我不应该再去向爸爸要更多的钱了。

就在那个时候,爸爸的那双旧鞋子不时在我的脑海里交替闪现着。我又看到了他那经过修补的鞋底,接了几截的鞋带,还有鞋后跟那弯曲的鞋钉。他就是穿着这双破旧不堪的皮鞋在为我们、为我们这个家拼命地工作。在那寒冷的夜晚,当他接到顾客要求修车的电话,并且穿过整个城镇去为人家修车的时候,他的双脚一定被冻得冰凉。但是,他却从来都没有抱怨过。顿时,我的眼睛一直在注视着的橱窗内的那种路夫便鞋,在顷刻之间变得黯淡无光了。

试想一下,如果爸爸也像我一样,处处要跟别人攀比,处处要跟上潮流,那会是什么样子呢?哦,上帝,我究竟应该怎么办呢?

我走进店里,老远就看到货架上摆满了黑色的路夫便鞋,旁边的货架上摆放着几双爸爸这个年龄的人穿的老款式的鞋。

在我的脑海里交替闪现着这样两幅画面:第一幅是我穿着新鞋子在校园里神采飞扬受人瞩目的场景;第二幅是为了家庭、为了子女而不知疲倦地、无私地、忘我地奉献着、牺牲着自己一切的爸爸。要说跟上潮流,那么哪一种典范才是值得我去追随的呢?想到这儿,我从货架上挑选了一双10号的鞋子,然后飞快地跑向收银员。连营业税在一起,这双鞋一共花了6.13美元。

　　我拿着这双为爸爸买的新鞋子飞快地跑回汽车修理厂，悄悄地把它放在爸爸的汽车后座上。然后，我走到爸爸的身边，把剩下的钱递给了他。

　　"我想这双鞋应该是9.95美元。"他用疑惑的口吻说。

　　"哦，它们正在削价处理。"我一边含含糊糊地回答他，一边从旁边的墙上拿下一把扫帚，帮他一起清扫地面。五点钟的时候，他示意我可以下班回家了。

　　我们一上汽车，爸爸就看到了那个鞋盒。而当他打开鞋盒看到那双新鞋子的时候，他顿时惊讶得一句话也说不出来。然后，他看了看鞋子又看了看我，说："我还以为你是去买那种路夫便鞋的呢。"

　　"噢，我……我是……爸爸，但是……"我真不知道应该怎样向他解释。我怎么能告诉爸爸，他就是我决定要效仿的榜样呢？我又怎么能告诉他，关于跟上潮流，我希望能够跟上最好的典范呢？

　　爸爸把他的手放在我的肩头，开心地吹起了口哨，发动汽车，驶向了回家的路。

欢愁岁月 ①

◎ 林文月

林文月（1933—），台湾著名作家、学者、翻译家。

　　儿子又在他的房中专心对着打字机敲打长长短短的英文字。隔着走廊，我在自己房里一边整理家务，一边猜测那都是些什么字。是感谢对方接受他的入学申请吗？或者只是一种表明志愿的私函也说不定。除非得到他的允许，做母亲的我也不能随便偷窥他的信件。这种规矩原是好多年前，孩子们还不懂事的时候，我教给他们的：要尊重别人的隐私权，即使亲如家人也不例外；并且以身作则，致有今日。但是，我现在竟有一种近乎按捺不住的好奇，想要知道他究竟在写一封什么样的英文信。

　　我当然知道事情的大概。

　　二十四岁的儿子，大学已毕业，又于去秋服完兵役。原本不想追随潮流渡洋留学，要先留在岛内做事，得一些书本以外的实际经验，但读工科的他，在仔细观察环境、自我反省以后，还是选择了继续出

---

① 选自《林文月散文精选集》，陈义芝主编，广西师范大学出版社2003年版。

国深造之途。这是他自己的决定，我和他的父亲都没有干预影响他；虽则结果相同，过程却有别。

于是，自从去年秋天退伍以来，这事情便积极地进行着。他有一些同学好友商量，供给许多讯息。我又常见他对着一张新大陆的地图，似乎在研究一些地理气候等的问题。有时他也在闲谈之间询问我曾经旅行过、访问过的异乡习俗。眉宇间认真的表情，仿佛正燃烧着青春的理念与希望。近几个月以来，邮箱内突然增多了他的航空信件。我明白事情必然是积极地朝预定的方向进行着。

到今年秋天时，儿子大概就会独自离家到异国去读书了。那时，也许他已经满二十五岁，也许尚未。想到这事，我心中不免有浅浅的感伤，也同时混合着一些安慰与祝福的温馨。

一向培养孩子们自主独立的习惯，就是为了有朝一日当他们需要振翼高翔时，希望他们能够拥有一双强劲有力的翅膀，足以抵御风雨不定的天候。天下父母无不宠爱儿女，但有时亲情爱护亦不能永远庇佑他们。这是在儿子十岁那年他盲肠炎手术时，令我深切感受到的。

眼看注射过全身麻醉剂的小小的身躯，软弱乏力地随着推床左右晃动被推向手术室，当时我是多么希望自己能代他承受这个痛苦啊！至少，在他最痛苦的时候陪在身旁，拉着他的小手，给他安慰和鼓励。然而，我们只能送他到长廊门口，隔着玻璃门看自己的儿子被一些白衣制服的陌生人继续推向走廊那一头，我突然明白，父母再爱孩子，孩子毕竟是一个独立的个体，他的身体和命运，必须要他自己去奋力锻炼，克服争取。

从那次的经验以后，我尽量让自己站在一个协助者的立场，减少直接的干预。我宁愿让他们接受一些挫折，从挫折的经验里渐渐成熟。

我常常自我反省，觉得自己还是一个不错的母亲；不过，老实说，有时也难免于挫折感的侵袭。为了教书和写作，我花太多的时间在自己的书房里。孩子们从我这儿所得到的嘘寒问暖式的母爱，必然较他们的朋友少得多。为此，我有时暗自觉得歉疚。

大约是在儿子读高中时期，有一回问过他："你会因我不像别人的妈妈那样全天候地照顾你而感觉不满吗？"他笑笑，回答："我怎能够比较呢？我一生下来就只有你这个母亲啊！"他的话虽然轻松，却充满体谅。当时几乎有想哭的感动，我至今还记得。

孩子原是无法选择父母的。由于孩子无法选择更好的母亲，所以我只有设法做一个更好的母亲。然而，做母亲有时也真不容易，尤其在孩子十几岁、似懂非懂、充满反抗的时期。

我记得女儿在读初三的那一年，特别让我费神伤心。和她的哥哥个性不同，她从小好交游，即使在升学考试的压力下，也有无数的电话要接，无数的信件要回。那使她减少温习功课，甚至睡眠休息的时间。我看着逐渐消瘦而功课又退步的女儿，不免心疼又发急，遂劝她暂时克制过分的交游，专心向学。可是年轻的女孩子哪里听得进这些"教条"？同样的话重复几遍后，不满与反抗的情绪已然出现在那稚嫩的脸上。而电话铃依然日夜不停地响，不仅占去她用功和休息的时间，也干扰了全家人的宁静。最后，我不得不提出警告："假如你自己不能跟朋友表示，下次接电话时，我便要告诉他们节省打电话的时间和精力，多用功一些。等考完试，大家再好好地玩吧。"

而每天她放学后，电话铃依然一个接一个地响，时则午夜以后还有刺耳的声音。我犹豫了一下，毕竟警告别人的孩子比自己的孩子更困难。但"言出必行"，也是我教育孩子的原则，遂终于委婉劝勉一个少年："如果你们互相关心的话，应该彼此勉励多用功。再过一个月，有的是谈话时间，对不对？"语气是温和的，但态度是坚决的；我没有把听筒交给女儿。

女儿从房里冲出来,涨红脸指责我不尊重她,侮辱她的朋友! 次晨,我在书房的桌面上看到女儿留给我的一封类似绝交的书信。那里面说了一大套朋友相交的道理,最后也表示读书要出于自愿,"强迫"的方式,有时只会引起反效果!

读完信后,我没有气愤,只是觉得十分委屈、伤心。我把信折叠好,收回信封放入抽屉内。一时间感到茫然,不知如何处理这件事。

女儿其实一向乖巧善解人意。在她很小的时候,冬夜改学生的卷子,我常常让她坐在我的怀里,用睡袍裹住她柔软的小身体,母女心连心的幸福感与满足感,仿佛是昨日之事,但她竟如此一夜之间变成了另一个我所不认识的小妇人! 眼泪不自觉地沿颊落下。

我明白所有升学在即的孩子已形成一种特殊族类,他们都有莫大的心理压力,那压力来自校方频繁的大小考试,甚至也包括来自家庭内过分关切的亲情。我也明白,借写信、打电话来互相诉苦和安慰,其实是他们暂忘烦恼、逃避苦闷的一种方法。尽管了解其心态,做母亲的我也自有正确辅导的立场,不能因为收到女儿的"绝交书"而"认错"讨饶。

我决心让事情自然发展和淡化。

女儿放学回家时的脸色是极不愉快的,她用沉默与冷淡表达心中的愤懑。时常,我望着她早早关闭的房门难过不已。不过我注意到,电话铃不似往常响得多,信件也减少了。她的房门虽紧闭,深夜尚有一线灯光从门缝下溢出。我猜想倔强的她可能是加倍努力,要向我证明她能放也能收吧。只是她依然不愿与我多交谈,偶尔有必要,也只是以最少的字句表达。

家里只有四个人,少了一个谈话的对象是多么寂寞啊! 女儿又因为对我的不满,而似乎对全家的人也有对立的意识。我对此也感到极大的不安,不过,除了尽量不要再去刺激她,耐心等候她消除敌意,也别无他途。

这样不快乐的日子整整持续了十余日。女儿先是对父亲和哥哥有了笑容。我有时在另一个房间听他们说笑，既欣慰又嫉妒，是一种复杂矛盾的心情。然后，我试着用平常心与她多交谈，她仿佛倒也不再刻意冷漠，但双方难免都有些不自然的矜持与尴尬。那真是我今生不寻常的经验！不过，我真的为女儿渐渐又回到我的怀抱，喜极而暗自流泪。

亲子之情实在奇妙。有摩擦的时候，令你坐立难安，片刻不忘，一旦恢复正常，则又像呼吸空气一般自然，以至于忘了一切。

这件事情过去很久之后，有一个晚上，我和女儿上街购物。她硬要抢过我手中大大小小的购物袋，减轻我的负荷，无端令我有提前衰老的感觉。我请她到一个精致的小店喝茶。

由于宿读，只能周末返家的女儿，有说不完的关于同学、老师、教官的话题。听她滔滔不绝地讲话，又见她眉飞色舞的神采，我几乎忘记自己是她的母亲，倒像是她贴心知己的朋友似的。

住宿学校，令她获得团体生活的正面与负面经验。她皱起眉头告诉我某些女孩子的不良习性，怀疑那是缺乏家教所致。"妈妈，我真感谢你，从小教我要如何坐、如何立，免得我现在被别人嘲笑。"我起身去付账，她又连忙捡起椅上的各袋，并立在一处，她的身高已远超过我。我微微仰看她青春姣好的面孔，暗自庆幸女儿真是长大了。

在回家的路上，她轻声告诉我："妈妈，我实在佩服你。有时候我想：如果我有一个女儿像我自己，真不知该怎么办？"我爱怜地抚摩她细柔如丝的长发："那时候，你自有你自己的一套办法疼爱她、教育她；不过，我祝福你有一个更乖顺的女儿！"说完，我们两个人同时笑了起来。

抚育儿女的岁月里，充满欢愁的许多经验，仿佛漫长，却实在是稍纵即逝的。我珍惜已经拥有的一切欢愁记忆。如果在母亲节的这一天里，我能许下一个愿望的话，我愿自己和儿女更努力地来维护我们这一份美好的关系。

姐，回家吧 [1]

◎ 李乙隆

李乙隆（1966—），中国当代作家。作品有《梅雨时节的美丽》、《邂逅一种心情》等。

我正在攒钱购买一本字典的宏大计划被姐知道了，她每隔三五天便从衣袋里摸出一个一两分钱的硬币，郑重其事地放在我的手掌上。

那时候一本字典是七角多钱吧。如果平均每天都能攒上一分钱，半学期就攒够了钱。但我每天要到哪儿去挣这一分钱呢？

离我村几里远的公路上有一道很陡的坡，有人用单车载柴草去卖给山外人家做燃料，翻过这道坡时，需要雇人在后面帮着推，大力推一趟一般可得五分钱，小孩要两三人合伙推，每人只得一两分钱。我只推过一趟，便被姐知道了。她说我年纪小，身体也不好，不能干这活，拉着我回家。

那时候姐整天都在生产队里劳动，生产队是不发工资的，真想不出姐那些一分两分的钱是从哪儿变出来的。

每隔一段时间，姐便问我，有多少钱了，还差多少？

① 选自《另一个界面的生存》，朱威廉主编，文汇出版社2000年版。

这天我坐在门槛上做作业，姐又问，我说只差五分钱。姐到屋子里去了。不一会，姐从屋子里出来，我愣了神，总觉得姐不像姐了，她那两条叫人看着十分舒服的辫子被剪了下来。

她把辫子放到我的手上说，你把这两条辫子拿去卖给福元伯，就可以买字典了。

剪掉了辫子的姐没有原来那么美了，但我却更爱她了。我对自己说，将来我长大了，一定买许多姐喜爱的东西送给她。

姐上过夜校。夜校的语文老师也是我的班主任林老师，年纪与姐差不多，常到我家来家访，有时说是来辅导我功课，眼睛却总瞪着姐看。他一来，姐的表情便怪怪的。

林老师调走后，仍到我家来过两次。有一次他带来了四个苹果。

那是我第一次看到苹果，看着便叫人流口水，凑上去便能闻到那份诱人的芬芳。

姐疼我，给我一个，把两个切成一片一片，分给邻居的小孩。姐自己留着一个，不吃，只留着。

我把我这一生的第一个苹果吃完之后，回味了几天，便惦记起姐留着的那个苹果来。

我常常看见姐捧着那个苹果坐着出神，那时候我不懂姐的心事，只是想念苹果的滋味。

这一天我发高烧，吃不下饭，姐把手放在我的额头上，我说，姐，苹果……

姐望了我一会，便去拿来那个苹果给我。那个苹果已经有点腐烂了，但我仍然吃得神清气爽。

吃完那个苹果，我很快就后悔了。我看见姐背着我抹眼泪。

姐喜爱苹果，我长大了，一定买许许多多的苹果送给姐。我想。

那一年姐病倒了，殷红的血，一口一口往外直吐。

从大人的表情中，我仿佛预感到什么，我忽然害怕起来，我感到姐正在一天一天地离我而去，我不知道用什么办法可以把姐留住。我只是哭。哭着哭着，我忽然想到了苹果，姐喜爱苹果，可她从来没吃过苹果呀。

我拿起一件我最新的衣服，赶到镇上，找不到苹果，有人告诉我，县城也许有吧。我赶到县城时已近黄昏。我终于找到了苹果。我怯生生地把那件衣服递给卖苹果的阿姨，说，换几个苹果。阿姨拿起衣服看了看，说，你是从哪儿偷来的吧。我说，这是我最新的衣服，我姐病了，什么也吃不下，她喜爱苹果。话未说完，我已泪流满面。

阿姨拿两个苹果给我，我要走，阿姨叫住我，把衣服塞还我。

从县城到我家，有一段阴森森的山路，还有一个乱坟岗。我直往家里赶，不知累，也不知道怕。

当我赶到村里时，夜已深了。一轮欲圆未圆的月亮，如打缺了一角的玉盘，惨惨地白在中天。我忽然看见姐，在清冷的月光下，凄然地站着。她是在等我。

亲切的姐，纯洁的姐，就如同一阵山风吹过，只留给我心底无尽的悲凉。

我忙走上前。

姐看见我，仿佛舒了一口气。她一定等得急了。

我说，姐，回家吧。

姐站着不动。我伸出手想拉一拉姐，姐不见了。

哭声，从我家传来。

那年姐二十三岁。

姐永远二十三岁。

歌谣般亲切的姐

山泉般纯洁的姐

庄稼般质朴的姐

山花般美丽的姐。

兄弟的另一种诠释[①]

◎　艾妃

　　他出生的那年，计划生育抓得正严，村里有生二胎的人家，不是要躲到外地就是被罚款。只有他，是光明正大生下来的老二，并非家中有权有势，而是因为他的哥哥患有先天性脑疾。俗话说，就是弱智。

一

　　母亲挥着手里的一根小竹竿，对他说：永远不许碰弟弟，记住没？因为担心他会伤害弟弟。父母更不许他进他们的房间，即使是吃饭，也让他单独在自己的小屋里吃。他经常偷偷蹲在父母的房门外向屋里望去，看到弟弟时，就笑得口水顺着嘴角流了出来。

　　其实他很小的时候，也曾被深深疼爱过，只是当年龄相仿的孩子已经学会说话、走路时，他却目光呆滞，讲不出一个字来。检查出是

---

① 选自《受益一生的真情故事大全》，刘海涛、王林发、王嘉萍主编，中国华侨出版社2011年版。

脑疾后，爷爷奶奶把怨气撒到母亲身上，母亲便把委屈强加给他，经常因为一点小事就打他一顿。

有时，母亲在院子里抱着弟弟晒太阳。他小心翼翼地靠近，兴奋地想摸摸弟弟的脸蛋，母亲像逃避瘟疫一样抱着弟弟闪到一边，大声呵斥他：不许碰弟弟，你想把病传染给弟弟吗？

一次，父母不在，他远远地看着姑姑怀里的弟弟，还是傻傻地笑，流着口水。姑姑心一酸，向他招手，说：来，摸摸弟弟的手。他却迅速地躲开，口齿不清、断断续续地说：不……不摸，传……传染……

那天姑姑哭了。他伸手为姑姑擦眼泪，自己却依旧在笑。

二

弟弟慢慢长大，已经开始牙牙学语。有几次，弟弟伸着胳膊，蹒跚着向他走过来，他兴奋得手舞足蹈，只是母亲总会慌忙跑过来，把弟弟抱开。

看着别的孩子手里拿着冰棒，他抿舔着唇，感到炎热而口渴。那些孩子说：你学狗在地上爬，就把冰棒给你。他学了，可他们并没有把冰棒给他，而是笑得前仰后合。

一向动作迟缓的他猛地从地上爬起来，像疯了一样劈手就抢，那些孩子都吓呆了。他拿着冰棒深一脚浅一脚地向家里跑去，一路上，冰棒不断融化，待他跑回家时，只剩下可怜的一点了。弟弟正在院子里玩，他趁着母亲不注意，把冰棒举到弟弟面前，说：吃，吃，弟吃。

母亲看见他拿着一根小木棍向弟弟比画，冲过来一把将他推开。他摔倒在地，仅剩的冰棒杆也掉在了地上，他痴痴地看了一会儿，哇的一声哭了。

弟弟学会说话了，可是从没人教他叫哥。他多希望自己能像所有的哥哥一样，被弟弟叫一声哥。为此，每当弟弟在院子里玩时，他就会在三米外的地方，吃力地大声喊：哥、哥。他想让弟弟听到，让弟弟学会叫他哥。一天，他继续喊着哥、哥时，母亲冲他嚷：一边玩去。这时，弟弟突然抬起头看着他，竟然清晰地叫了一声"哥"。

他从来没有如此激动过——拍着巴掌跳起来，忽然跑过去，用力抱住弟弟，眼泪和口水一起流到弟弟身上。

三

他是从小被同学喊着"傻子他弟"长大的，他对这个称谓憎恶至极。所以他看着总是对着他傻笑的哥哥，心中充满厌恶。

一次他又因为"傻子他弟"这个称呼和同学厮打了起来，他被那个同学压在身下，忽然对方的身体轻飘飘地离开了他，是哥哥出手了。

他从未见过哥哥使这么大的力气，把那个男孩横空举起，摔在地上。男孩顿时在地上滚着喊疼。他害怕了，他们惹了祸，父亲一定会揍他的。那一刻他恨透了母亲，为什么生一个傻子给他当哥哥。他用力推了哥哥一把，气愤地吼：谁让你多管闲事，你这个傻子。哥哥被推得抵到树上，傻呆呆地看着他。

那天，父亲让他和哥哥并排跪在地上，竹竿无情地落下来时，哥哥趴在了他的身上，忍痛颤抖着说：打，打我。

有一天，城里的亲戚带来了他们没见过的糖果。母亲分给他八块，留给哥哥三块，这样的事情已不是第一次。他理所当然地接受了。次日清晨，哥哥在窗外敲着玻璃对他傻笑，踮着脚把一只手伸过来，脏兮兮的掌心里是两块糖。他愣了愣，没有接。哥哥再次伸手时，已变成三块糖。是哥哥仅有的三块糖，他含糊地说：吃，弟吃。

不知为什么，这次他突然不想要了，哥哥着急得跺着脚说不出话来，干脆把糖纸剥开，往他嘴里塞。

当他吃下糖时，他清楚地看到哥哥眼里流出了泪水。

四

弟弟拿到大学录取通知书那天，父母乐得合不拢嘴，哥哥也高兴得又蹦又跳。其实哥哥并不明白什么是大学，但是他知道，弟弟给家里争了气，现在再也没有人叫他傻子，而是叫他"君旺他哥"。

他离开家的前一天晚上，哥哥还是不肯进他的屋子，而是从窗外递给他一个花布包。他打开，竟是几套新衣服。都是几年前姑姑给他们哥俩做的或是城里的姨妈送的。

原来，这么多年，哥哥一直没有穿过新衣服。可是，他和父母却从未注意过。此刻，他才发现，哥哥穿在身上的衣服磨破了边，裤子短得吊在腿上，滑稽得像个小丑。他鼻子微微发酸，这么多年，除了儿时的厌恶和长大后的忽视外，他还给过哥哥什么呢？

哥哥还是多年前傻笑的模样，只是眼里多了几分期待，他知道那期待意味着什么。尽管哥哥不知道他在不断地长高，不知道衣服的款式已过时得他无法穿出门。但他还是假装收下了衣服，高兴地在身上比量着问：哥，好看不？哥哥很用力地点头，笑的时候嘴巴咧得很大。

他在纸上写了两个字：兄弟。他指着"兄"字对哥哥说：这个字读兄，兄就是哥哥；又指着"弟"字，这个字读弟，弟弟就是我。"兄弟"的意思就是先有哥哥，才有弟弟。没有你，就没有我。

那天，他反复地教，哥哥却坚持读那两个字为"弟兄"，不连续却很坚决地读：弟，兄。走出哥哥房门时，他哭了。哥哥是在告诉他，在哥哥心中，弟弟永远是第一位的，没有弟，就没有兄。

五

对一个农村孩子而言，大学生活显得分外精彩，他几乎忘记了自己还有个患脑疾的哥哥。

那次母亲在邮局给他打电话时，哥哥一起去了。母亲絮絮叨叨地说了很多，末了，母亲说：跟你哥也说几句吧。哥哥接过电话后，许久没有声音，又是母亲接过来，说：挂了吧，你哥哭了，他在胸口比画着，意思是他想你。

他本想让母亲再把电话给哥哥，他想告诉哥哥，等自己回去教他写字，给他带只有城里才有的糖果和点心，可是，他张了张嘴，却应了句那就挂了吧。因为他看到寝室同学好奇的目光，他不想让他们知道他有一个傻哥哥。暑假，他买了糖果和点心，路上，他塞了一块糖在嘴里，忽然想起儿时哥哥强行塞进他嘴里的糖，忍不住喉头发紧，糖在嘴里泛着微微的苦涩。

第一次，他回到家就找哥哥，满院子地喊：哥，哥，我回来了，看我给你带什么了？只是，他再也没找到那个只会对着他傻笑的哥哥，那个年近三十还穿着吊腿裤子的哥哥。父亲老泪纵横，痛苦地告诉他：一个月前，你哥下河去救溺水的孩子，他自己也不会游泳，把孩子推上来，他就没能上来……父亲蹲在地上失声痛哭着说：我们欠那孩子的太多了！

他一个人坐在河边，对哥哥的记忆时而清晰，时而模糊。他从口袋里掏出那张纸，上边写着"兄弟"，那是他的字；下边是歪歪扭扭的不容易辨认的两个字，只有他能看得出，是哥哥写的——弟兄。

我们是姐妹，一生一世①

◎ 叶子

一

回到家，一地狼藉，妈妈正在收拾。我不由吃惊，追问缘由。原来，小保姆趁大家上班不辞而别，没人照看的姐姐搞乱了屋子。

姐姐从小精神有点问题。奶奶不肯让妈妈带，把姐姐抱到乡下，自己养。妈妈说奶奶是想替她减轻负担，让她再生一个孩子。

于是，就有了我。

姐姐在乡下长到二十三岁，奶奶去世，爸妈才把她接进城里。

我们都要上班，就给姐姐请了保姆照顾她。可保姆总待不长，她们不喜欢姐姐。

我去姐姐的房间，她正坐在床上发呆。"姐姐。"我轻声叫。她不回答，手里摩挲着一个布娃娃，那是她从乡下带来的。

"姐姐，我带你去客厅吃饭。"我试图拉她的手。"走开！"姐姐

---

① 选自《中外文摘》2008年第24期。

突然很激动，冲我大喊。我猝不及防，下意识地后退。

我要辞职，经理很吃惊。我告诉他，我有一个姐姐，天天被关在家里，与世隔绝。

经理看着我说："请保姆就足够了，你没必要辞职的。"

姐姐回到家里半年，我从未告诉过外人她的存在。说实话，她的存在曾使我或多或少有些难堪。可昨天当我看见她孤零零坐在床上，沉浸在她和布娃娃的寂寞世界，当我看见她懊恼愤怒的眼神，听到她轰我出去，我猛地醒悟，我和姐姐中间隔着一条河，挡着一座山。只有消除这阻隔亲情的山水，姐姐才有可能接纳我，慢慢融入属于我们的家。

我曾对爸妈说："姐姐需要我们其中一个人时刻陪伴，这样，她才有可能慢慢康复。"

我想，我应该试试。

二

办完辞职手续，我才告诉爸妈。爸爸发火："在乡下你姐姐也不是没看过病，也吃过不少的药。如果有希望治愈，我们会不管吗？"我说："爸，我们是姐妹，要一生一世的。"

妈妈流泪，爸爸缄默。

姐姐不知何时从房间跑出来："开饭吗？我饿了。"我赶紧冲她笑，跑进厨房做饭。这一次，姐姐竟跟进厨房。"奶奶好，奶奶好。"她在后面喃喃自语。

吃饭时，姐姐给我夹菜，嘴里念叨："奶奶好，奶奶好。"我放下筷子，握住她的手。"我是妹妹，你的妹妹。"我凝视她，一字一顿。她挣脱我，低头吃饭。我看看爸妈，他们的眼睛全都红红的。

晚上，我抱着被子去姐姐的卧室。"出去，出去！"姐姐抱着她的布娃娃，轰我。"我是紫紫，是你的妹妹。"我耐心解释。终于，姐姐平静下来。"姐妹,你是姐姐,我是妹妹,我们是姐妹。"我靠近她。她的眼神逐渐温和,我放心地坐在床上。

突然,她抓起我的胳膊狠命咬一口。一阵剧痛,我不由尖声大叫。胳膊渗出血珠,我忍痛冲姐姐微笑:"没关系,你和娃娃睡觉。明天我带你上街,买衣服,买口红。"姐姐一怔,继而甜甜一笑:"口红,漂亮。"

大清早,姐姐就在客厅喊:"口红,口红。"我要帮她梳辫子,她不肯。这些年,奶奶教会她做许多事,比如洗衣服,梳头发,叠被子。看着她飞快编出一条麻花辫,我夸奖她心灵手巧。她咧嘴笑,一声声重复要口红。

这是我第一次带姐姐上街。我牵住她的手,沿着人行道慢慢走。姐姐左右张望,问:"口红在哪里?"我告诉她,要穿过马路,右转的百货楼有专柜。

晚上吃饭,姐姐姗姗来迟。灯光里,我发现她涂过口红。她小心翼翼吃着东西,生怕蹭掉口红。

爸妈相视而笑。

在卫生间洗漱,姐姐靠在门口:"你,出嫁吗?"我一愣。客厅电视里,传出热闹的唢呐声。我想,她一定是看过电视才想到这个问题的。"会的。"我回答。"什么时候?"她很紧张。我心里一热,原来她舍不得我离开。

"口红,口红。"姐姐撅嘴,悻悻离开。不由心酸,原来她不是舍不得我,是担心我走后,没人带她买口红。

整个春天,我天天带姐姐上街,逛公园,看电影。

每次出门,她都要自己梳辫子,涂口红,然后站在我面前,问:"漂亮?"我认真看看,帮她整整卡子,扯扯裙角,满意地说:"漂亮。"于是,姐姐神采飞扬。

她拽了我的手，在人行道欢快地行走。"花，草，小鸟。"姐姐边走边说。我鼓励她："姐姐，唱歌。"她摇头。我轻轻唱道："又是一年三月三，风筝飞满天。"姐姐抿嘴笑："奶奶好，奶奶好。"我想起喜欢唱民谣的奶奶，懂得姐姐的意思。

我停步，一定要她唱歌。僵持片刻，姐姐怯怯开口："春来芍药开。"我出神地凝视着姐姐，听她曼声歌唱。就在那一瞬间，我强烈渴望，她和我一样，健健康康。

傍晚时分，一家人在客厅看《士兵突击》，许三多在说："不抛弃，不放弃。"我心里猛地一疼，下意识看看爸妈，他们也在看我。这句话，同样触动了他们。

我突然明白，姐姐为什么时刻念叨奶奶。在她的岁月里，奶奶给予的爱与关怀实在太多，盛满她的记忆。虽然她的精神不大正常，可她知道感恩。

三

经理登门拜访。

我们在客厅说话，姐姐从房间出来。很明显，她化了妆。

"喝水。"她给经理递杯子。经理有些意外，望望我。我赶紧介绍："我姐姐，丛艾艾。"经理笑："姐姐比紫紫漂亮。"

姐姐掩饰不住地欢喜，拽拽衣服，整整头发。我和经理相视一笑，要姐姐和我们一起出去玩儿。

经理一直在追求我。带姐姐出去几次，经理颇有微词。他婉转地说："姐姐总跟着我们不大好，别人会议论的。"我低头不语。和经理在一家公司相处两年，对他很有好感，甚至打算接受他的求婚。可此时，一个很现实的问题摆在我眼前，就是姐姐。

我清楚，即使姐姐慢慢恢复，也是无法成家的。她这辈子注定要跟我一起生活。我的爱情里，必须有姐姐的一个位置。

"先跟你爸妈，等他们老了，再送她到精神病院，费用我们出。"经理清楚我的心思，挑明话题。我明白，他对姐姐的爱，只有这么多。

忍痛割爱，我放弃了经理。也因此，大病一场。

姐姐不知情，坐在床边一个劲儿问："经理呢？我们逛公园。"妈妈很恼火，呵斥她："还说还说，全是为你。"

姐姐发愣，使劲瞪大眼睛分析妈妈的话。我赶紧解释："姐姐，经理忙，没时间。等我好了，我带你去游乐场。"我让妈妈出去，招呼姐姐睡觉。姐姐把布娃娃放进我的被窝，拍拍我的头："乖，睡觉，明天就回来了。"

早上醒来，我到处找不到姐姐，赶紧给爸妈打电话，他们说上班前姐姐还在家里。我慌了神。

爸妈匆忙赶回来，我们分头去找。我很焦急，嗓子都喊哑了。手足无措站在路口忽然想起口红。

赶到百货楼，卖口红的专柜，姐姐正在认真挑口红。我看着她的背影，简直不敢相信，她会自己摸到百货楼来。

"自己用，还是送人？"售货员问。姐姐迟疑，然后慢慢说："姐妹，妹妹。"

我想上前，姐姐突然说："妹妹，不漂亮，经理，不出嫁。"心里一震，原来姐姐能够懂得发生的事，她为我来买口红。我退后几步，看姐姐举着口红看颜色，然后付钱，再慢慢走出百货楼。

大街上车水马龙。姐姐伸出手，一遍遍念叨："左右，左右。"她终于选定方向，拐上人行道，缓缓向家的方向走去。我尾随其后，心里充满疼痛的快乐，姐姐终于知道了一个词，一个可以相依为命的词——姐妹。

阳光洒满姐姐的脸，她还在喃喃自语："姐妹，姐姐，妹妹。"我喊："姐姐。"对我的出现她很惊奇,上下看着。我笑:"姐妹,你是姐姐,我是妹妹。"她雀跃,兴奋地把口红放在我掌心,激动地叫:"漂亮,经理,出嫁。"

我一把抱住她,泪流满面。

四

晚上,姐姐抱着她的布娃娃主动钻进我被窝,说:"奶奶好,妹妹好。"我看见她的嘴唇,红红的。脸上,也涂过胭脂。

经过观察,我清楚穷尽我的一生,也无法让姐姐和我一样,正常地工作、生活。但我也可以确定,曾经阻隔我们的山水,已经冰雪消融。我陪姐姐一起看《士兵突击》,和她一遍遍背诵:"不抛弃,不放弃。"

我重新找了工作,开始上班。

每天出门,姐姐站在客厅,恋恋不舍地说:"妹妹,再见。"新请的小保姆,在教姐姐学画画。我看着地上的画板、颜料,冲小保姆道谢。"你放心,我会好好照顾姐姐的。"小保姆一脸诚恳。

姐姐把我的小包递给我,煞有介事地替我整整卡子,扯扯裙角。我亲亲她的额头,交代她在家听话,等我下班。

"不抛弃,不放弃。"在我迈出房门的一刻,姐姐突然欢快地背诵。我想笑,笑姐姐的记性好,笑姐姐的进步快,但热泪赶在笑容之前,滚滚而落。

妹妹不识字 ①

◎ 刘庆邦

刘庆邦（1951—），当代作家，著有《断层》、《鞋》等多部作品。

　　我妹妹不识字，她一天学都没上过。我们姐弟六个，活下来五个。大姐、二姐各上过三年学。我上过九年学。弟弟上了大学。只有我妹妹从未踩过学校的门口。

　　不管是男孩子，还是女孩子，我们姐弟都很喜欢读书。比如我二姐，她比我大两岁。因村里办学晚了，二姐与我在同一个班，同一个年级。二姐学习成绩很好，在班里数一数二。1960年夏天，我父亲病逝后，母亲就不让二姐再上学了。那天正吃午饭，二姐一听说不让她上学，连饭也不吃了，放下饭碗就要到学校里去。母亲抓住她，不让她去。她使劲往外挣。母亲就打她。二姐不服，哭得声音很大，还躺在地上打滚儿。母亲的火气上来了，抓过一只笤帚疙瘩，打二姐打得更厉害。与我家同住在一个院的堂婶儿看不过去，说哪有这样打孩子

① 《你要爱你的寂寞：笔会60年·青春版》，文汇报笔会编辑部编，文汇出版社2006年版。

的，要母亲别打了。母亲这才说了她的难处，母亲说，几个孩子嘴都顾不住，能挣个活命就不错了，哪能都上学呢！母亲也哭了。见母亲一哭，二姐没有再坚持去上学，她又哭了一会儿，爬起来到地里去薅草。从那天起，二姐就失学了。

我很庆幸，母亲没有说不让我继续上学。

妹妹比我小三岁。在二姐失学的时候，妹妹也到了上学的年龄。母亲没有让我妹妹去上学，妹妹自己好像也没提出过上学的要求。我们全家似乎都把妹妹该上学的事忘记了。妹妹当时的任务是看管我们的小弟弟。小弟弟有残疾，是个罗锅腰。我嫌他太难看，放学后，或是星期天，我从不愿意带他玩。他特别希望跟我这个当哥哥的出去玩，我不带他，他就大哭。他哭我也不管，只管甩下他，跑走了。他只会在地上爬，不会站起来走，反正他追不上我。一跑到院子门口，我就躲到墙角后面观察他，等他觉得没希望了，哭得不那么厉害了，我才悄悄溜走。平日里，都是我妹妹带他玩。妹妹让小弟弟搂紧她的脖子，她双手托着小弟弟的两条腿，把小弟弟背到这家，背到那家。她用泥巴给小弟弟捏小黄狗，用高粱篾子给小弟弟编花喜鹊，还把小弟弟的头发朝上扎起来，再绑上一朵石榴花。有时她还背着小弟弟到田野里去，走得很远，带小弟弟去看满坡地的麦子。妹妹从来不嫌弃小弟弟长得难看，谁要是指出小弟弟是个罗锅腰，妹妹就跟人家生气。

妹妹还会捉鱼。她用竹篮子在水塘里捉些小鱼儿，炒熟了给小弟弟吃。那时我们家吃不起油，妹妹炒鱼时只能放一点盐。我闻到炒熟的小鱼儿很香，也想吃。

我骗小弟弟，说替他拿着小鱼儿，他吃一个，我就给他发一个。结果有一半小鱼儿跑到我肚子里去了，小弟弟再伸手跟我要，就没有了。小弟弟突然病死后，我想起了这件事，觉得非常痛心，非常对不起小弟弟。于是我狠哭狠哭，哭得浑身抽搐，四肢麻木，几乎昏死过去。

母亲赶紧找来一个老先生，让人家给我扎了几针，放出几滴血，我才缓过来了。

我妹妹下面还有一个弟弟，是我们的二弟弟。二弟弟到了上学年龄，母亲按时让他上学去了。这时候，母亲仍没有让妹妹去上学。妹妹没有跟二弟弟攀比，似乎也没有什么怨言，每天照样下地薅草、拾柴、放羊。大姐二姐都在生产队里干活儿，挣工分。妹妹还小，队里不让她挣工分，她只能给家里干些放羊拾柴的小活儿。我们家做饭烧的柴草，多半是妹妹拾来的。妹妹一天接一天地把小羊放大了，母亲把羊牵到集上卖掉，换来的钱一半给我和二弟弟交了学费，另一半买了一只小猪娃。这些情况我当时并不完全知道。妹妹每天下地，我每天上学，我们很少在一起。中午我回家吃饭，往往看见妹妹背着一大筐青草从地里回来。我们家养猪很少喂粮食，都是给猪喂青草。妹妹每天至少要给猪薅两大筐青草，才能把猪喂饱。妹妹的脸晒得通红，头发辫子毛绒绒的，汗水浸湿了打着补丁的衣衫。我对妹妹不是很关心，看见她跟没看见她差不多，很少跟她说话。妹妹每天薅草、喂猪，我当时没觉得有什么不正常。至于家里让谁上学，不让谁上学，那是母亲的事，不是我的事。

妹妹是很聪明的，学东西很快，记性也好。我们村有一个老奶奶，会唱不少小曲儿。下雨天或下雪天，妹妹到老奶奶家去听小曲儿，听几遍就把小曲儿学会了。妹妹唱得声音颤颤的，虽说有点胆怯，却比老奶奶唱得还要好听许多。我们在学校里唱的歌，妹妹也会唱。我想定是我们在教室里学唱歌时，被妹妹听到了。我们的教室是土坯房，房四周裂着不少缝子，一唱歌传出很远。妹妹也许正在教室后面的坑边薅草，她一听唱歌就被吸引住了。妹妹不是学生，没有资格进教室，她就跟着墙缝子里冒出来的歌声学。不然的话，妹妹不会那么快就把我们刚学会的歌也学会了。我敢说，妹妹要是上学的话，肯定是一个好学生，学习成绩一定很好，在班里不能拿第一名，也能拿第二名。可惜得很，妹妹一直没得到上学的机会。

我考上镇里的中学后，就开始住校，每星期只回家一次。我星期六下午回家，星期天下午按时返校。我回家一般也不干活儿，主要目的是回家拿吃的。母亲为我准备下够一星期吃的红薯和红薯片子磨成的面，我带上就走了。秋季的一个星期天，我又该往学校背面了，可家里一点面也没有了。夏季分的粮食吃完了，秋季的庄稼还没完全成熟，怎么办呢？我还要到学校上晚自习，就快快不乐地走了。我头天晚上没吃饭，第二天早上也没吃东西，饿着肚子坚持上课。那天下着小雨，秋风吹得窗外的杨树叶子哗哗响，我身上一阵阵发冷。上完第二节课，课间休息时，同学们都出去了，我一个人在教室里呆着。有个同学在外面告诉我，有人找我。我出去一看，是妹妹来了。她靠在一棵树后，很胆怯的样子。妹妹的衣服被雨淋湿了，打缕的头发沾在她的额头上。她从怀里掏出一个黑毛巾包递给我。我认出这是母亲天天戴的头巾。里面包的是几块红薯，红薯还热乎着，冒着微微的白汽。妹妹说，这是母亲从自留地里扒的，红薯还没长开个儿，扒了好几棵才这么多。我饿急了，拿过红薯就吃，噎得我胸口直疼。事后知道，妹妹冒着雨在外面整整等了我一个课时。她以前从未来过我们学校，见很大的校园里绿树成荫，鸦雀无声，一排排教室里正在上课，就躲在一棵树后，不敢问，也不敢走动。她又怕我饿得受不住，急得都快哭了。直到下课，有同学问她，她才说是找我。

后来我到外地参加工作后，给大姐、二姐都写过信，就是没给妹妹写过信。妹妹不识字，给她写信她也不会看。这时我才想到，妹妹也该上学的，哪怕像两个姐姐那样，只上几年学也好呀。妹妹出嫁后，有一次回家问我母亲，她小时候为什么不让她上学。妹妹一定是遇到了不识字的难处，才向母亲问这个话。母亲把这话告诉我了，意

这张名为《我要读书》的黑白照片，推动了希望工程的发展，改变了数百万贫困家庭孩子的命运。

思是埋怨妹妹不该翻旧账。我听后，一下子觉得十分伤感。我觉得这不是母亲的责任，是我这个长子长兄的责任。母亲一心供我上学，就没能力供妹妹上学了。实际上是我剥夺了妹妹上学的权利，或者说是妹妹为我做出了牺牲。牺牲的结果，我妹妹一辈子都是一个睁眼瞎啊！

在单位，一听说为"希望工程"捐款，我就争取多捐。因为我想起了我妹妹。有一年春天，我到陕西一家贫困矿工家里采访。这家有一个正上小学六年级的女孩子，还是班长和少先队的大队长。我刚跟女孩子的母亲说了几句话，女孩子就扭过脸去哭起来。因为女孩子的父亲因意外事故死去了，家里交不起学费，女孩子正面临失学的危险。这种情况让我马上想到了我二姐，还有我妹妹。我的眼泪哗啦啦地流，哽咽得说不成话，采访也进行不下去。我掏出一点钱，给女孩子的母亲，让她给女孩子交学费，千万别让女孩子失学。

我想过，给"希望工程"捐款也好，替别的女孩子交学费也好，都不能给我妹妹弥补什么。可是，我有什么办法呢？

姐姐①

◎ 詹·马赫莱

　　我很小的时候一直以为，姐姐就是为弟弟操心的人。我有三个姐姐，她们对我很凶，认为我是一个惹是生非的捣蛋鬼。

　　我的妈妈成天忙于洗衣烧饭，算计着怎么合理地花每一分钱，所以就经常让我的三个姐姐来照顾我。姐姐们很尽责。她们喜欢肥皂和热水，每天总会给我洗三四次澡。比我大一岁的三姐在五岁的时候就是大家公认的完美主义者。她经常用手抓我的脸，嫌我脸上的雀斑有碍观瞻。她认为我的雀斑丢了全家人的丑，于是请求妈妈不让我出门，以免丢人现眼。

　　我的姐姐们都不喜欢棒球棍、铁锤、木条、石块和所有那些我高兴起来会舞弄的东西。她们说这些东西会弄死人的。我的姐姐肯定认为人的手只是用来抓食物、戴手套和祈祷的。

　　在那年月，"姐姐"在我看来就是长得又丑又瘦又大的人；总是

① 选自《青年文摘》2001年第8期。

想把生活弄得没意思的人；喜欢吃蔬菜喝牛奶，随身带有镶着花边手绢的人；喜欢洗澡、上学、听老师的话、作业总是做得很整洁从不沾上墨水团的人。

当阳光明媚、和风宜人的时候，我很想去草地上玩，可我的姐姐们会把我拦在门前的台阶上。我只有痛苦地梦想着自由，而她们却在玩那些乏味的、半天也编不成什么像样图案的绷毛线的游戏。

有的时候我也设法摆脱她们，去寻找我的快乐。我的姐姐们就会拼命追我，仿佛我是一条发疯了的狗。她们在我身后喊着要我当心之类的话，好像这世界到处充满了危险。

偶尔，我的姐姐们也会带我去看电影。尽管她们往我嘴里塞了饴糖，但我还是不会老老实实坐在座位上，我会在磨光发亮的大理石地面上打滚，冲着屏幕上的坏人大喊大叫，常惹得引座员和影院经理过来喝止我。

我的姐姐们会想办法管我。她们会放下座板，把我夹在座板和靠背之间。我被夹得难受，请求她们放我出去，但她们就是不听。一旦我抽身逃脱，我就会躲在某个角落里，用弹弓向观众席射纸团。然后，我的姐姐、引座员和影院经理就来追我，于是我在过道和空行之间左奔右突，直到他们捉住我为止。

由于我的种种"罪行"，姐姐们就对我实施报复。她们会在妈妈上街采购时，用绳子将我扣在后院的栅栏上，或喂我吃烧不烂的菜根。

我十一二岁的时候，大姐和二姐就开始和男孩子约会了。这时每到星期六我就进行噩梦行动。我会把她们用来臭美的那些鞋子、腰带、裙子、丝巾藏在不同的地方。当她们大喊大叫、歇斯底里的时候，我就和她们谈价钱，让她们答应，为她们每找到一样东西，就要给我二角钱的酬劳。她们恨死了，但也拿我没办法。每个星期六我都能从她们手上挣到一元多钱。

有姐姐还是挺有趣的，当然这不但因为我每周六可以从她们那儿得到一笔零用钱，而且我还能从她们那儿寻到开心。自从她们开始谈男朋友，就常有电话找她们，而我就成了捎口信的。我的大姐回到家就会问："有我的电话吗？"我会说："一个叫逗什么的先生给你打了一个电话。"她很容易就会上当，问："逗什么？"我会大笑着说："逗你玩！"

我还会从糖果店往家里打一个电话，叫我的三姐听电话。那时她最崇拜影星琼·克劳福德，走路说话都模仿她的样子，连发式也不例外。

当她拿起话筒，我就说我是好莱坞的电影导演，有一次在糖果店看到过她，被她走路的姿态、头发的式样吸引住了，所以想请她到好莱坞当一个替身演员。她立即就用琼·克劳福德的声音询问道："为谁当替身？"见她这么轻易上当，我禁不住想笑，但还是竭力一本正经地回答她："金·多朗（著名男丑星）。"

我们之间的小小战争很快就停止了，我发现我的姐姐们漂亮、善良，充满人情味。仿佛是一瞬间，我由一个爱捉弄她们的人变成了她们的忠实卫士；我允许那些个开着雪佛兰牌汽车油头粉面的小伙子进我们的家门，并热情地招待他们。

我还发现，姐姐们对我慷慨大方；在圣诞节或我过生日的时候我总能收到她们为我精心准备的礼物。我入伍离家时，她们流下了许多眼泪。在部队，我常收到她们写的一封封情真意切的信，这些信总能给我温暖。

在我回忆这种种恶作剧的时候，我对她们给予我的宽容和爱心表示敬意，我同时也感谢缪斯女神将她们带进了我的生活。

继父节①

◎ 贝丝·莫莉

贝丝·莫莉，美国作家。

　　每当母亲节或父亲节的时候，都会使我想到我们国家还缺少一个节日——继父节。

　　如果任何一个人都应该有自己的节日，那么继父节应该是那些用他们的爱心和谨慎，在一个重建的家庭里建立起自己位置的勇敢心灵的节日。这就是我们家里为什么会有一个我们称之为"鲍伯的节日"的原因。这是我们自己的继父节的版本，是根据继父鲍伯的名字命名的。下面是我们的继父节的由来。

　　那时，鲍伯刚刚进入我们的家庭。

　　"你知道，如果你做了伤害我母亲的事情，我会让你住进医院。"正在上大学的男孩说，他比他的继父魁梧得多。

　　"我会记住的。"鲍伯说。

　　"你不要告诉我我该怎么做。"正在上中学的男孩说，"你不是

---

① 选自《读者》2005年第17期。

我的父亲。"

"我会记住的。"鲍伯说。

正在上大学的男孩打电话回家，他的汽车在离家四十五英里的地方抛锚了。

"我马上就到。"鲍伯说。

老师打电话到家里，正在上中学的男孩在学校打架了。

"我立刻就去。"鲍伯说。

"噢，我需要一条领带与这件衬衫相配。"正在上大学的男孩说。

"从我的衣柜里挑一条吧。"鲍伯说。

"你必须穿个耳眼。"正在上中学的男孩说。

"我会考虑的。"鲍伯说。

"你认为我昨天晚上的约会怎么样？"正在上大学的男孩问。

"我的意见对你有什么影响吗？"鲍伯问。

"是的。"男孩说。

"我必须跟你谈谈。"正在上中学的男孩说。

"我必须跟你谈谈。"鲍伯说。

"我们应该有一段继父和继子之间的共同经历。"正在上大学的男孩说。

"做什么？"鲍伯问。

"给我的汽车加油。"男孩说。

"我知道了。"鲍伯说。

"我们应该有一段继父和继子之间的共同经历。"正在上中学的男孩说。

"做什么？"鲍伯问。

"开车送我去看电影。"男孩说。

"我知道了。"鲍伯说。

"如果你喝了酒，不要开车，打电话给我。"鲍伯说。

"谢谢！"正在上大学的男孩说。

"如果你喝了酒，不要开车，打电话给我。"正在上大学的男孩说。

"谢谢！"鲍伯说。

"我必须什么时候回家？"正在上中学的男孩问。

"十一点三十。"鲍伯说。

"好的。"男孩说。

"不要做伤害他的事情。"正在上大学的男孩对我说，"我们需要他。"

"我会记住的。"我说。

这就是我们的"鲍伯节"的由来。男孩子们为他们的继父买了一件他们能够一起玩的新玩具。鲍伯能够赢得孩子们的尊重对我们全家人来说都是一件值得庆幸的事，他似乎一直都在我们背后支持着我们。

爸爸的看护者[1]

◎ 艾迪蒙托·德·亚米契斯

艾迪蒙托·德·亚米契斯（1846—1908），意大利小说家，民族复兴运动时期的爱国志士。著有《爱的教育》、《卡尔美拉》等。

正当三月中旬，春雨绵绵的一个早晨，有一个乡下少年满身沾透了泥水，一手抱着替换用的本包，到了那不勒斯市某著名的病院门口。他把一封信递给管门的，说要会见他新近入院的父亲。少年生着圆脸孔，面色青黑，眼中好像在沉思着什么，厚厚的两唇间露出雪白的牙齿。他父亲去年离了本国到法兰西去做工，前日回到意大利，在那不勒斯登陆后，忽然患病，遂进了这病院，一面写信给他妻子，告诉她自己已经回国，及因病入院的事。妻得信后虽很担心，但因为有一个儿子正在病着，还有着正在哺乳的小儿，不能分身，不得已叫顶大的儿子到那不勒斯来探望父亲——家里都称为爸爸。少年是天明动身，步行了三十里的长途，才到了这里的。

管门的把信大略瞥了一眼，就叫了一个看护妇来，托她领了少年进去。

---

[1] 选自《爱的教育》，（意）亚米契斯著，夏丏尊译，军事谊文出版社2007年版。

"你父亲叫什么名字?"看护妇问。

少年怕病人已有变故,一面暗地焦急狐疑,一面颤栗着说出他父亲的姓名来。

看护妇一时记不起他所说的姓名,再问:"是从外国回来的老年职工吗?"

"是的,职工呢原是职工,老是还不十分老的。新近才从外国回来哩。"

少年说时越加担心。

"几时入院的。"

"五天以前。"少年看了信上的日期说。

看护妇暂时回忆了一会,突然好像记起了的样子,说:"是了是了,在第四号病室中一直那面的床位里。"

"病得很厉害吗?怎样?"少年焦急了问。

看护妇注视着少年,不回答他,只说:"跟了我来!"

少年跟看护妇上了楼梯,到了长廊尽处一间很大的病室里,其中病床分左右两列排着。"请进来。"看护妇说。少年鼓着勇气进去,但见左右的病人都脸色发青骨瘦如柴地卧着。有的闭着眼,有的向上凝视,又有小孩似的在那里哭泣的。薄暗的室中,充满了药气味,两个看护妇拿了药瓶匆忙地东西来回走着。

到了室的一隅,看护妇立住在病床的前面,扯开了床幕,说:"就是这里。"

少年哭了起来,急把衣包放下,将脸靠近病人的肩头,一手去握那露出在被外的手。病人只是不动。

少年起立了看着病人的状态又哭了起来。这时,病人忽然把眼张开,注视着少年,似乎有些知觉了,可是仍不开口。病人很瘦,看去几乎已认不出还是不是他的父亲,头发也发白了,胡须也长了,脸孔肿胀而青黑，好像皮肤要破裂似的。眼睛缩小了，嘴唇也加厚了，差不多全不像父亲平日的样子，只有面孔的轮廓和眉间，似乎还有些像父亲。呼吸已只有微微的一点。少年叫着：

"爸爸！爸爸！是我呢，不知道吗？是西西洛呢！母亲自己不能来，叫我来迎接你的。请你向我看。你不知道吗？说句话给我听听啊！"

病人对少年看了一会儿，又把眼闭拢了。

"爸爸！爸爸！你怎么了？我就是你儿子西西洛啊！"

病人仍旧不动，只是痛苦地呼吸着。少年哭泣着把椅子拉拢去坐着等待。眼睛牢牢地注视他父亲。他想："医生想必快来了，那时就可知道详情吧。"一面又独自悲哀地沉思，想起父亲种种的事情来：去年送他下船，在船上分别的光景，他说赚了钱回来，全家一向很欢乐地等待着的情形，接到生病的信后母亲的悲愁，以及父亲死去的状态等，都一一想起。

连父亲死后，母亲穿了丧服和一家哭泣的样子，也在心中浮出了。正沉思间，觉得有人用手轻轻地拍拍他的肩膊，惊着去看时，原来是看护妇。

"我父亲怎么了？"他很急地问。

"这是你的父亲吗？"看护妇亲切地反问。

"是的，我来服侍他的，我父亲患的什么病？"

"不要担心，医生就要来了。"她说着去了，别的也不说什么。

过了半点钟，铃声一响，医生和助手从室的那面来了，后面跟着两个看护妇。医生按了病床的顺序，一一地诊察，费去了不少的工夫。医生愈近拢来，西西洛觉得忧虑也愈重，终于诊察到了接邻的病床了。医生是个身长而背微佝的诚实的老人。西西洛不待医生过来，就立起了身。及医生走到他身旁，他就哭了起来。医生向他注视。

"他就是这位病人的儿子,今天早晨从乡下来的。"看护妇说。

医生把一只手搭在少年肩上,向病人俯伏检查脉搏,手摸头额,又向看护妇问了经过状况。

"也没有什么特别变化,仍照前调理他就是了。"医生对看护妇说。

"我父亲怎样?"少年鼓了勇气,含着泪问。

医生又将手放在少年肩上:

"不要担心!脸上发了丹毒了。虽是很厉害,但还有希望。请你当心服侍他!有你在旁边,真是再好没有了。"

"但是,我和他说话,他一些不明白呢。"少年呼吸急迫地说。

"就会明白吧,如果到了明天。总之,病是应该有救的,请不要伤心!"

医生安慰他说。

西西洛还有话想问,只是说不出来,医生就走了。

从此,西西洛就一心服侍他爸爸的病了。别的原不会做,或是替病人整顿枕被,或是时常用手去摸病体,或是赶去苍蝇,或是呻吟的时候,去看病人的脸上,看护妇送汤药来时就取了调匙代为灌喂。病人时时张眼看西西洛,可是好像仍不明白,不过每次注视他的时间渐渐地长了些,西西洛用手帕遮住了眼睛,哭泣的时候,病人总是凝视着他的。

这样过去了一天,到了晚上,西西洛拿两只椅子在病室的一角拼着当床睡了。天亮,就起来看护。这天病人的眼色,好像已有些省人事了,西西洛说种种安慰的话给病人听,病人在眼中似乎露出感谢的神情来。有一次,竟把嘴唇微动,好像要说什么话,暂时昏睡了去,忽又张开眼来找寻看护他的人。医生来看过两次,说觉得好了些了。傍晚,西西洛把茶杯拿近病人嘴边去的时候,那唇间已露出微微的笑影。于是西西洛自己也高兴了些，和病人说种种的话。把母亲的事情、姊妹们的事情，以及平日盼望爸爸回国的情形等都说给他听，又用了深情的言语，劝慰病人。病人懂吗？不懂吗？这样自己疑怪的时候也有，但总继续地和他说。病人虽不懂西西洛所说的话，似乎因喜听西西洛的带着深情含着眼泪的声音，所以总是侧耳听着。

第二日，第三日，第四日，都这样过去了，病人的病势才觉得好了一些，忽而又变坏起来，反复不定。西西洛尽了心力服侍，看护妇虽每日两次送面包或干酪来，也只略微吃些就算，除了病人以外，什么都如不见不闻。像病人之中突然有危笃的人了，看护妇深夜跑来，访病的亲友聚在一处痛哭等一切病院中惨痛的情景，在他也竟不留意。每日每时，他只一心对着爸爸的病，无论是轻微的呻吟，或是病人的眼色略有变化，他都会心悸起来。有时觉得略有希望，可以安心，有时又觉得难免失望，如冷水浇心，左右使他陷入烦闷。

到了第五日，病人忽然沉笃起来了，去问医生，医生也摇着头，表示难望有救，西西洛倒在椅下啜泣。可以使人宽心的是病人病虽转重，似乎神志已清了许多。他热心地看着西西洛，且露出欢悦的脸色来，不论药物饮食，别人喂他都不肯吃，除了西西洛。有时口唇也会动，似乎想说什么。西西洛当病人如此时，就去扳住他的手，很快活地这样说：

"爸爸！好好地，就快痊愈了！就要回到母亲那里去了！快了！好好地！"

这日下午四点钟光景，西西洛依旧在那里独自流泪，忽然听见室外有脚步声。"阿姐，再会！"同时又听见这样的话声。这话声使西西洛惊跳了起来，暂时勉强地把已在喉头的叫声抑住。

这时，一个手里缠着绷带的人走进室中来，后面有一个看护妇跟着送他。西西洛立在那里，发出尖锐的叫声。那人回头一看见西西洛，也叫了起来：

"西西洛！"一面箭也似的飞近拢去。

西西洛倒伏在他父亲的腕上，情不自禁地啜泣。

看护妇都围集拢来，大家惊怪。西西洛仍是泣着。父亲吻了儿子几次，又注视了那病人。

"呀！西西洛！这是哪里说起！你错到了别人那里了！母亲来信说已差西西洛到病院来了，等了你好久不来，我不知怎样地担忧啊！啊！西西洛！你几时来的？为什么会有这样的错误？我已经痊愈了，母亲好吗？孔赛德拉呢？小宝宝呢？都怎样？我现在正出院哩！大家回去吧！啊，天啊！谁知道竟有这样的事！"

西西洛想说家里的情形，可是竟说不出话。

"啊！快活！快活！我曾病得很危险了呢！"父亲说了不断地吻着儿子，可是儿子只是立着不动。

"去吧！到夜还可赶到家里呢。"说着，要想拉了儿子走，西西洛回视那病人。

"怎么？你不回去吗？"父亲奇怪地催促着。

西西洛又回顾病人，病人也张大了眼注视着西西洛。这时，西西洛不觉从心坎里流出这样的话来。

"不是，爸爸！请等我一等，我不能回去！那个爸爸啊！我在这里住了五天了！将他当作爸爸了的。我可怜他，你看他在那样地看着我啊！什么都是我喂他吃的。他没有我，是不成的。他病得很危险，请等待我一会儿，我无论如何，今天是不能回去的，明天回去吧，等我一等。我不能弃了他走，你看，他在那样地看我呢！他不知是什么地方人，我走了，他就要独自一个人死在这里了！爸爸！暂时请让我再留在这里吧！"

"好个勇敢的孩子！"周围的人都齐声说。

父亲一时决定不下，看看儿子，又去看看那病人。问周围的人："这人是谁？"

"也是个同你一样的乡间人，新从外国回来，恰和你同日进院的。送到病院来的时候，已什么都不知道，话也不会说了。家里的人大概都在远处，他将你的儿子当着自己的儿子呢。"

病人仍是看着西西洛。

"那么，你留在这里吧。"父亲向他儿子说。

"也不必留长久了呢。"看护妇低声地说。

"留着吧！你真亲切！我先回去，好叫母亲放心。这两块钱给你作零用。那么，再会！"说毕，吻了儿子的额，就出去了。

西西洛回到病床旁边，病人似乎就安心了。西西洛仍旧从事看护，哭是已经不哭了，热心与忍耐仍不减于从前。递药呀，整理枕被呀，把手去抚摸呀，用言语安慰他呀，从日到夜，一直陪侍在旁。到了次日，病人渐渐危笃，呻吟苦闷，热度骤然增加。傍晚医生来诊，说今夜恐怕难过。西西洛越加注意，眼不离病人；病人也只管看着西西洛，时时动着嘴唇，像要说什么话。眼色有时也很和善，只是眼瞳渐渐缩小而且昏暗起来了。西西洛那夜彻夜服侍他，天将明的时候，看护妇来，一见病人的光景，急忙跑去。过了一会儿，助手就带了看护妇来。

西西洛对病中"父亲"的关照，给予了这个一无所有的人最后的温暖，让他没有遗憾地，带着满满的爱意走向天堂。

"已在断气了。"助手说。

西西洛去握病人的手，病人张开眼向西西洛看了一看，就把眼闭了。

这时，西西洛觉得病人在紧握他的手，喊叫着说："他紧握着我的呢！"

助手俯身下去观察病人，不久即又仰起。

看护妇从壁上把耶稣的十字架像取来。

"死了！"西西洛叫着说。

"回去吧，你的事完了。你这样的人是有神保护的，将来应得幸福，快回去吧！"助手说。

看护妇把窗上养着的堇花取下交给西西洛：

"没有可以送你的东西，请拿了这花去当作病院的纪念吧！"

"谢谢！"西西洛一手接了花，一手拭眼。"但是，我要走远路呢，花要枯掉的。"说着将花分开了散在病床四周：

"把这留下当作纪念吧！谢谢，阿姐！谢谢，先生！"

又向着死者："再会！……"正出口时，忽然想到如何称呼他。踌躇了一会，那五日来叫惯了的称呼，不觉就脱口而出：

"再会！爸爸！"说着取了衣包，忍住了疲劳，倦倦地慢慢地出去。天已亮了。

已经发生的故事 [1]

◎ 陈村

陈村（1954— ），当代作家。著有长篇小说《鲜花和》、《陈村文集》（四卷）等。

小女天天，一年级小学生也。穿是校服，戴是红领巾，俨然有种职业的风采，看得我煞是欢喜。可是，开学没几天就发觉不对头了。天天读书，我也读书，读三十几年前学的知识。女儿见我读得认真，便倚在我的身上，倒像是她在陪我。她去吃瓜，她开电视，她一头扑在床上，说是累死烦死了。最叫她动心的是楼下传来的孩子的打闹声，她必趴在窗台上看个究竟。我这边明日就要交稿，电话已来催过第三遍，编辑老爷届时必然按响门铃，难道装聋作哑不成？今晚上还不知能不能睡上觉哪。我说天天，这不是爸爸的事情，小学生能不做功课吗？天天说，这不是已经发生了吗？是啊，已经发生了，再不给我坐下，老子说打就要打的。天天坐下。我想，打孩子总是说说罢了，不到山穷水尽，不要动手。于是耐耐性子，好说歹说，骗她将她的功课做完。

天天终于操起笔了。然而，脑袋像轰炸机一样，一头扎了下来。我

---

① 选自《陈村亲情美文》，陈村著，广东人民出版社1999年版。

说天天, 把你的小脑袋抬起来, 头, 头, 头抬起来! 再不抬起来……我以一分钟两次的频率叫唤。一个爹当到这个分上, 味道就很差了。想到古人的"头悬梁"。我后悔没有一开始就用极端的手段, 让天天养成一辈子也忘不了的好习惯。现在只好委屈嗓子了。

儿童的电视总是在吃饭的时候开始。天天可能忘记刚默完的生字, 决不会忘记电视开始的时间。她连动画片前那几分钟的广告也不愿放弃。她能背出一百条广告并灵活运用。电视机在她的侧后方, 原来是为了不叫她多看, 现在她的头总是扭着。要是有谁不懂什么叫做"魅力", 只要看到这个镜头立即会无师自通。

女儿的可爱在于无论干什么都要父亲参与。或者你看着我看, 或者你和我一起看。我的电脑前有块小镜子, 要是忘了放, 她会给我放好的。给我监视着, 时不时要听我的教训, 对她反倒是件乐事, 真叫人百思不得其解。我实在非常不想管她, 不想当她的拐杖。不管的结果是老师的告状。每次到学校总要听到叫一个父亲丧气的话, 时间一长, 我也乖了, 抢先向老师告状。老师见我可怜, 就同情起我来。

假如还有一点点时间的话, 我们也是要玩一玩的。我的一个朋友和儿子在家里玩斗牛, 老子是牛, 儿子是斗牛士, 低着头冲过来, 让他发泄多余的精力。为左邻右舍的生活质量考虑, 我舍弃了斗牛。我们最经常的游戏是过于文雅的游戏棒。天天在学校压抑了一天, 回来又听了无数的数落, 现在是可以有点赖皮的。我常常向她贡献自己的鼻子, 让她总算有点可以高兴的事情。要是总不被我刮, 她也会有点难受, 自动将鼻子伸过来, 我便刮出许多的花样。天气好的时候, 我们也上街, 慢慢地走。门外不远是非常有名的淮海路, 一片灯火。为了不叫天天一天两次走过淮海路, 我曾费尽心机给她换了个小学。现在, 我们来了。我们在商店里胡乱走着。天天要买吃的。好吧, 吃吧。让那个当爹的人也吃一点。我们边吃边走。我们的身前身后都是自己的影子。偶然有个小孩跟着爸爸或妈妈，天天总要看看她，目不转睛。她也看看天天。他们都跟着自己的大人走了。

回到家，最后的功课是洗脸刷牙，然后是一声"晚安"。我如释重负，开始我的工作。我的电脑上贴着一张粘纸，上面是一句永远不会错的话：作业没完成。我点上烟，打开机器，楼上忽然传来天天的动静。于是，我立即又想到自己是一名光荣的父亲。

爱，重回我家①

◎ 佚名

欢乐时光

1989年冬天对我来说是个充满欢乐与希望的冬天。

11月的西雅图雪花满天，这样寒冷的天气，外面的水管都被冻住了，我们只好从屋里抬水出去给农场上的牛、马和鸡喝。不过，比较起来，大雪带给我们的乐趣更多。我们可以打雪仗，追寻山狗的足迹，还可以在突然静寂下来的山林里漫步。我丈夫马克带着两个孩子在牧场西边的小山上滑雪橇。我已经怀孕八个月了，也忍不住从山顶上滑下去几次。在快滑到底的时候，我故意从雪橇上滚下来，把自己埋到深深的雪里挣扎。当七岁的布兰迪和三岁的莎拉提心吊胆地围过来时，我哈哈大笑起来。

婴儿在一个阴天降生了，我们给他取名叫丹尼尔。布兰迪和莎拉争先恐后地抢着抱这个小弟弟，并唱歌给他听。布兰迪常常将熟睡的

① 源自网络：http://www.chinaqking.com

小弟弟横放在大腿上，一眼不眨地瞧着他，一抱就是两三个小时。丹尼尔醒着的时候，莎拉小心地抚摸着他柔软的红头发，布兰迪则拉着他的两只小手，轻轻地打着拍子。在哥哥和姐姐的爱抚下，出生只几个星期，丹尼尔就会笑了，而且笑得非常开心。

伴着暴雨和狂风，喧闹的春天来临了。每到周末，我和孩子们就趴在窗口，看着马克费力地驾着机器犁花园里半湿的枯草地。当太阳冲出云端，我们就冲出房间，和马克一起拾掇土地。丹尼尔躺在车里，我们逐个弯下腰，在他粉红的脸上印上一个吻。他怕痒似的咯咯笑起来。

像他的哥哥姐姐一样，丹尼尔也是个夜猫子。夜里，听到丹尼尔的哭声，马克只得不情愿地哼哼着爬起来，将丹尼尔抱到我身边。丹尼尔总得兴奋好一阵子，直到唧唧咕咕发表完演讲才肯继续入睡。马克是个医生，经常间断的睡眠加上工作紧张使他筋疲力尽。很多次，他蜷缩着身子躺在布兰迪的床上睡着了，而丹尼尔则占据了他的位置，躺在我们的大床上。

我也是个医生，我不能放弃工作。不久，我开始上班了。我和马克都上班的时候，三个孩子就待在巷尾他们的外婆家。布兰迪和莎拉看着小弟弟，与外公外婆一起分享丹尼尔带给他们的快乐。

噩梦降临

西雅图的夏季阴晴难料。6月13日是布兰迪的八岁生日。拂晓时分，空气阴冷潮湿。丹尼尔闹了大半宿，这阵子刚刚静下来。他已经快六个月大了，所以晚上他哭的时候我们不再一次次赶到他的房间去哄他，有的时候就任他哭一会儿。丹尼尔是早晨4点钟止住哭声的。怕惊醒他，起床后，我蹑手蹑脚走出屋子。

为了迎接布兰迪的生日，我和马克已经用皱纹纸和横幅布置好了厨房。莎拉在房里蹦来蹦去，布兰迪戴着寿星的王冠吃着丰盛的早餐。我们的几个要好朋友早早来了,送给布兰迪当天第一份生日礼物。莎拉的鬈发荡来荡去,她已经是第四遍唱生日歌了。我做了一个手势,让她小声点,丹尼尔还在睡觉。

"替我吻一下丹尼尔!"布兰迪背着书包,一边随着马克走出房间,一边叮嘱莎拉。这快乐的场景是我最后的关于幸福的回忆。

布兰迪走后我才想起,早晨4点以后我一直没有听到丹尼尔的哭声,而他总是用响亮的哭声迎接新的一天。我走进他的房间,把手放在他小小的身体上——他已经死了,死于婴儿猝死综合征。

我呆立在丹尼尔的小床前,浑身发冷,大脑一片空白。多么希望时间能够倒流,流回一晚就行。再听到丹尼尔的哭泣声时,我一定马上冲进他的房间,抱起他让他安全地活下来。像恐怖电影里的女主人公一样,我张大嘴,尖叫起来。

客人们冲上楼来。我冲他们喊:"他死了,丹尼尔死了!"

没有人相信我的话,直到他们也把手放在丹尼尔的身上。莎拉不相信自己的小弟弟会死,我紧紧地抱着她,她眼泪汪汪地看着静静躺在婴儿床上的丹尼尔。

我和死去的丹尼尔一样身体僵硬、冰冷。救护车来了,医护人员来了,可惜太晚了。接着警察也来了。我蹒跚着走进屋,听到自己终于哭出声来。这是负疚的泪水,这是痛悔的泪水,这是绝望的泪水。如果……可惜没有如果。

一位客人给马克打了电话,只告诉他必须马上回来。由于不知道发生了什么事情,他在恐惧中开着车,在最后一个弯道,汽车一头撞到了家门前的大树上。

时间在浑浑噩噩中度过。布兰迪放学的时间到了,谁去公共汽车站接他呢?他还等着过生日呢!马克负起了这个重任。父子俩并肩走在回家的路上。莎拉到门口迎接他们,向哥哥宣布紧急情况:"弟弟死了!"

灰暗的日子

知道什么是悲伤吗? 悲伤是语言无法形容的伤痛。一天又一天,我在麻木中度过,愤怒也演变成了悲伤的一部分。每当看到别人家团团圆圆时,我就又嫉又恨:为什么他们家的孩子都活得好好的?我知道这种变味儿的悲伤很卑陋,但我控制不住自己。我变得急躁易怒,不可理喻。

马克把自己投入到工作中,用没完没了的工作压制悲伤。两个活着的孩子也没有了往日的欢乐。布兰迪每个晚上都会爬起来,逐个检查我们是否还有呼吸。在杂货店、在街头,每当看到有女人推着婴儿车走过,莎拉总是尖声叫嚷:"嘿,女士!我弟弟死了,把你的孩子给我们好吗?"

那个令人痛苦的夏天过去了,孩子们还是不敢离开我,哪怕仅一小会儿。他们知道,死亡无处不在,它可能袭击任何人。在我拔地里的洋葱和胡萝卜时,他们寸步不离;在我摘树上的苹果时,他们还是寸步不离。我一遍遍开导他们,逗他们开心,给他们讲人生必须经历的一些事情。渐渐地,他们放松了。他们毕竟还是孩子,能够将悲伤表达出来,然后暂时忘却。同孩子们说话给了我很大安慰,也令我更加哀伤;丹尼尔也应该在他们当中,和他们一起在草地上嬉戏、打滚。

新学期开始了,布兰迪应该去学校报到了,我们让布兰迪在家里多呆了几天。这期间,经常有不知道情况的老师和同学打来电话,询问布兰迪怎么了,还问起他的小弟弟。我教会布兰迪怎样应对这样的问题,帮他度过了艰难的第一周。

我和丈夫逐渐控制住自己,强颜欢笑。虽然我没有一天不在思念自己的小儿子,但笑容慢慢回到了我的脸上。脸上笑的同时,我在想:瞧,我不再想丹尼尔了!

重燃希望

秋天来了，我们重新想起了收养的事。拥有一个庞大的家庭一直是我们的梦想。丹尼尔的死让我们怀疑，这个想法算不算是一种奢望？正当我们犹豫不决时，一个电话打来了。是收养机构打来的：一个女婴需要有个家。就这样，我们有了第二个女儿。

我们的第二个女儿出生在乔治亚州。她的生母在她出生之前就联系了收养机构。她对我们家的情况很满意。

11月伴着狂风来临了，家里经常断电。布兰迪和莎拉倒是对断电情有独钟。停电时，他们可以长时间地坐在火堆旁边，和爸爸妈妈聊天、讲故事、唱歌。而且，晚上全家人能够挤在一起睡觉。我们的话题经常转移到即将到来的女婴身上。"她会不会喜欢我们？她会不会让我们抱，像丹尼尔一样？"布兰迪总问这样的问题。莎拉的疑问则让我们本已平和的心再次掀起涟漪——她也会死吗？

我们清楚地感觉到，爱的种子在不知不觉中播撒到了那个未见面的小女孩身上。感恩节那天，我们为婴儿的名字争论起来。我和丈夫环顾餐桌，看两个孩子有说有笑，感到爱和活力依旧包围着我们。悲伤还在，但绝望已经消失了，希望重新燃起。婴儿的名字在泪水和希望中诞生了：艾玛·罗斯。

最好的礼物

圣诞节临近，我们做了两棵圣诞树，有一棵是专门为丹尼尔做的。莎拉还不会写字，她画了丹尼尔的肖像，还画了一颗心和微笑的自己。布兰迪给弟弟写了封信，用缎带绑得结结实实的，挂在树上。每次走过这棵树，布兰迪就像忠实的信徒面对圣主一样，低下头默默祷告。我们每个人都在树下大哭了一场，或者单独，或者靠在另一个人的肩头。

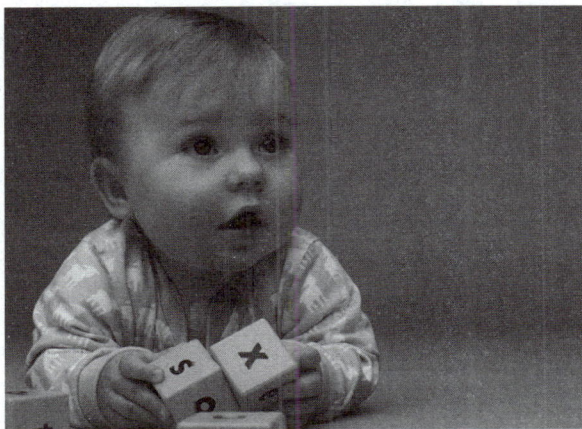

这个美丽的小婴儿是上帝给我们一家的珍贵礼物,她的到来驱散了压在我们心头的阴霾,带来了如甘泉般久违的快乐。

艾玛·罗斯很快就要来了,我们得好好准备一下。柔软的新床单和莎拉挑选的淡黄色毯子将小床装扮一新。我们经常看见莎拉一个人待在她和艾玛·罗斯共有的房间里,凝视着空空的小床,脸上挂着温暖的微笑。一天早晨,她对我说:"我想丹尼尔,我也爱新来的小妹妹。"

整个12月都没有下雪。圣诞节前的一个午夜,我和马克去机场接我们的二女儿。在赶往机场的路上,在等待飞机降落的时候,我一直很沉默,兴奋、紧张和莫名的哀伤占据着我的心。

恍惚中,飞机已经降落了,一个美丽的小婴儿躺到了我怀里。护送艾玛·罗斯的工作人员疲惫不堪,把艾玛·罗斯交给我们以后就去了旅馆。同机的其他旅客也很快散光了,机场只剩下我、马克和新来的女儿。我紧张得不敢呼吸,生怕这是个不真实的梦。

艾玛·罗斯只有三个月大,圆圆的脸上笑起来有两个酒窝。她用小小的手紧紧抓住我的拇指。我用另一只手轻抚她柔软的黑色鬈发。这是我们的小女儿!

驱车回家的路上,艾玛·罗斯仍旧抓住我的手指不放,瞪着两只棕色的大眼睛四处观望。马克打开收音机，想用舒缓的音乐把她带入梦乡。我轻轻地唱着小夜曲，几乎滴下泪来，说不出是因为激动，还是因为感动。

布兰迪和莎拉是第二天早晨起床才见到他们的小妹妹的。艾玛·罗斯拉扯着他们的头发，叫嚷着，起劲地蹬着双腿。他们立刻喜欢上了她。

圣诞节早晨，布兰迪指点莎拉打开装着礼物的盒子："你得慢慢打开，爸爸妈妈喜欢看我们打开礼物。"

艾玛·罗斯紧握小拳头，抓着花花绿绿的包装纸，哈哈地笑着。布兰迪忍不住走过去，轻轻搔她的肚皮。艾玛·罗斯扭动身体，笑得更起劲了。突然，她的手指戳到了自己的眼睛，她的五官迅速聚集到一起，发出了惊天动地的哭声。我赶紧抱起她，轻轻拍着她的后背。她的哭声渐渐小了，变成了撒娇似的呜咽。

布兰迪捧着一件包装得非常糟糕的礼物走了过来。他把礼物举到艾玛·罗斯跟前，说："我为她打开好吗？"

艾玛·罗斯止住了呜咽，专注地盯着她的大哥哥。布兰迪小心地打开礼物，把一条柔软的白毛毯披到她身上。毛毯是丹尼尔的。"这样她就会记住他，虽然她没见过他。"面对我疑问的眼神，布兰迪解释说。

"嗨！"莎拉也走了过来，"那是丹尼尔的。你真是个聪明的家伙。"毛毯触到了艾玛·罗斯的脸，她咬着毛毯笑起来，还露出了酒窝。

那天，艾玛·罗斯收到了一大堆礼物，但只有这一件保留到现在。这条毛毯始终放在她的床上。

艾玛·罗斯现在已经十三岁了，也是个大姐姐了。走过楼梯的时候，她经常停下脚步，看着挂在那里的兄弟姐妹的照片。有时候，不经意间，我会看到她轻触丹尼尔的照片。丹尼尔坐在婴儿椅里凝视着她，脸上挂着甜甜的微笑。

"嗨，哥哥，"艾玛·罗斯轻轻地对着照片说，"我想你。"和另外六个兄弟姐妹一样，艾玛·罗斯也没见过丹尼尔，但是，丹尼尔会一直活在他们心中。

布兰迪已经是个大男人了，他温和、睿智，和他在那段难熬的日子里一样，他是我所知道的最好的大哥哥。莎拉差不多是个女人了，和小时候一样直率。

丹尼尔有限的生命一直珍藏在我内心深处，他的死也一直是我最痛苦的回忆。然而，十三年前那个圣诞节，艾玛·罗斯的到来将永远是我生命中无可替代的礼物。

巨人①

◎ 三毛

三毛（1943—1991），著名作家，其作品《撒哈拉的故事》、《万水千山走遍》等在华人世界有巨大影响。

　　第一次看见达尼埃是在一个月圆的晚上，我独自在家附近散步。当我从海边的石阶小步跑上大路准备回去时，在黑暗中，忽然一只大狼狗不声不响地向我呼一下扑了上来，两只爪子刷一下搭在我的肩膀上，热乎乎的嘴对着我还咻咻地嗅着。我被这突如其来的状况弄得失去控制，尖叫起来，立在原地动也不敢动。人狗僵持了几秒钟，才见一个人匆匆地从后面赶上来，低低地叫了一声狗的名字，狗将我一松，跟着主人走了，留下我在黑暗中不停地发抖。

　　"喂!好没礼貌的家伙，你的狗吓了人，也不道个歉吗?"我对着这个人叫骂着，他却一声不响地走了。再一看，是个孩子的背影，一头卷发像棵胡萝卜似的在月光下现出棕红的颜色。

　　"没教养的小鬼!"我又骂了他一句，这才迈步跑回去。

　　有一次，我的一个女友来问我："三毛，上条街上住着的那家瑞

────────────
① 选自《稻草人手记》，三毛著，哈尔滨出版社2003年版。

士人想请一个帮忙的，只要每天早晨去扫扫地、洗衣服，中午做做饭，一点钟就可以回来了，说是付一百五十美金一个月，你没孩子，不如去赚这个钱。"

当时我正生着慢性病，所以对这份差事并不热心，再一问丈夫荷西，他无论如何也不让我去做，我便回绝了那个女友。瑞士人是谁我并不知道。

再过了不久，我住院开刀，主治医生跟我聊天，无意中说道："真巧，我还有一个病人就住在你们家附近，也真是奇迹，去年我看她的肝癌病情，估计她活不过三四个月了，她拼了命也要出院回家与家人聚在一起，现在八九个月过去了，这个病人居然还活着。苦的倒是那个才十二岁的孩子——双腿残废的父亲，病危的母亲，一家重担，都叫他一个人担下来了。"

"你说的是哪一家人啊，我怎么不认识呢？"我问。

"姓胡特，他们是瑞士人，男孩子长了一头野火似的红发。"医生答道。

"啊——"荷西与我恍然大悟地喊了起来，怎么会没想到呢，自然是那个老是一个人在海边的孩子嘛。

知道了胡特一家人之后，就常常看见那个孩子，无论是在市场、邮局、药房，都可以碰见他。"喂！你姓胡特是吗？"有一天我停住车，在他家门口招呼着他。

他点点头，不说话。

"你的狗怪吓人的啊！"他仍不说话，我便准备开车走了。这时候院子里传来一个女人的声音："达尼埃，是谁在跟你说话啊？"

这孩子一转身进去了，我已发动了车子，门偏偏又开了："等一等，我母亲请你进去。"

"下次再来吧，我们就住在下面，再见！"

第二天下午，窗子被轻轻地敲了一下，红发孩子低头站着。

"啊！你叫达尼埃是不？进来！进来！"

"我父亲、母亲在等你去喝茶，请你去。"他有板有眼地说完便不再多说一句闲话。

"好，你先回去，我马上就来。"

推门走进了这家人的院子，一股莫名的沉郁气氛马上围了上来，空气亦是不新鲜，混合着病人的味道。

我轻轻地往客厅走去，两个长沙发上分别躺着中年的一男一女，奇怪的是，极热的天气，屋里还生着炉火。

"啊！快过来吧！对不起，我们都不能站起来迎接你。"达尼埃的母亲鲁丝说。

"请坐，我们早就知道你了，那一阵想请你来帮忙，后来又说不来了，真是遗憾！"鲁丝和蔼地说着不太流畅的西班牙文，她说得很慢，脸孔浮肿，一双手也肿得通红，看了令人震惊。

"我自己也有点小毛病，所以没有来——而且，当时不知道您病着。"我笑了笑。

"现在认识了，请常常来玩，我们可以说没有什么朋友。"达尼埃的父亲尼哥拉斯用毛毯盖着自己，一把轮椅放在沙发旁边，对我粗声粗气地说着。

"来，喝点茶，彼此是邻居，不要客气。"主妇吃力地坐了起来。

这时，达尼埃从厨房里推着小车子出来，上面放满了茶杯、茶壶、糖缸、牛奶、点心和餐巾纸，他像一个女孩子似的将这些东西细心地放在小茶几上。

"太麻烦达尼埃了。"我客气地说。

"哪里，你不来，我们也一样要喝下午茶的。"

男主人不喝茶，在我逗留的短短四十分钟里，他喝完了大半瓶威士忌,他的醉态并不明显,只是他呵斥儿子的声音一次比一次粗暴。

认识了胡特一家之后,达尼埃常常来叫我,总说去喝茶,我因为看过好几次尼哥拉斯酒后对达尼埃动粗,心中对这个残废的人便不再同情,很不喜欢他。

有一天,我们又在市场碰见了达尼埃,他双手提满了沉甸甸的食物要去搭公共汽车。荷西按按喇叭将他叫过来:"一起回去,上来啊!"达尼埃将大包小包丢进车内,一罐奶油掉了出来。"啊,买了奶油,谁做蛋糕?妈妈起不来嘛!"我顺口问道。

"妈妈爱吃,我做。"总是简短得不能再短的回答。

"你会做蛋糕?"

他骄傲地点点头,突然笑了一下——大概是看见了我脸上惊异的表情吧。

"你哪来的时间?功课多不多?"

"功课在学校休息和吃饭的时间做。"他轻轻地说。

"真是不怕麻烦,做奶油蛋糕好讨厌的。"我啧啧地摇着头。

"妈妈爱吃,要做。"他近乎固执地又说了一遍。

"你告诉妈妈,以后她爱吃什么,我去做,你有时间跟荷西去玩玩吧,我不能天天来,可是有事可以帮忙。"

"谢谢!"达尼埃又笑了笑。我呆望着他的一头乱发,心里想着,如果我早早结婚,大概也可能有这么大的孩子了吧!那天晚上,达尼埃送来了四分之一的蛋糕。

"很好。不得了,达尼埃,你真能干。"我尝了一小块,从心里称赞起他来。

"我还会做水果派,下次再做给你们吃。"他高兴得脸都红了,话也多了起来。

过了一阵,达尼埃又送来了一小篮鸡蛋。

"我们自己养的鸡生的,母亲叫我拿来。"

"你还养鸡?"我们叫了起来。

"在地下室,妈妈喜欢,我就养。"

"达尼埃,你的工作是不是太多了?一只狗,十三只猫,一群鸡,一个花园,都是你在管。"

"妈妈喜欢。"他的口头语又出来了。

"妈妈要看花。"他又加了一句。

"太忙了。"荷西说。

"不忙!再见。"说完他半跑着回去了。

达尼埃清早六点起床,喂鸡,扫鸡房,拾蛋,把要洗的衣服泡在洗衣机里,预备父母的早饭,给自己做中午的三明治,打扫房间,这才走路去搭校车上学。下午五点回来,放下书包,跟我们一同去菜场买菜,再回家……他的时间是紧得不够用的,睡眠更是不够。一个孩子的娱乐,在他,已经是不存在了。

有时候,晚上有好的电影,我总是接下了达尼埃的工作,叫荷西带他去镇上看场电影,吃些东西,逛一逛再回来。一次,荷西回来后感慨道:"他这个小孩啊,人在外面,心在家里,一分一秒都记挂着他的父亲母亲,叫他出去玩,等于是叫他去受罪,不如留着他守着大人吧!"

"人说母子连心,母亲病成这个样子,做儿子的当然无心了,下次不叫他也罢,真是个苦孩子。"

前一阵鲁丝的病况极不好,送去医院抽腹水,住了两天医院。

鲁丝出院第二天,达尼埃来了,他手里拿了两千块钱交给我。

"三毛,请替我买一瓶香奈尔五号香水,明天是妈妈的生日,我要送她这个礼物。"

"啊!妈妈生日,我们怎么庆祝?"

　　"香水, 还有, 做个大蛋糕。"

　　"妈妈能吃吗?"我问他,
他摇摇头, 眼睛一下子红了。

　　"蛋糕我来做, 你去上学,
要听话。"我说。

　　"我做。"他不再多说, 转
身走了。

　　第二日早晨, 我轻轻推开鲁
丝家的客厅, 达尼埃的蛋糕已经
静静地放在桌上, 还插了蜡烛, 他早已去上学了。

　　我把一个台湾玉的手镯轻轻地替鲁丝戴在手腕上。她笑着说:
"谢谢!"

　　那天她已不能再说话了, 肿胀得要炸开的腿。居然大滴大滴地渗
出水来, 吓人极了。

　　"鲁丝, 回医院去好不好?"我轻轻地问她。

　　她闭着眼睛摇摇头: "没有用的, 就这几天了。"

　　那天夜里, 我几乎没有睡着, 只怕达尼埃半夜会来拍门——鲁丝
铅灰色的脸已经露出死亡的容貌来。

　　早晨八点半左右, 我正朦胧睡去, 听见荷西在院子里跟人说话,
声音像是达尼埃的。

我跳了起来，趴在窗口叫着："达尼埃，怎么没上学？是妈妈不好了？"

达尼埃污脏的脸上有两行干了的泪痕，他坐在树下，脸上一片茫然。

"鲁丝昨天晚上死了。"荷西说。

"什么时候死的？"

"昨晚十一点一刻。"

"怎么不来叫我们？"我责问他，想到这个孩子一个人守了母亲一夜，我的心绞痛起来。

"达尼埃，你这个晚上怎么过的？"我擦干泪水用手摸了一下他的乱发，他呆呆的像一个木偶。

"荷西，你去打电话叫领事馆派人来，我跟达尼埃回去告诉尼哥拉斯。"

"荷西，先去给我爸爸买药、叫医生，他心脏不好，叫了医生来，再摇醒他。"达尼埃说。

达尼埃镇静得可怕，他什么都想周全了，比我们成年人还要懂得处理事情。

"现在要顾的是父亲。"他低声说着。

鲁丝在第二天就下葬了。

达尼埃始终没有放声地哭过，只有黄土一铲一铲地丢上他母亲的棺木时，他静静地流下了眼泪。

尼哥拉斯总是喝醉，酒醒时不断地哭泣，我倒情愿他醉了去睡。

鲁丝死了，达尼埃反倒有了多余的时间到我们家来。

"达尼埃，你长大了要做什么？"我们聊着。

"做兽医。"

"啊!喜欢动物，跟妈妈一样。"

"这附近没有兽医，将来我在这一带开业。"

"你不回瑞士去？"我吃惊地问。

"这里的气候对爸爸的腿好，瑞士太冷了。"

"难道你要陪爸爸一辈子？"

他认真而奇怪地看了我一眼，倒令我觉得有点羞愧。"我是说，达尼埃，一个人有一天是必须离开父母的，当然，你的情形不同。"

他沉默了好一阵，突然说："其实，他们不是我亲生的父母。"

"你说什么？"我以为我听错了。

"我是领养来的。"

"你什么时候知道这个秘密的？不可能，一定是弄错了。"我吓了一跳。

"不是秘密，我八岁才从孤儿院被领养出来，那时我已经懂事了。"

"那你——你——那么爱他们，我是说，你那么爱他们。"

我惊讶地望着这个只有十二岁的小孩子，震撼得说不出别的话来。

"是不是自己的父母，不都是一样？"达尼埃笑了笑。

"是一样的，是一样的，达尼埃。"

我喃喃地说着，望着面前这个红头发的巨人，觉得自己突然渺小得好似一粒芥草。

《怀念我的故乡》   麦绥莱勒（1921）

鞋子结婚了,他们渴望相依相守,只要在一起,生命里就不需再有别的企盼。

婚姻是什么?是爱情的升华?是爱情的坟墓?有人说婚姻影响着人一生90%的幸福,它需要理智、审慎、责任……

家是什么?有人说是乐园,有人说家是港湾,无论是富丽堂皇还是简陋清贫,"天下没有比家更好的地方"。

执子之手,与子偕老

鞋子的故事①

◎ 皮埃尔·格里帕里

皮埃尔·格里帕里（1925— ），法国儿童文学作家，著有《比波王子的故事》、《疯女人梅里库尔的故事》等。

从前，有一双鞋，他们结婚了！右鞋是丈夫，他叫尼古拉。左鞋是妻子，她叫蒂娜。他们住在一只漂亮的纸板盒里，被软软的纸裹着，他们觉得住在盒子里实在是太幸福了，并且希望能够一直这样。

但是，在一个晴朗的早晨，售货员把他们从盒子里拿了出来，给一位夫人试穿。那位夫人穿上鞋走了几步，觉得挺合适，就说："我买下了。""要给您包装一下吗？"售货员亲切地问。"不用了，我穿着回家。"

夫人付了钱，穿着新鞋回家了。

就这样，尼古拉和蒂娜走了一整天，彼此谁也没有见到谁，只有在晚上，他们才在阴暗的壁橱里会面。

"是你吗，蒂娜？"

---

① 选自《绿色法国童话》，（法）皮埃尔·格里帕里等著，王泉根主编，上海人民美术出版社2006年版。

"是，是我，尼古拉。"

"多幸福啊！我差点以为要失掉你了。"

"我也这样认为，这一天你在哪里呀？"

"我？我在右脚上呀。"

"我在左脚上。"

"我懂了，"尼古拉说道，"每当你在前面的时候，我总在后面，而当你在后面的时候，我在前面。就这样，我们总见不到。"

"那么，这样的生活每天都要重复吗？"蒂娜不解地问。

"嗯，怕是会这样的！"

"那多可怕呀！一整天不能看到你，我的小尼古拉，我永远也不会习惯！"

"听着，"尼古拉忽然说，"我有一个主意：你想，我总是在右面，而你总在左面，那么，每一次当我向前走时，我向你这边偏一偏，这样，我们就能问好了，好吗？"

"好的！"

第二天一整天，尼古拉就这样做了。但是夫人却因为穿了这双鞋而不能好好地走上三步路。她的右脚总是钩住左脚后跟，每一次，夫人总要摔倒在地上。夫人觉得很奇怪，于是她便去看医生。

"医生，我不知道我是怎么了，我总是自己绊倒自己。"

"您自己绊倒自己？"医生惊讶地问。

"是的，医生。几乎每走一步，我的右脚就要钩住左脚后跟，弄得我摔倒。"

"这很严重，如果再这样下去，就要砍掉您的右脚了。拿着，这是药方，您要付两千法郎的就诊费。请明天再来看吧！"

当天晚上，在壁橱里，蒂娜问尼古拉：

"你听见医生的话了吗？"

鞋子注定是相亲相爱的一对。

"我听到了。"

"多可怕呀! 如果夫人的右脚砍去了, 那就要把你扔掉, 那样, 我们就将永远分离了。我们应该快想办法呀! "

"对。但是有什么办法呢? "

"听着, 我有一个主意: 既然我在左边, 那么明天就由我在向前走时向右偏一偏, 好吗? "

"好的。"

就这样, 第二天一整天, 都是由左脚钩右脚后跟。可怜的夫人又摔倒在地上, 她越来越觉得奇怪, 于是又去看医生。

"医生, 我的右脚的病好些了, 可现在, 是我的左脚要钩我的右脚后跟。"

"啊, 这可是越来越厉害了。"医生说, "如果再这样下去, 就要砍掉您的双脚了。拿着, 这是药方, 您必须付两万法郎的药费再给我三千法郎的就诊费。最重要的是: 不要忘了明天再来一次。"

当天晚上, 尼古拉又问蒂娜:

"你听见了吗? "

"我听见了。"

"如果砍掉夫人双脚的话，那我们会怎么样呢？"

"哦，我可不敢想。"

"但是，我爱你，蒂娜！"

"我也是，我也爱你，尼古拉。"

"我永远也不愿离开你。"

"我也是。"

他们就这样在黑暗中说着。根本没有料到他们的主人正穿着拖鞋在过道里散步，因为医生的话使她无法入睡。路过壁橱时，她听到了这个谈话，这是一位非常善良的夫人，她什么都懂了。

"原来是这样。"她想，"不是我病了，而是我的鞋子在相爱。多可爱啊！"

夫人把用两万法郎买来的药当成垃圾扔进了一个盒子。第二天，她对女仆说："你看见这双鞋了吗？我再也不穿了，但是我要留着他们。给他们好好地上油！或许你会发现他们总是吵吵闹闹的，但永远也不要将他们分开。"

可当女仆一个人时，她想："夫人准是疯了，留着这双鞋，可又不穿！在半个月内，当你把这件事忘记之后，我去把鞋偷出来！"

半个月过去了。女仆偷了鞋并穿在脚上。但当她穿着这双鞋在黑暗中下楼时，她开始自己绊倒自己。尼古拉和蒂娜要拥抱，"砰"，女仆又一次坐在平台的地板上，满头的灰尘，一条螺旋形的土豆皮挂在她的额头上，就像卷发。

"这鞋简直是巫婆，我再也不穿了。我把它送给我的侄女，那个女酒鬼去吧！"

就这样过了很久，不幸的是女酒鬼走路时总是一脚深一脚浅。

一天晚上，蒂娜对尼古立说："我觉得我的鞋底越来越薄，也许快要破了。"

"千万别这样。"尼古拉着急地说，"如果主人把我们扔掉，那我们又要分离了。"

事实上，八天以后，蒂娜的鞋底穿洞了。女酒鬼买来了新鞋，把尼古拉和蒂娜扔在黑暗中的一只盒子里。

"我们将会怎么样呢？"尼古拉问。

"我不知道。"蒂娜回答他，"我只知道我永远不离开你。"

"靠近我。"尼古拉说，"用你的纽襻拉住我，这样，我们就不会分离了。"

他们就这样一起被扔在了垃圾桶里，一块儿被清洁工的卡车带走，又一同被遗弃在一块空地上。他们待在那里，直到有一天，一个小男孩和一个小女孩发现了他们。

"看，一双鞋，他们还挽着手呢！"

"他们一定是结婚了。"小女孩说。

"那么，既然他们结婚了，"小男孩说，"那就应该去度蜜月呀！"

小男孩拿起鞋，把他们钉在木板上，一个挨一个。他带着这些东西来到河边，让木板顺着流水流走，流向大海。

当木板漂得越来越远时，小女孩挥动手帕呼喊道：

"再见，鞋子们，一路顺风！"

就这样，尼古拉和蒂娜不再为他们的生命企望什么，开始了蜜月旅行。

再忆萧珊 [1]

◎ 巴金

巴金（1904—2005），著名作家。他的《激流三部曲》（《家》《春》《秋》）、《爱情三部曲》（《雾》《雨》《电》）、《寒夜》、《憩园》、《第四病室》等文学作品，是中国文学的丰碑。

这是巴金在夫人萧珊去世十二年后的又一篇怀念萧珊的文字。

昨夜梦见萧珊，她拉住我的手，说："你怎么成了这个样子？"我安慰她："我不要紧。"她哭起来。我心里难过，就醒了。

病房里有淡淡的灯光，每夜临睡前陪伴我的儿子或者女婿总是把一盏开着的台灯放在我的床脚。夜并不静，附近通宵施工，似乎在搅拌混凝土。此外我还听见知了的叫声。在数九的冬天哪里来的蝉叫？原来是我的耳鸣。

这一夜我儿子值班，他静静地睡在靠墙放的帆布床上。过了好一阵子，他翻了一个身。我醒着，我在追寻萧珊的哭声。耳朵倒叫得更响了。

我终于轻轻地唤出了萧珊的名字："蕴珍。"我闭上眼睛，房间马

---

① 选自《世界华文散文精品·巴金卷》，李辉等编，广州出版社2001年版。

萧珊是巴金生命中唯一的爱侣，她原本是巴金的读者，十八岁时写信给巴金而与他相识。那年是1936年，巴金正好三十二岁。为了事业，他们谈了八年恋爱，巴金四十岁才结婚。婚后在长达二十八年的共同生活里，巴金与萧珊相亲相爱，他们从未吵过一次架、红过一次脸。

上变换了。

在我们家中，楼下寝室里，她睡在我旁边另一张床上，小声嘱咐我："你有什么委屈，不要瞒我，千万不能吞在肚里啊！"……

在中山医院的病房里，我站在床前，她含泪地望着我说："我不愿离开你。没有我，谁来照顾你啊？"……

在中山医院的太平间，担架上一个带人形的白布包，我弯下身子接连拍着，无声地哭唤：

"蕴珍，我在这里，我在这里……"

我用铺盖蒙住脸。我真想大叫两声。我快要给憋死了。"我到哪里去找她？！"我连声追问自己。于是我又回到了华东医院的病房。耳边仍是早已习惯的耳鸣。

她离开我十二年了。十二年，多么长的日日夜夜！每次我回到家门口，眼前就出现一张笑脸，一个亲切的声音向我迎来，可是走进院子，却只见一些高高矮矮的没有花的绿树。上了台阶，我环顾四周，她最后一次离家的情景还历历在目：她穿得整整齐齐，有些急躁，有点伤感，又似乎充满希望，走到门口还回头张望……仿佛车子才开走不久，大门刚刚关上。

不，她不是从这两扇绿色大铁门出去的。以前门铃也没有这样悦耳的声音。十二年前更不会有开门进来的挎书包的小姑娘。……为什么偏偏她的面影不能在这里再现？为什么不让她看见活泼可爱的小端端？

我仿佛还站在台阶上等待车子的驶近，等待一个人回来。这样长的等待！十二年了！甚至在梦里我也听不见她那清脆的笑声。我记得的只是孩子们捧着她的骨灰盒回家的情景。这骨灰盒起初给放在楼下我的寝室内床前五斗橱上。后来，"文革"收场，封闭了十年的楼上她的睡房启封，我又同骨灰盒一起搬上二楼，她仍然伴着我度过无数的长夜。我摆脱不了那些做不完的梦。总是那一双泪汪汪的眼睛！总是那一副前额绞成"川"字的愁颜！总是那无限关心的叮咛劝告！好像我有满腹的委屈瞒住她，好像我摔倒在泥淖中不能自拔，好像我又给打翻在地让人踏上一脚。……每夜，每夜，我都听见床前骨灰盒里她的小声呼唤，她的低声哭泣。

怎么我今天还做这样的梦？怎么我现在还甩不掉那种种精神的枷锁？……悲伤没有用。我必须结束那一切梦景。我应当振作起来，即使是最后的一次。骨灰盒还放在我的家中，亲爱的面容还印在我的心上，她不会离开我，也从未离开我。做了十年的"牛鬼"，我并不感到孤单。我还有勇气迈步走向我的最终目标——死亡，我的遗物将献给国家，我的骨灰将同她的骨灰搅拌在一起，洒在园中，给花树做肥料。

……闹钟响了。听见铃声，我疲倦地睁大眼睛，应当起床了。床头小柜上的闹钟是我从家里带来的。我按照冬季的作息时间：六点半起身。儿子帮忙我穿好衣服，扶我下床。他不知道前一夜我做了些什么梦，醒了多少次。

婚姻是一件很重要的事情①

◎ 米奇·阿尔博姆

米奇·阿尔博姆（1959—），美国著名专栏作家、电台主持。著有纪实作品《相约星期二》，小说《你在天堂里遇见的五个人》、《一日重生》等。

……

婚姻。几乎所有我认识的人都对婚姻感到困惑。有的不知怎样走进去，有的不知怎样走出来。我们这一代人似乎想挣脱某种义务的束缚，把婚姻视作泥潭中的鳄鱼。我常常出席别人的婚礼，向新婚夫妇贺喜祝福。然而几年以后，当那位新郎与另一位他称作朋友的年轻女子同坐在饭店里时，我只会稍感惊讶而已。"你知道，我已经和某某分居了……"他会对你如是说。

我们为什么会遇到难题？我问了莫里。当我等了七年后才向詹宁求婚时，我暗自在想，是不是我们这一代人要比我们的前辈更加谨慎，或者更加自私？

"咳，我为你们这一代人感到遗憾，"莫里说，"在这个社会，

---

① 选自《相约星期二》，〔美〕阿尔博姆著，吴洪译，上海译文出版社1998年版。题目为编者所加。

人与人之间产生一种爱的关系是十分重要的，因为我们文化中的很大一部分并没有给予你这种东西。可是现在这些可怜的年轻人，要么过于自私而无法和别人建立真诚的恋爱关系，要么轻率地走进婚姻殿堂，然后六个月后又匆匆地逃了出来。他们并不清楚要从伴侣那儿得到什么。他们连自己也无法认清——又如何去认识他们要嫁娶的人呢？"

他叹了口气。莫里当教授的那会儿曾接受过许多不幸恋人的咨询。"这很令人悲哀，因为一个爱人对你的生活是非常重要的。你会意识到这一点，尤其当你处于我的境地时。朋友对你也很重要，但当你咳得无法入睡，得有人整夜坐着陪伴你、安慰你、帮助你时，朋友就无能为力了。"

在学校里相识的夏洛特和莫里结婚已有四十四年了。我在观察他们在一起的生活：她提醒他吃药，进来按摩一下他的颈部，或和他谈论他们的儿子。他们像一个队里的队员，彼此只需一个眼神就能心领神会。夏洛特和莫里不同，她性格比较内向，但我知道莫里非常尊重她。我们谈话时他常常说："夏洛特要是知道我在谈论这事会不高兴的。"于是便结束了这个话题。这是莫里唯一克制自己情感世界的时候。

"我对婚姻有这样一个体会，"他对我说，"你通过婚姻可以得到检验。你认识了自己，也认识了对方，知道了你们彼此是否合得来。"

"有没有一条标准可以用来衡量婚姻的成功与否？"

莫里笑了。"事情没有那么简单的，米奇。"

"我知道。"

"不过，"他说，"爱情和婚姻还是有章可循的：如果你不尊重对方，你们的关系就会有麻烦；如果你不懂怎样妥协，你们的关系就会有麻烦；如果你们彼此不能开诚布公地交流，你们的关系就会有麻烦；如果你们没有共同的价值观，你们同样会有麻烦。你们必须有相同的价值观。

"而这一价值观里最重要的，米奇。"

"是什么？"

"你们对婚姻的重要性的信念。"

他擤了一下鼻子，然后闭上了眼睛。

"我个人认为，"他叹了口气说，"婚姻是一件很重要的事情，如果你没去尝试，你就会失去很多很多。"

他用一句诗来结束了这个话题："相爱或者死亡。"他十分虔诚地相信这句箴言。

家，甜蜜的家①

◎ 约翰·霍华德·佩恩

约翰·霍华德·佩恩（1791—1852），美国演员、剧作家及诗人。

虽然我们可以漫游在乐园和宫殿之中，
可是天下没有比家更好的地方，
即便它是这样简陋普通；
天意似乎要我们成为那一方神圣，
你找遍天涯也决不会遇到那种地方。
家，家，甜蜜，甜蜜的家！
天下没有比家更好的地方，
哦，天下没有比家更好的地方！
即便是离乡背井，
那豪华壮丽的景象也不会使我眼花缭乱，
哦，还我低矮的茅屋！

---

① 选自《美国读本》，〔美〕戴安娜·拉维奇编，陈凯等译，国际文化出版公司
2005年版。

唤来鸟儿的欢鸣,

比什么都宝贵的是恢复心境的安宁!

家, 家, 甜蜜, 甜蜜的家!

天下没有比家更好的地方,

哦, 天下没有比家更好的地方!

凝望天上的明月, 踏着沉寂的荒野,

我感到我母亲此刻正思念她的孩子,

她正站在我们的小屋门前,

透过葡萄藤仰望那轮明月,

而葡萄的香气却不会使我欢乐。

家, 家, 甜蜜, 甜蜜的家!

天下没有比家更好的地方,

哦, 天下没有比家更好的地方!

多么甜蜜啊, 坐下看着慈父的笑脸,

甜蜜的家, 温暖的家, 天下再也没有这更好的地方。

让母亲的抚摸给我安慰消遣，
就让别人以漫游在新乐园里为乐吧，
但是给我，哦，给我家的欢乐。
家，家，甜蜜，甜蜜的家！
天下没有比家更好的地方，
哦，天下没有比家更好的地方！
我已操劳过度，我要回到你身边；
你的微笑给我最亲切的安抚；
我再也不离开那小屋到处漫游；
天下没有比家更好的地方，
即便它是这样普通简陋。
家，家，甜蜜，甜蜜的家！
天下没有比家更好的地方，
哦，天下没有比家更好的地方！

神未必这样想①

◎ 落婵

1925年10月的一天晚上，在鲁迅的工作室里，二十七岁的许广平握住了鲁迅的手，她准备将自己坚定地交付给面前这个瘦小的男人。当他依旧犹豫不决的时候，她用他曾经讲过的故事对他说：虽然所有人都认为我们不相称，可事实上，"神未必这样想"。

沉默半晌之后，终于，他对她说："你战胜了！"

从此，她给了他最纯真的爱情，尽管委身于他的时候，他不但家庭负担沉重，而且面临着被通缉的危险；尽管她比他整整小了十八岁，而且最让世人难以释怀的是，他从来没给过她名分，一直到死。然而世俗的目光并没能阻止她对他的爱情，虽然别人不认可她，他却说："我对于名誉、地位，什么都不要，只要她就够了。"而这，于一个爱他的女人，也就够了。

她爱他却并未将他当神一样敬着，而是一直以自己的方式爱着这

① 选自《时代姐妹·情人坊》2007年第3期。

个男人。在她的眼里，"他的一切都那么可爱：褪色的暗绿夹袍，褪色的黑马褂，差不多成了同样的颜色。肘弯上、裤子上、夹袍内外的许多补丁，闪耀着异样的光彩，好似特制的花纹，皮鞋上也满是补丁。那些补丁一闪一闪，像黑夜中的满天星斗，熠熠耀跟……"

看，在一个爱他的女人的眼，别人看似乞丐样的先生，于她，却是发光生辉的。

于是，她用了毕生的心血去追随他，给他当助手，为他放弃工作，为他生子，为他外出避难，为他料理后事……

然而，那个年代，这样的爱情毕竟算不上光明正大，甚至八十多年后的今天，依旧有人对她与他的爱情一笔带过，而更加愿意叙述的，是他犀利的文笔与言辞。可是，又有谁能埋没她对他的重要呢？如果没有她，他不会在与她结合的10年间完成生命中最轰轰烈烈的著作，这些著作，比他过去20年成就的总和还要多。提起许广平的时候，人们也尊称她为先生，她的成就也为众人所承认，唯独，对于她跟他的生活，却愿意忽略，仿佛旧上海的那个小楼里住着的一对恋人，与鲁迅、许广平这两个名字无关。

虽然，她坚强智慧，但是，终究是女子，这样的境遇并非

鲁迅和许广平之间的相爱和结合，有着一定的传奇性和浪漫性。1934年，鲁迅赠给许广平的一首情挚意深的诗：十年携手共艰危，以沫相濡亦可哀。聊借画图怡倦眼，此中甘苦两心知。由此可见，他们二人共同谱写的一曲爱情之歌，不但是感动人心的，也是激情浪漫的。

她所愿。只不过她明白，那个远在北平的女人，只不过是他母亲的选择，而不是他的。他的痛苦，疼在她的心底。这样的方式是她能与他长相厮守的唯一办法。她虽无法改变自己的名分，却能让他拥有温暖的爱情。她尽心做着他的无私后盾，照顾着他的衣食起居，最终，他在她的怀里走完了自己的一生。可以说，他是幸福的，生命虽然短暂，可是他得到了他一生该得到的全部。只是，当他扔下她及他们的儿子独自离去的时候，将苦难留了下来。她虽然悲痛，却依旧不忘他未完成的事业，她成了他生命的延续。

她将他的杂文编辑出版，书写大量纪念他的文章。为了保护他的全部遗稿，在上海沦陷后，她依然留了下来并继续为他出书，即使在被日本宪兵严刑逼供的时候，她依然坚强不屈捍卫着他的精神。

1968年3月3日，早春的北京，她在初次与他牵手的城市，带着终生对他的爱情走完了自己的一生，留给世人的是他不朽的辉煌。她用她一生为那句"神未必这样想"做了最好的注解。

爱的契约 [1]

◎ 威尔·斯坦顿

威尔·斯坦顿，美国作家。

威尔·斯坦顿和玛吉结婚的时候，经济上很拮据，暂且不说买汽车和房子，就连玛吉的结婚戒指还是威尔·斯坦顿分期付款购置的。可是如今却大不相同了，人们结婚不但讲排场摆阔气，而且还聘请顾问，签订夫妇契约。听说有些学校还要开设什么婚姻指导课呢！

威尔·斯坦顿真希望他和玛吉也能领受一下这方面的教益。这倒并不是说他们的夫妻生活不和睦。不，绝非如此！要知道，他们在婚前就有了一个共同点——玛吉和他都不爱吃油煎饼。瞧，这不是天生的一对？然而他们结合的基础仅此而已。

威尔·斯坦顿想，签订一种契约也许会使他们的家庭生活走上正轨。于是，威尔·斯坦顿和玛吉谈谈。

"玛吉，"威尔·斯坦顿说，"婚姻对人的一生至关重要。可是我

---

[1]　选自《读者文摘（精粹版Ⅱ）：天使走过人间》，东方笑编，陕西师范大学出版社2006年版。

们结婚的时候……"

"你在胡扯些什么？"她不由得一愣，手里的东西掉了下来。

"瞧，香蕉皮都掉在地上了。"威尔·斯坦顿有意岔开她的话题，"垃圾筒都满了。要是你及时去倒，就不会有这种事了。"

"四个孩子，十间房间，你关心的却只是香蕉皮。"她生气地说。

威尔·斯坦顿从口袋里掏出一本名为《婚姻指南》的手册，"这本书是我从药房里买来的。"没等威尔·斯坦顿说完，玛吉已拎起垃圾筒赌气地往外走去。没关系，结婚教会威尔·斯坦顿最大的秘决就是忍耐，忍耐就是成功。她回到屋里后，威尔·斯坦顿接着说："这里有一份夫妇契约的样本，是由一个名叫莫里森和罗沙的夫妇签订的，它适用于任何夫妇。"

玛吉显然对这个话题感兴趣，"讲下去。"她催促道。

威尔·斯坦顿打开书念道："第一，分析每对夫妇过去的生活——是否有遗传病或精神病史，是否有吸毒嗜好和犯罪历史，是否有……"

"别说了，我不想听下去。"她失望地说，"只有傻瓜地会和这种人结婚。"

"当然，"威尔·斯坦顿解释说，"这并不是说莫里森和罗沙也有这类事情。但是，了解情人的过去总要比蒙在鼓里一无所知好得多。这样蜜月结束后，即使碰上令人难堪的事情，你也不会感到束手无策。"

"这些对于我们来说已经为时过晚了。"

"怎么会为时过晚呢？一切可以从头开始。要是我们现在也签订一份契约的话……"

"签订什么？"玛吉吃惊地问。

"签订契——约。"威尔·斯坦顿故意拖长了音调。

"为什么？"玛吉疑惑地问。

"因为契约有着一种不可抗拒的约束力。另外，它还能合理地分配我们之间的责任和权力。"威尔·斯坦顿停顿了一下，建议说，"让我们也签订一份契约吧！比如每逢单年由你决定到哪儿去度假，双年则由我说了算。"

"要是轮到我做主时，正碰上手头上没钱，那我们不是只能呆在家里了吗？"她反问。

"不错，但这只不过是一种特殊情况。"威尔·斯坦顿说，"另外，契约也不是一成不变的，我们可以酌情处理嘛。"

"如果契约可以随意改变，那它还有什么用处呢？"玛吉反驳说。

"言之有理。"威尔·斯坦顿说，"想不到你还知道这些基本常识。"

"如果你也懂得这些常识，就不会提出签订什么契约了。"

"要知道，女人经常喜欢谈论平等和自由。一张契约至少可以解决这方面的问题。"威尔·斯坦顿辩解说。

"你不懂，亲爱的，"玛吉两眼盯着威尔·斯坦顿的脸，激动地说，"平等对于女人来说无关紧要，关键在于男人是否值得她们爱。要是一个女人真心爱上了一个男人，她就会做一切事情来使他快活。这绝不是那张该死的契约所起的作用，而是她自己心甘情愿这样做。"说完她转身走进隔壁的厨房。

没想到玛吉懂得这么多的道理。威尔·斯坦顿终于认输了。

"要喝咖啡吗？亲爱的，我刚煮了一壶。"玛吉探出半个身子温柔地问道。

"咖啡？太好了。"威尔·斯坦顿转过身看见她嘴里咀嚼着什么，"你在吃啥？"

"油煎饼,想尝尝吗?"她笑着问。

"我的天啊!我和玛吉共同生活了十七年,难道她还不知道我讨厌油煎饼吗?她自己也是一看到油煎饼就会呕吐的,这到底是怎么回事?"威尔·斯坦顿走进厨房。

"玛吉,你喜欢吃油煎饼?"威尔·斯坦顿不解地问。

"是啊,怎么啦?"她神秘地眨了眨眼。

"记得我们第一次约会,我给你要了一杯咖啡,问你是否要油煎饼,你拒绝了,说是你不喜欢。"

"是的,你记得不错。"她爽快地说,"可是当时你口袋里只有五角钱,还是向别人借的。"

"可油煎饼只需要一角钱呀!"

"别打肿脸充胖子,那样回家的车钱就没啦。"说着,她不住地大笑起来。

这下威尔·斯坦顿哑口无言了,"哎——"他窘迫地长叹了一声。

接着,玛吉诙谐地说:"莫里森和罗沙的契约可能是一纸空文。今后我们生活中也许会遇到许多的问题,因为罗沙肯定不曾替莫里森考虑过是否有回家的车钱这类事。"她停顿了一下,意味深长地说,"爱的契约不是签订在纸上的,它只能体现在情人相互体谅和关怀之中。"

这时威尔·斯坦顿才恍然大悟。玛吉真是个好妻子,谁能像她那样初恋时就如此了解和体贴我啊!威尔·斯坦顿坐在她身边,贪婪地吃着热腾腾的油煎饼,嘿,味道还真不错哩!

过了一会儿,威尔·斯坦顿也从包里拿出两只油煎饼——早晨他瞒着玛吉买的,递给她一只说:"我以前不吃油煎饼,但我可以从头学起!"

最深沉的爱情 [1]

◎ 一哲

约翰·克劳斯顿是英国的一位牧师，他的妻子比尔·玛丽亚是一名护士。

1854年，三十八岁的约翰·克劳斯顿患了食道癌，生命即将走到尽头。

在一个微风吹拂的黄昏，克劳斯顿对陪自己散步的妻子说："我曾经对你承诺要陪你白头到老，请你原谅，现在我不能履行自己的诺言了。我有一个最后的心愿，就是希望在告别尘世前，帮你找到一个善良的男人，让他来替我完成爱的使命。"

玛丽亚紧紧抓着克劳斯顿的手说："我也对你承诺过，今生我的爱只献给你一个人，我宁愿一个人孤独，也不能背叛对你许下的诺言。"

"不！亲爱的，如果我撒下你一个人在尘世上孤苦伶仃，我会很愧

---

① 选自《文苑》2007年第3期。

疾的。只有你在这个美丽的世界上幸福地活着,我在另一个世界里才会开心。你不记得了吗? 我们说过,爱,就是为了让对方更幸福。这才是我们最应该遵守的诺言呀。"

当死神向克劳斯顿逼近时,他并不为自己的生命担忧,而是为妻子今后的幸福着急。知道自己时日不多的克劳斯顿,抓紧时间为实现自己人生中最后一个心愿而努力。他印发了大量的传单,传单上写着: 我,约翰·克劳斯顿。将不得不向这个我依恋的世界说再见。我知道对于我的妻子而言,这是不公平的。我说过要陪她白头到老,可是我不能完成这个爱的使命了。希望有一位善良、懂得爱的男人来替我完成这个使命。因为我的妻子——三十六岁的玛丽亚是一位善良、美丽的女护士,她是一个值得爱的女人。她的住址是亚马雷思镇教堂街九号。

无论玛丽亚怎么劝说,克劳斯顿都不为所动。他站在亚马雷思镇最繁华的街道上,将为妻子征婚的传单一张张散发到路人手中……

然而,病魔并不给克劳斯顿实现他人生最后一个心愿的时间,弥留之际,他叮嘱妻子:"请人将传单上的征婚内容刻在我的墓碑上……生前我不能找到一个接替我的人……死后我也要去找……"

克劳斯顿走了,玛丽亚按照克劳斯顿的遗愿,在他的墓碑上刻上: 我,约翰·克劳斯顿。将不得

爱情不仅仅是两个人活着时的耳鬓厮磨、相濡以沫,更是在失去一方的时候,自己能带着逝者的爱更快乐幸福地活着。

不向这个我依恋的世界说再见。我知道对于我的妻子而言，这是不公平的。我说过要陪她白头到老，可是我不能完成这个爱的使命了。希望有一位善良、懂得爱的男人来替我完成这个使命……

　　在克劳斯顿去世不久，玛丽亚就嫁给了一个教师。因为丈夫使她对爱情有了更深的理解：爱情不仅仅是两人都活着时的耳鬓厮磨、相濡以沫，更是在对方走了之后，自己能更快乐更幸福地活着。她知道，只有她找到新的归宿，才能让克劳斯顿在另一个世界安心。虽然玛丽亚实现了克劳斯顿的心愿，但她并没有将墓碑上的"征婚启事"抹去，她要让更多的人知道，她拥有一份最深沉的爱。

　　一百多年过去了，那块刻着"征婚启事"的墓碑依然伫立在克劳斯顿的坟前，凡是见过那块墓碑的人都会对克劳斯顿充满敬意——为他那份对妻子最无私、最深沉的爱情。

大难来时，我要拽住你的手 [1]

◎ 窦挺

他和她都是知青子女，结了婚，生了个女儿，后来离婚了。离婚的原因很偶然，发生了一点儿矛盾，吵着吵着就当了真，偏偏他又是个极内向的人，不会哄也不会骗，就这样一直别扭，直到办了离婚手续。离婚后她带着女儿住在父母留给她的一套一居室里。这期间，她在一家超市做营业员，他开出租车。每个周末，他都来看一次女儿，捎带着帮她做点粗重活。离婚三年，他和她都没有再找另一半，亲戚朋友都说，好好的离什么婚呢？

那个星期六，他没有像往常一样来看女儿，她有点奇怪，女儿吵着要爸爸，她便往他家打了个电话，结果却是晴天霹雳，他肝坏死，已经昏迷住院。她一下慌了，深一脚浅一脚往医院赶。医生的话简单得像一根冰条直戳人心：必须进行肝移植，否则就没救了。手术费要二十万元。他和她的父母都是返城的上海知青，家底很薄，当初他们结婚的

---

① 选自《人生与伴侣》2006年3月（上）。

时候就因为经济条件的原因一切从简。二十万，无疑是天文数字。她眼看着他父母含着泪在医院的通知单上签下了"放弃"的字样。

　　她睁了一夜的眼，第二天一早就跑到医院，找到医生说，她卖房子筹手术费，赶紧帮他联系肝源。接着到房产中介所将房子挂牌出售。消息一传出去，大家都呆了，要好的小姐妹纷纷来劝她："卖了房子你住哪里？""他要是救不过来，你岂不是人财两空？""他父母都放弃了，你还出什么头？"房子卖了。因为卖得急，比市价低了好几万，她唯一的要求是要现金，一次付清。拿到钱她就往医院赶。他躺在病床上，看着她，一句话也说不出来。她轻轻拍着他的手："我们复婚。"有人说，女人真傻，都快死的人了，能出钱救他，已经是仁至义尽，还复什么婚呢？

　　婚也复了。因为情况特殊，民政局的人来医院帮他们现场办理了复婚手续。没有鲜花也没有仪式，他还是躺在病床上，唯一有点喜气的，是床头柜上几包婚礼奶糖。肝源在最后期限前找到了，一切都紧张得让人喘不过气来，做完手术医生说，再晚两天，即使有肝源，也救不活他了。为了多挣钱，除了他动手术那天她请了一次假，其余时间都照常上班，一天也不曾落下。好在上海的商场都是做一天歇一天，她也没耽误去医院照顾他。

　　手术一个星期后，他脱离了危险。得知这个消息，她松了口气，腿一软就坐到了地上。医院的病友们捐了点款，派了代表送到她家去。她正在收拾东西，因为家境本来就不太好，再加上他的病，小小的房子里简直四壁空空，地上摆着几只装电器的大纸箱，她就往箱子里一一放被褥、衣物、日用品。大家问她：这是干什么？她说：这几天光顾着忙他的事，都忘记新房主快要来收拾房子了，这不，收拾收拾准备搬家呢。有人问她：没了房子，以后怎么办呢？她笑笑：先租房子，只要人好了，总会有办法的。有人试探着问：你想过没有，万一他救不过来，怎么办呢? 她沉默了半天，才答: 看到他父母都放弃他了，我心疼得受不了，我再不管他，谁来管? 他才三十五岁啊!

有人在门边发现了一个鞋架，原木的颜色，四层高，还有个放雨伞的托子，既实用又拙朴有趣，就问她: 是在哪儿买的，蛮合用。说着指点着家里的东西，女儿的小自行车是他买的，钉在墙上的杂物架也是他做的，桌子上漆成彩色的储蓄罐，也是他亲手做的。鞋架上放着三双拖鞋，一双男式的。一大一小两双女式的。他们明明是离了婚的，然而他的影子在她家里，却无处不在。

挺过复杂的排异反应，他慢慢好起来了。住院的时间久了，病房里的几个病友熟悉得像好朋友一样。趁她不在，大家开他的玩笑: "你真是天上掉下来的福气，有这样的老婆。"有人问他: "她带着个孩子，找对象不容易，你却不一样，离婚三年多，你怎么就没想到再找一个?"他不擅言辞，好久才憨笑着挤出一句话来: "我当时就想，等她找了，我再找。"有个外地病友感叹: "都说上海女人精明，会算计。我看不全是。这样实心眼的女人，打着灯笼都难找呢。"

她来的时候，总是捧着一个大号的保温桶，母鸡汤是补身体的，黑鱼汤是收刀口的，汤里漂几粒红艳艳的枸杞，煞是好看。她舀一匙送到他嘴边: "快，趁热喝。"他抚着她的手: "你也喝，看你，瘦了多少了。"她拗不过他，便喝了一口。每到这时，满病房的人都放轻了动作，那些琐碎的喁喁细语，像月光泻地，把整个病房都照得温馨起来。每个人对爱都有不同的诠释，她的最简单，因为她心疼他。她和他是同林鸟，所以，大难来的时候，她拽住了他的手，没有独自飞。

朋友住院，我去看望她，这个故事，是在上海华山医院里亲眼看到亲耳听到的。

一生只因为有爱①

◎ 阿健

这是一个普通人的不寻常经历。一切开始得都非常简单。

那时,他还是一个在苏联远东地区服役的年轻军官。一场紧张的军事演习后,他得到了一次休假的机会,回到了阔别已久的家乡——乌克兰第聂伯罗彼得罗夫斯克市附近的一个老城。

当晚,他和几个同窗好友在城里唯一一家还算像样的餐馆里相聚,分享久别重逢的喜悦。

餐馆角落的一张小桌旁坐着她和她的女友。她们边品尝着餐馆的美食,边轻声地聊天。她不是那种天生丽质的美人,但有一双清澈明亮、充满智慧的眼睛。用他的话说,她的双眸简直是夜空中光彩夺目的明星。

他和她相识了,他送她回家的时候经过一大片白桦林。在树林里,他们停了下来,彼此凝望着谁也没再说话。那片广袤的白桦林使

---

① 选自《女子文学》2001年第3期。

他的这个假期充满了幸福和欢乐。

回到部队后，他和她开始书信往来。那些充溢着纯真感情的书信一直珍藏到了今天。

一年后，他再次回乡休假时，他和她登记结婚了。在婚礼上，他的一个朋友问他："你到底爱她什么？"他毫不犹豫地回答说："爱她的全部。"

在假期结束前的两个星期，他和她走过那片白桦林，踏上了通向部队驻地方向的火车，开始了他们的蜜月之旅。

他的宿舍是一间二战前为当地工人建造的简陋平房，这也是他和她最初的新房。她以女人特有的天赋和一双巧手瞬间使房间的每一个角落变得温馨、舒适。

他和她的生活充满幸福和朝气，直到一个可怕的冬日。那天，她摔倒在街头，她没能站起来走回自己的家。那年她刚满二十四周岁。部队野战医院的医生告诉她："你得的是骨盆结核病，如果接受治疗，十年后才能康复，如果不治疗，三年之后就可能离开人世。"

为了给她治病，他四处寻医问药。由于远东地区的气候不适合她治病，经过部队上级机关特批，他调到了乌克兰。她住进了基辅的一家医院。接下来，就是连续不断的手术，以及与药物和疼痛相伴、与绝望和希望相随的病榻生活。

有一次医生建议在她的小腿上做骨移植手术，她坚决不同意。

她说："我还想跳舞，我还想穿长筒袜。"

你猜最后怎么着？凭着他的关怀和自己坚强的毅力，三年后她竟然重新站立起来了。

真是一个奇迹。

在随后共同生活的岁月中，他送给她平安、希望以及从海参崴到柏林近半个世界的足迹，她送给他信任、关心以及他们幸福生活的结晶————她不顾医生的劝阻，毅然生下了两个女儿。为此她曾两次在产房给他写下遗书："如果我死了，请不要埋怨任何人。"同时她也为生孩子付出了代价——不得不做手术摘除了一个肾脏。此后，她又重新康复出院，因为他和两个孩子在热切地等待着她，死亡是对他们情感的背叛。

他们的生活包容的内容很多。他们互相深爱着，其中有离别，有欢乐，也有痛楚，但没有背叛，没有谎言，更没有耻辱。

如同其他普通人一样，在老伴去世之前，他也怕过死。以前，死亡对他来说就意味着别离。现在他看清了，他的老伴只不过是出了远门，总有一天他也会随她而去。

他今年已是一个七十四岁的老人了，和他共同生活了四十五年的老伴已经去世三年了。对他来说，爱情的力量要远远超过死亡的力量。

追忆似水年华[1]

◎ 凯文·康普

我们初次相遇，难道真的是六十二年前吗？

年华似水，倏忽间我们已相携一世。望着你的眼睛，当年的邂逅历历如在昨昔，就在汉诺威广场的那间小咖啡馆里。

从见到你的那一刻起，那一刻你正为一位年轻的母亲和她的小宝宝开门，那一刻当看到你的盈盈笑靥，我就明白我只愿与你执手携老，共度今生。

我仍然不时想起，那天自己那样的盯着你。一定很傻：就那样情不自禁怔怔地望着你，追随你摘下小帽，用手指松了松短短的黑发；追随你把帽子放在桌上，双手捧起暖暖的茶杯；追随你微撅樱唇，轻轻吹走飘腾的热气。我的目光始终追随着你，感觉自己在你的温柔举止间慢慢融化。

---

[1] 选自《最受读者喜爱的100篇文章》，冰心等著，王慧川编，中国戏剧出版社2005年版。

从那一刻起，一切似乎都鲜明了意义。咖啡馆里的来来往往和外面闹市的熙熙攘攘忽然都模糊了起来，我眼里能看到的，只有你。

光阴似箭，那一天却不断在我的记忆里重演，鲜活如初。多少次我再次坐下，不断追忆那天的点滴，不断回味那些飞纵的瞬间，重新体会一见钟情的美丽。岁月的流逝却并没有带走我的爱恋感觉，这些体验会永远伴随我，安抚我的寥寥余生。

即使是当我在战壕中控制不住地颤抖，我也不曾忘记你的容颜。我蜷缩在稀泥中，身边是枪林弹雨，弥漫硝烟，我把步枪紧紧地攥在胸前，一颗惊恐不安的心，还是想起了我们初识的那一天。身旁战火呼啸，恐惧让我想要大声呼叫，直到想起你，仿佛见到你在我身后盈盈浅笑，战场忽然沉寂下来，在这珍贵的瞬间，我觉得自己暂时远离了毁灭和死亡，飞向你的身旁。我拼命想留住这美好，直到睁开眼，周围却依然是血与火的生死战场。

九月休假回到你身边，我疲惫而脆弱，没能再告诉你战火纷飞时我对你的爱有多深。我们只能紧紧拥抱在一起，仿佛要把对方挤碎。也就在那天，面对我的求婚，你深深凝望我的眼睛，答应做我的新娘，而我早已欢喜地大喊大叫。

我现在正看着我们的结婚照片，总是放在梳妆台上的那张，就在你的首饰盒旁。那时候，我们多么年轻，多么纯真。我记得我们站在教堂的台阶上，开心得像一对甜蜜的鸳鸯，你还说我穿着制服多么英武俊朗。照片已经旧得泛黄了，但我看到的，却只有当年青春的明媚姿彩。我仍然记得你母亲为你做的那件新娘礼服，那些精致的花边和漂亮的珠饰。让我再想一想，我还能闻到那婚礼花束的甜香，你那么骄傲地捧着花，让每一个人分享你的幸福时光。

一年后，你轻轻地把我的手放到你的腹前，对着我的耳朵悄悄透露这个让我欣喜若狂的好消息：我们就快有宝宝啦。

我知道我们的孩子都深深地爱你，他们现在就在门外等候。

你还记得乔纳森出生的时候我那手足无措的慌张样子吗？当我笨拙地把他抱在怀里，我还记得你笑话我的样子，我看着他，我们都情不自禁地迸出了开心的泪花。

今天早晨萨拉和汤姆带着小缇西也赶到了。你还记得吗？第一次看到这个可爱的小孙女，我俩高兴地紧紧拥抱。真让人难以相信，她下个月就八岁了。亲爱的，我不得不忍住眼泪告诉你，小家伙今天穿着漂亮的裙子，闪亮的红色小鞋，让我立刻想起当年相遇时的你，连她的短发也像极了年轻的你。当我在门口看到她的时候，她的笑容暖人心脾，这竟然也和你一模一样。

我明白，亲爱的，你累了，我应该让你离开。可是爱人即逝，孤侣何伤！

这些年我们相濡以沫，白首到老，我总是逗你说你的容颜依然如昔。可这是真的，亲爱的，我真的见不到他人眼里的皱纹和白发。

现在我望着你，也还是只能看到你娇嫩温柔的红唇和秋水流盼的眼眸，仿佛我们第一次在那条小溪边野餐，在那棵巨大的老橡树旁追逐嬉戏。那时候我们刚刚在一起，总是盼望那样的日子生生世世，你还记得吗？那些日子是多么激情荡漾，让人不忍回首……

亲爱的，我应该走了。孩子们都等在外面，他们要和你道别。

我擦去了眼角的泪，跪在你的身边，轻轻靠近你，握住你的双手，最后一次吻你。

亲爱的，安心地睡吧。

这分离扯碎了我的心。别担心，我很快就会来陪伴你。生死茫茫，尘世间没有你，这满腔的衷肠凭谁倾诉？这只影的寂寥复有何欢？

很快，我们就能在汉诺威广场的那间小咖啡馆里再相逢。

再会了，我的爱妻。

爱到最后一分钟 [1]

◎ 尹玉生

　　那一年春天，二十八岁的麦金莱终于迎娶了美丽的新娘艾达·萨可斯顿。

　　他们的相识极具戏剧性。十年前，麦金莱随家人一起到坎顿度假。在一个风和日丽的下午，他陪父亲前去拜访多年未见的老朋友——银行家萨可斯顿，在他的家中，见到了银行家的女儿艾达。艾达身材窈窕，有着深褐色的头发、蓝紫色的眼睛，秀美可爱。麦金莱一下子就被这位楚楚动人的姑娘迷住了。艾达已有许多年轻英俊的追求者，但麦金莱举止大方、精明干练，虽然身高只有1.69米，但从他深邃、睿智的眼神中，艾达读到了细致和深情。她断定，这位年轻人就是值得自己托付一生的男人。

　　婚后的日子是幸福的。艾达以她特有的聪明和细腻精心打点着温馨、浪漫的小家。宝贝女儿凯瑟琳的到来，更为他们的生活增添了

---

[1]　选自《格言》2012年第一期。

乐趣。两年后，又一个小天使埃达来到他们中间。被幸福紧紧包围的麦金莱在事业上也取得了长足进步，他在大资本家马库斯·金·汉纳的扶植下，开始在政界崭露头角。

天有不测风云，他们可爱的小女儿埃达因体弱多病，在半岁时不幸夭折。小女儿的早逝，给这个原本幸福的家罩上了一层浓浓的阴云。柔弱的艾达无法承受巨大的痛苦，终日以泪洗面。看着艾达痛苦不堪的面容，麦金莱强忍心中的悲伤，想尽办法宽慰她、疼爱她，努力减轻艾达的痛苦。他们逐渐从往日的哀伤中走了出来，将全部心血倾注在抚养、培育大女儿凯瑟琳身上。

可不幸又一次降临，天真活泼的凯瑟琳在三岁半时因伤寒离他们而去。两次痛失爱女，这人世间最残酷的事情，终于将脆弱的艾达击垮了。她的精神几乎失常，患上了偶发性癫痫病。那段时间，是麦金莱一生中最难挨的日子——再次失去爱女，使他悲痛欲绝；政治对手对他的有意压制和恶意攻击，使他烦躁不安；更让他揪心的，是妻子艾达日益变坏的脾气和病态的精神。眼前憔悴、委靡、脸上失去光泽的女人，与之前美丽、开朗的艾达相比，简直判若两人。麦金莱心如刀割，发誓要加倍疼爱艾达，使她尽快好起来。

也是在这个时候，麦金莱的政治生涯开始一帆风顺：先是当选俄亥俄州选区的国会众议员，接着当选众议院拨款委员会主席，因这个委员会发挥着财政立法的作用，麦金莱成了一个闻名全美国的人物。他愈加发奋地工作，高效率地处理繁忙的事务，以便腾出更多时间来照顾妻子。

他默默地忍受着艾达变化无常的坏脾气，像对待孩子一样宠着她、哄着她，他的身上经常会留下艾达失去理智时咬下的齿痕和手掐的紫斑。他没有抱怨，总是不离不弃，一遍又一遍地劝慰哭闹中的妻子，直到她疲倦地在他的怀中睡去。他还学会了做家务，亲手为妻子做饭、洗澡、换衣服，从刚开始的笨手笨脚，到后来越来越娴熟，还能将妻子深褐色的长发梳理出非常漂亮的发型。在他们家的花园中，常常可以看到麦金莱搀扶爱妻散步的身影。可是有谁知道，这个坚强的小个子男人也会在无人的时候悄然落泪。

这天，麦金莱在国会上就关税问题同民主党进行了激烈的辩论。由于发生了争执，会议很晚才结束。当时，天色剧变，电闪雷鸣，顷刻间，大雨倾盆而下。会务组为每位议员提供了精美的夜宵，但他没有留下来，不顾饥肠辘辘，一头钻进茫茫大雨中。道

威廉·麦金莱(1843—1901)，美国第二十五任总统。他十八岁从军，以少校军衔退伍，先后当过律师、县检察官、众议员和州长，1897年当选为总统后，采取提高关税和稳定货币的政策，加上其他措施，美国的经济有了很大起色，麦金莱从而获得"繁荣总统"的美名。

路泥泞不堪，他一步一趔趄，艰难地往家赶，他要回到妻子艾达的身边。他没忘记，今天是他和艾达的结婚纪念日，他要亲手为艾达穿上几天前精心挑选好的宝石蓝裙子。

经过麦金莱多年的悉心照顾，艾达的病略有好转，他的事业也如日中天。1891年，麦金莱当选为俄亥俄州州长。1897年，威廉·麦金莱成为美国第二十五任总统。

在任州长和总统期间，他一直保持着一个习惯——始终尽自己做丈夫的本分，去关心体贴妻子。为了让有病的妻子参加社交活动，并能随时得到自己的照顾，他竟打破传统，坚决要求在宴会上让爱妻坐在自己身边，而不是坐在餐桌的另一端。每当艾达在社交场合突发癫痫病时，麦金莱总是连忙用手绢或餐巾盖在她脸上，不让别人看到妻子扭曲的脸；待稍微稳定后，再把妻子抱到就近的房间，

温言抚慰，过后再将她带回来，继续刚才的谈话或活动，好像什么事都没发生过一样。恢复正常后，艾达总是会在不经意间流露出幸福平和的笑容。

1901年9月6日，麦金莱吻别妻子，前去参加布法罗泛美博览会。在欢迎队列中，他看到一个美丽可爱的小女孩，不禁想起自己那两个天使般的女儿。瞬间，他眼中泪花闪动。他很快调整了一下情绪，弯下腰，将别在自己扣眼上的红色康乃馨送给小女孩儿。就在这个时候，令世人震惊的事情发生了——随着两声枪响，麦金莱总统倒在血泊之中。在送往医院的路上，麦金莱喘着气，以微弱的声音留下了给这个世界的最后的话："我的妻子……你们告诉她的时候，要谨慎婉转……啊，一定要谨慎婉转!"

在生命的最后一刻，麦金莱对妻子的爱感动了在场所有人，继而感动了他的政敌，感动了所有知道他故事的人。

你是我的药 [①]

◎ 张毅静

张毅静，作家。至今已在多家报刊、杂志发表作品五十余万字。

    起初，伊丽莎白·巴莱特家里的光景是很不错的。她有十一个弟妹，有极其宠爱她这个长女的父母，一大家子人住在英国西部风景如画的乡村里，美丽聪颖的她简直就是茜茜公主。可惜，命运只给了她短暂的美好时光。十五岁她从马上摔下来跌伤脊椎，二十三岁时母亲去世，接着，最心爱的一个弟弟因为陪伴她去异地养病，意外溺死。魔咒之下，父亲的事业开始衰落，他变成了一个易怒、暴躁、行为乖僻的老人……

    后来，她和家人住在了伦敦的温波尔街。她把悲哀、内疚、痛苦和希望一并写进诗里。1833年和1838年，她先后出版了《被缚的普罗米修斯》英译本和诗集《天使们》。伦敦阴冷潮湿的气候使她的健康状况越来越坏，整个夏天，她强打起精神让人抱下楼晒一两次太阳；整个漫长的冬天她都只能蛰居在床上。若不是有诗，这个女子这辈子

[①]　选自《读者》2012年第5期。

也许就这么完了，看到她这样的诗："我一环又一环计数着周身沉沉的铁链"，让人心酸。

上帝派来拯救她的天使，化名罗伯特·白朗宁，时年三十二岁。

她比他大六岁。不久前，三十八岁的她偶然看到这个年轻人的近作《石榴树》，感觉不错，就给了较高的评价。她是已经成名的诗坛"大姐大"；罗伯特是一个诗人，也是一个戏剧家。他喜欢用心理分析手法来讲述故事，但这种尝试却遭到了很多人的非议。这种状况让他孤单而又绝望。"举世难逢一知己，谁人解我曲中意？"写作的人得遇前辈的好评，强烈的喜悦酝酿成澎湃的激情，他抓起笔来就给她写了这样一封信："亲爱的巴莱特小姐，你那些诗篇真叫我喜爱极了……而我也同时爱着你!"

接到信，她笑了，心想，真是个爱激动的傻孩子!爱我？爱我什么？我这个样子，还会有人爱？

但"我爱极了你的诗篇……而我也同时爱着你"这话犹如一道光，艳艳地照进她幽暗的心房。

诗人对爱的渴望，只会比常人多百倍、千倍，何况，这是三十八年来第一次有男人向她示爱。

然而她终究是一个有教养的庄重女子，而且年近不惑。按捺下心头的种种思绪，她只是给他回了一封谦逊、亲切的长信，意味深长地说："心灵的共鸣是值得珍惜的——对我来说，尤其值得珍惜……"

年轻人受到了她的鼓励，他的信源源不断地涌到了她面前。文学、艺术、生命、爱情、死亡，他们无话不谈。四个半月，他们互通了几百封书信。红笺小字，层层心事可表。

后来，很自然地，他提出要见面。

可是，她说不。她坚定又软弱地拒绝着。

不是不想见，是因为情怯、因为自卑、因为害怕而不敢见。

感情是至纯至美的东西，她真的怕他承受不住这残酷的现实从她的生命里消失。一次，两次，她都拒绝了，但到第三次，她挡不住了。她想见他的心，哪里就比他少一点点了？

于是在1844年的春天，他走进了她的城堡。

缩在沙发深处的她紧张得瑟瑟发抖，像一朵在风中轻摇的栀子花。常年不见生人、不见阳光，使她有着深闺弱质特有的干净与娴雅，她那种羞羞答答怯生生的情态使他感觉她像一个睡在篮子里需要人时时照顾的婴儿。他俯下身，牵起她的手，深深地行了个吻手礼……

如果先前他说爱她，那是因为她的旷世才华使他爱慕她的灵魂，那么现在，当他亲眼见到她，他才知道他命中注定要成为她的守护者。于是三天后，白朗宁的求婚信送达她手中。

独自对着那封信，她哭了。但最终她还是理智地拒绝了，并请求白朗宁"不要再说这些不知轻重的话"，否则友谊也将无法维持。

白朗宁体恤地答应了。他知道她不是不爱他，而是自卑深重的她感到无法减缩他们之间的那些悬殊差距，这使她不敢去拥抱幸福。

依然是信件不断，连同一朵又一朵饱满娇艳的玫瑰花，他把自己的心完完全全地摊在了她的面前。她感动地含泪写下了这样的诗句："我背后王有个神秘的黑影在移动，而且一把揪住了我的发，往后拉，还有一声吆喝（我只是在挣扎）：'这回是谁逮住了你？猜！''死。'我答话。听哪，那银铃似的回音：'不是死，是爱！'"

在爱的激励下，最震撼人心的事情发生了。每当我想到这里，总要忍不住心潮起伏——这个已经在床上瘫了二十三年的女子，依靠这个男人给予的爱，居然哆哆嗦嗦地站了起来。

在没人的地方，当她无数次地跌倒又爬起、爬起再跌倒，当她一步一步踏出脚步迈向幸福，任谁看见都会瞪大眼睛：原来那早已经被

Madame Browning 14 lines of
love poetry anthologies

**勃朗宁夫人
十四行爱情诗集**

英国最优美的爱情诗集
ENGLISH MOST EXQUISITE
LOVE POETRY
ANTHOLOGIES

文爱艺 译

《勃朗宁夫人十四行诗》是勃朗宁夫人与勃朗宁相爱之后到结婚之前写下的。表达了勃朗宁夫人拥有爱情之后的欢喜、激动、担心等种种情绪，爱的纯粹与热烈曾经感染了无数读者。勃朗宁读过之后，欣喜地称之为莎士比亚以来最美的十四行诗。

甘肃人民美术出版社

太多人嘲笑甚至鄙视的爱情，真的具有如此强大的魔力。

有一天，大家都在。她慢慢地顺着楼梯走了下来。所有人都惊呆了。她，伊丽莎白，会走了？

伊丽莎白看着大家，调皮地笑道："看你们这副样子，就仿佛我不是从楼梯上走下来，而是从窗户里走下来似的。"

白朗宁禁不住热泪盈眶，他冲过去，像护着瓷器一样护住她。

爱情是什么？是光，是力量，是活下去的勇气，是幸福的召唤，是——医我的药。

在短短不到两年的时间里，一个卧床二十三年的女子不但站了起来，竟然还可以渐渐走下楼，踏上鲜花盛开的小径，沐浴在灿烂的阳光里。也就在那一段时期，她开始写下献给白朗宁的《葡萄牙人十四行诗集》，她的才华在这里达到了顶点。

当白朗宁第三次求婚时，伊丽莎白答应了。除了年龄，现在，他们俩之间已经没有太多阻隔。而年龄，如果当事人不在意，根本不算什么。

可是障碍还是出现了。伊丽莎白的父亲，那个乖戾的老人，坚决不答应他们的婚事。他不答应他任何一个子女的婚事，并以取消财产继承权相威胁。他大发脾气、大吼大叫，把伊丽莎白吓得昏了过去。

苏醒后，伊丽莎白叹了一口气："爸爸，我不是孩子了，我已经四十岁了。我在床上瘫了二十三年，我好不容易遇到了生命中的爱——除了死亡能够使我们分离，这个世界上再没有任何力量可以拆散我们。"

1846年9月12日，四十岁的伊丽莎白和三十四岁的白朗宁悄悄地举行了婚礼。一周后，伊丽莎白带着忠心的女仆和爱犬，以及那些见证他们爱情的书信，随白朗宁渡过英吉利海峡，畅游欧洲，最终定居在意大利佛罗伦萨。

婚后第三年，四十三岁的白朗宁夫人生下了儿子贝尼尼。在孩子两岁的时候，他们回到了英国，但她的父亲却不允许她回家。他拒绝见他们，连孩子都不见，甚至把她写给他的信件全部退了回来。伊丽莎白苦笑着摇摇头，父亲可以不认她这个女儿，而她却永远不会怨恨父亲，因为拥有爱的人也拥有宽容。

白朗宁夫妇在一起生活了十五年。1861年6月29日晚止，他们在院子里坐着聊天，后来她感到倦了，就偎依在白朗宁的胸前睡去。睡了几分钟，她的头忽然垂了下来。白朗宁夫人躺在她最爱的人的怀里，离开了人间。

你是我的药，有效期十五年。

苹果酿①

◎ 胡蝶

爱，就是情愿自己吞下所有的苦，而给对方所有的甜。

小镇上远近的邻居都知道，威姆斯·沃克家里的苹果酿是整个镇上最好吃的，那恰到好处的湿度，醇厚的口感，还有丝丝入扣的酸甜融合的味道，让每个吃过的人都齿颊留香，回味无穷。只是让人奇怪的是，沃克家做出这美妙的苹果酿的，不是心灵手巧的沃克太太，而是看上去有些笨手笨脚的沃克先生。所有奇怪的现象背后都会有一个鲜为人知的秘密，沃克家的苹果酿也是一样。如果我不这么多嘴，也许你们永远都不会知道，这个关于苹果酿的动人故事。

那时，我还是个嗷嗷待哺的婴孩，虽然生活贫困，但父母还是让我来到了这个世界。我有两个哥哥，父亲威姆斯是小镇林场的伐木工人，母亲莉莎曾经是小镇酒馆的一名服务员，后来因为我的出生而辞职。因此，家里所有的开销几乎都得依靠父亲伐木的微薄收入，那时

---

① 选自《感动美文》，毛文凤，严华银编，江苏人民出版社2007年版。

的生活窘况可想而知。

好在母亲是个心灵手巧的女人，她那么的贤惠、聪明，用这些有限的钱将家里安排得井井有条，还常常利用我睡着的时候，帮邻居家做点小手工活儿，改善家里的生活。

春天的时候，有一天父亲从林场回来时，手里握着一枝青绿的苗子。他兴奋地对母亲说，这是一棵苹果树苗，伐木的时候，被别的伐木工人扔到了路边。他偷偷地捡了回来。我们都知道，母亲最喜欢吃的就是苹果，可惜那时我们是那么贫穷。平日里除了填饱肚子，哪还有余钱去买苹果吃呢！

于是，我们家小院子里，就多了一棵青葱的苹果树。母亲常常对我们兄妹三个说，等苹果树长大了，结了果子，我们就有苹果吃了。我三岁那年的秋天，苹果树真的结出了果子，不多，大概只有五六个，小小的，羞涩地藏在大片大片的绿叶子里面。发现它们的时候，哥哥开心地叫出声来，我们可以吃苹果了！我蹒跚地迈着还不太利落的步子，跟在哥哥身后，围着苹果树来回地跑。

在守候苹果由青变红的日子里，哥哥突然病了。我长大后，听母亲说了才知道，那是一种叫做心肌炎的疾病。为了挣钱给哥哥看病，母亲也开始外出工作。白天，我们兄妹被寄放在邻居家里；晚上，父母下班后再把我们接回家。

哥哥病得很严重，每天只能躺在床上。晚上一起睡觉的时候，他总会问我和小哥哥，院子里的苹果红了没有。那时候。父母的愿望是早日赚到足够的钱给哥哥做手术，而我们最大的愿望是等院子里的苹果熟了，美美地吃上一顿。

哥哥常常犯病，每次一犯病就要送到医院去，家里的积蓄就全部换成了医药费的单据。母亲脸上的愁容越来越多，她常常叹着气对父亲说，我们要多赚点钱呀，伍森的病不能再拖了，要尽早做手术才好。

然而，就在那个深秋，一个突如其来的灾难降临了。那天晚上，我们回到家里，竟发现院子里的苹果树被洗劫一空，那些微微泛着红意的、我们还未舍得摘下的红苹果，甚至连那些还青涩的果实，都被摘了个干净。望着狼藉的小院，父母相对无言，我和哥哥们声嘶力竭地哭着。

日子一天天过去，父母还在为哥哥的手术费早出晚归地辛苦工作。而我们呢，依然无法忘怀院子里那些再也回不来的美味苹果。每天昏暗的餐桌前，我们都在压抑地吃着晚餐，总有一股与绝望相关的情绪在小屋里回荡。

我永远记得那个初雪的夜晚，风很冷，因为买不起煤，家里没有烧壁炉，冷森森的屋子里，我和哥哥拥抱在一起取暖，等着母亲开饭。突然，父亲推门进来了，他的帽子上、大衣上全是雪花，可脸上却绽放着灿烂的笑容："亲爱的，我回来了。看看，我给你们带什么回来了？"顺着父亲从怀里掏出来的手，我们看到了一个半透明的玻璃瓶。父亲轻轻地拧开瓶盖，一股诱人的苹果清香从瓶子里飘了出来。

"苹果酿!"我们一起大声地叫起来，是的，正是我们向往已久的苹果酿。街上的好几个店里都有卖的，它们那么清香诱人，每次母亲带着我们去杂货店买日用品的时候，我们都会在这些装着苹果酿的玻璃瓶前徘徊不走，哪怕能多闻一会儿，也是幸福的。

"你，你怎么有钱买这个？"母亲从厨房里走出来，也是又喜又惊。"哦，今天我们发工钱了，我记得今天是你的生日，所以就买回了一瓶苹果酿。你不是最喜欢吃苹果的嘛，快，快来吃吧!"

"你，你用工钱买了这个？"母亲非常生气，责怪父亲说，"我知道你是为了给我庆祝生日，但现在我们正是用钱的时候，哪里有闲钱来讲这种浪漫。"

"我知道，你和孩子们都一直期待着吃苹果。请相信我，困难只是暂时的,下完这场雪,春天就会来临。"

那整整一瓶苹果酿被我们三个好吃的小鬼吃了个痛快,母亲象征性地吃了几块,而父亲却是一口未沾。虽然还有些青青涩涩的,但在那时,已经是非常的美味了。那天晚上,在梦里,我们都舔着干燥的唇。

冬天是如何渐渐过去的,我们浑然不觉,只知道春天来的时候,院子里的苹果树又绽出了新芽,迎着风,轻轻地摇曳,充满了苹果酿的美好气味。父亲在一家运输公司找到了新的工作,收入比以前在林场高了很多,哥哥的病也渐渐好转。秋天快到的时候,我们家的苹果树又开始结子了。小小的苹果像去年一样,羞怯地藏在枝头叶间。

哥哥说,我们应该把篱笆扎高些,这样,那些小偷就无法再偷走我们家的苹果了。母亲却笑着对我们说,不用了。那年,我们的苹果果然都顺利地进入了我们的肚子,父亲还留了好几个做苹果酿。

此后,每年母亲的生日,父亲都会拿出自制的美味苹果酿,为母亲庆祝。也正因此,父亲的苹果酿才会越做越好,以至于在小镇上美名远播。

我考上大学的那年冬天,大哥和二哥都从纽约回来为妈妈庆祝生日。院子里的苹果树已经非常高大,只是再结不出甜美的苹果了。饭桌上,吃着父亲亲手做的苹果酿,回想起从前,我们都感慨不已。而我们不解的是,母亲怎么知道那个小偷第二年不会再回来偷苹果呢?看着父亲在厨房里忙碌的身影,母亲轻笑:"你们不知道吧,那个偷苹果的人就是你们的父亲呀!"

父亲?这怎么可能!我们都诧异地大叫起来。父亲怎么会偷自家的苹果呢?

原来那年林场的主人入秋时出了一点意外,之后没有再雇工人伐木,父亲突然间失了业。那时全家人都因为哥哥的病困苦不堪,父亲不想因为自己的失业让大家雪上加霜,于是。每天都以上班的名义在外四处寻找新的工作。但那时经济并不景气，新工作迟迟没有找到。为了不露馅，父亲只好偷偷地摘走了院子里的苹果，并做成苹果酿，然后在那个初雪的夜晚拿回家，假装自己的工资全买了苹果酿。当然，最后父亲终于找到了新的工作，我们这个风雨飘摇的小家也走出了困境。

"你怎么知道的？"刚刚走进餐厅的父亲听到母亲的话，惊奇地说，"我还以为这个秘密你们一辈子都不会知道呢！"母亲说，"你第一次做的苹果酿那么难吃，还有些是青苹果做的，哪个小店卖这样的苹果酿还不倒闭呀？"

父亲的脸红了，讪讪地说："那些年，你跟着我吃了那么多苦，可我呢，什么都没有，唯一能给你的，只有坚持下去的信心。我宁愿在那样的风雪天一直在路上逛，也不愿意让你知道我失业了……"父亲的话很朴实，没有一句甜言蜜语，却听得我们兄妹心里都暖融融的，而母亲的眼眶早已湿润。

爱就三个字 [1]

◎ 十二月

　　珍妮弗和史提夫的婚礼定于明年春暖花开的时候举行,因为珍妮弗希望在自己的婚宴上能开满春天的花朵。婚礼的日子一天天地逼近了,她的心里充满了甜蜜的期待。

　　那天,珍妮弗和罗索太太约好了晚上去她的缝纫店,取回自己订制的结婚礼服。那天的天气不是太好,早上就雾蒙蒙的,到了中午,天空又下起了小雨。在罗索太太的小店里,听着小雨淅淅沥沥地敲打着窗玻璃,珍妮弗的心里突然有些不安起来:今天史提夫要到城里去购置一些结婚用品,可这样的天气,还有他那辆已经用了很多年的老爷车……

　　"但愿他不要出什么事才好!"珍妮弗担心地说道。

　　罗索太太刚从衣架上取下婚纱,她笑着安慰珍妮弗:"不会有事的,姑娘,开心点,你们那么恩爱,一定会白头偕老的。"

---

① 选自《民族文汇》2005年第6期。

　　珍妮弗从罗索太太手里接过那件洁白的结婚礼服：精致的剪裁，漂亮的蕾丝花边。她仿佛可以看到自己正穿着它走向婚姻的殿堂。"也许自己真的是太多虑了吧。"珍妮弗甩甩头，抛开那些无谓的念头。

　　就在这时，缝纫店的电话尖锐地响起，把她和罗索太太都吓了一跳。罗索太太转过身接起电话，她的表情瞬间变得很凝重。看着罗索太太的表情，珍妮弗的心提到了嗓子眼儿。罗索太太告诉了她一个不幸的消息：史提夫在回镇的路上出了车祸，现在已经被送到了医院。

　　当珍妮弗飞奔着赶到医院时，医生告诉她，史提夫的性命保住了，不过，他的下半生将在轮椅上度过。没有语言能够形容珍妮弗当时的心情，一个春天的梦想就这样在这个冬夜里被击得粉碎，她的泪水顺着脸庞滑落下来。

　　在医院的病床上，珍妮弗看到了劫后余生的史提夫。他看起来是那么疲惫和沮丧，洁白的被单下掩盖着做过截肢手术的下半身，空荡荡的。珍妮弗走上前，想安慰他。却已是泣不成声。

　　医院为史提夫安装了假肢，但史提夫是脊椎受损，这两只假肢也只能是个装饰而已。当珍妮弗推着轮椅载着史提夫离开医院时，史提夫做出了一个惊人的决定：他要和珍妮弗解除婚约。谁都知道史提夫是怕连累珍妮弗才做出这样的决定的，珍妮弗自然也知道，可不论珍妮弗如何表白自己对他的爱，史提夫就是不为所动，他甚至拒绝再见珍妮弗。

　　看着自己的爱人失而复得，却又一次地得而复失，珍妮弗痛苦得不能自已。春天的脚步一步步逼近了，烂漫的山花在郊外灿烂地盛开，而珍妮弗的心却还活在冬天。

　　一天，史提夫坐着轮椅到镇上的医院复诊，在医院的门口，他看到了久违的珍妮弗。她正独自一人在医院的湖边哭泣，手里还拿着一张诊断书。史提夫有些担心，毕竟，他还深爱着这个善良的女孩。他转着轮椅上前，叫着珍妮弗的名字。珍妮弗一看到他。立刻扑到了他的怀里伤心地大哭起来。原来，珍妮弗被诊断出喉咙里长了一个肿瘤，虽然是良性的，却必须切除，而且手术会破坏声带，也就是说，手术后，珍妮弗再也不能开口说话了。

一阵春风顺着湖面轻轻地吹到了史提夫的脸上，他却感到了一股刺骨的寒冷。原来，是珍妮弗的泪水在他的脸上被一点点地风干了。那一刻，当珍妮弗柔弱的身躯在他的怀里轻轻地颤抖时，他才发现自己竟是如此地深爱着这个女孩。他轻轻地拥着珍妮弗说："别难过，珍妮弗。等你做完手术，春天的花就都开了，那时，我们就结婚，好吗？"

珍妮弗的手术定于两周后进行，为了保障手术的安全性，她要到纽约市的大医院里进行这项手术。因为路途遥远，珍妮弗没有要史蒂夫一同前往，而是在镇医院医生的陪同下去了纽约。史提夫答应了珍妮弗，他会在他们将来的家里做好结婚前的准备，珍妮弗喜欢如霞般的窗帘，缀满小碎花的餐台布，还有满室的鲜花。

临行前，珍妮弗对史提夫说，她要在失声前对他说最后三个字：我愿意！那是婚礼上珍妮弗要回答神父的三个字，因为到了那天她可能已不能开口，她要提前把这三个字告诉自己的爱人。

珍妮弗的手术很顺利。尽管婚礼那天，她已无法再对神父应出每一个爱的承诺，但无可否认，每个人都从她的泪水里听到了她对爱的诺言。

婚后的史提夫和珍妮弗开了一家蛋糕店，珍妮弗做出美味的糕点，史提夫就守在店里将它们一一售出。而每到傍晚，他们就会关了蛋糕店，到美丽的湖边散步，珍妮弗推着史提夫，他们用笔、用手势、用眼神、用心交流，谁都能看出他们的幸福。

这样的日子一直过了四十多年，黄昏里他们散步的背影，已经成了镇上最动人的风景。直到有一天，史提夫在家里翻找一个老朋友的地址，他找了很久都没找到，就在他准备放弃之际，他看到了压在箱底的一张泛黄的纸片——是珍妮弗当年的诊断书。史提夫无意中翻开那本诊断书，竟然在上面发现了一行让他触目惊心的字: 误诊记录!

史提夫怕是自己年纪大了，眼花了，难免有时会看错，他戴上了眼镜，但没错，诊断书上的确盖了医院的误诊签章。

那天晚上，史提夫将这张诊断书递到了珍妮弗的面前。珍妮弗没有否认，她用手势告诉了他事情的真相——多少年来她已经习惯了这样跟丈夫交流。那天她确实是接到了医院的诊断书，她也以为自己真的会失去曼妙的声音，所以她在小湖边失声痛哭。可就在那时。她遇到了史提夫，还听到了他的求婚。在那一刻，她是那么开心，她甚至认为是上帝要她用声音来交换她这一辈子的幸福。有了史提夫，她觉得即使失声也不是一件多么可怕的事情。可没过多久，医生就告诉她，他们的诊断是个误诊，那个所谓的肿瘤不过是仪器出了一点问题。

珍妮弗犹豫了，她害怕这个更正的结果会让她的幸福长了翅膀飞走，因为她太了解史提夫了，他是不愿意让一个完美无缺的她守在他身旁服侍他的。几经思量，珍妮弗选择了欺骗。她求医生帮她隐瞒这一切，因为她是那么迫切地想要得到这来之不易的幸福。

四十多年的沉默，使珍妮弗早已丧失了语言能力，而她唯一能说的只有三个字，那就是"我愿意"。为了不忘记这三个字，她常在一个人的时候不断地重复着念叨，因为这三个字后面有太多省略的承诺可以诉说。

当珍妮弗又一次结结巴巴地说出"我愿意"的时候，史提夫早已泪流满面。

爱，其实是一件很简单的事情，有时候，就是三个字: 我愿意!

这是一些苦心孤诣、呕心沥血的家书,从衣食住行到恋爱婚姻,从言行举止到为人处事,父母们以自己丰富的人生阅历和对人生的深刻思考,用渊博深广的学识修养,引导孩子们认识真实复杂的大千世界,帮助他们勇敢直面人生,用智慧解决生命中可能存在的种种矛盾和困难……

给我的孩子们

给我的孩子们①

◎ 丰子恺

> 丰子恺（1898—1975），我国现代著名画家、文学家、漫画家、翻译家、美术和音乐教育家。他的《给我的孩子们》深受读者喜欢。

我的孩子们！我憧憬于你们的生活，每天不止一次！我想委曲地说出来，使你们自己晓得。可惜到你们懂得我的话的意思的时候，你们将不复是可以使我憧憬的人了。这是何等可悲哀的事啊！

瞻瞻！你尤其可佩服。你是身心全部公开的真人，你什么事体都像拼命地用全副精力去对付。小小的失意，像花生米翻落地了，自己嚼了舌头了，小猫不肯吃糕了，你都要哭得嘴唇翻白，昏去一两分钟。外婆普陀去烧香买回来给你的泥人，你何等鞠躬尽瘁地抱他，喂他；有一天你自己失手把他打破了，你的号哭的悲哀，比大人们的破产、失恋、broken heart、丧考妣、全军覆没的悲哀都要真切。两把芭蕉扇做的脚踏车，麻雀牌堆成的火车、汽车，你何等认真地看待，挺直了嗓子叫"汪——"，"咕咕咕……"，来代替汽油。宝姊姊讲故事给你听，说到"月亮姊姊挂下一只篮来，宝姊姊坐在篮里吊了上去，瞻瞻在

---

① 选自《子恺画集·代序》，文学周报社1925年版。

下面看"的时候，你何等激昂地同她争，说："瞻瞻要上去，宝姊姊在下面看！"甚至哭到漫姑面前去求审判。我每次剃了头，你真心地疑我变了和尚，好几时不要我抱。最是今年夏天，你坐在我膝上发见了我腋下的长毛，当作黄鼠狼的时候，你何等伤心，你立刻从我身上爬下去，起初眼瞪瞪地对我端相，继而大失所望地号哭，看看，哭哭，如同对被判定了死罪的亲友一样。你要我抱你到车站里去，多多益善地要买香蕉，满满地擒了两手回来，回到门口时你已经熟睡在我的肩上，手里的香蕉不知落在哪里去了。这是何等可佩服的真率、自然与热情！大人间的所谓"沉默"、"含蓄"、"深刻"的美德，比起你来，全是不自然的、病的、伪的！

你们每天做火车、做汽车、办酒、请菩萨、堆六面画，唱歌、全是自动的，创造创作的生活。大人们的呼号"归自然！""生活的艺术化！""劳动的艺术化！"在你们面前真是出丑得很了！依样画几笔画，写几篇文的人称为艺术家、创作家，对你们更要愧死！

你们的创作力，比大人真是强盛得多哩：瞻瞻！你的身体不及椅子的一半，却常常要搬动它，与它一同翻倒在地上；你又要把一杯茶横转来藏在抽斗里，要皮球停在壁上，要拉住火车的尾巴，要月亮出来，要天停止下雨。在这等小小的事件中，明明表示着你们的弱小的体力与智力不足以应付强盛的创作欲、表现欲的驱使，因而遭逢失败。然而你们是不受大自然的支配，不受人类社会的束缚的创造者，所以你的遭逢失败，例如火车尾巴拉不住，月亮呼不出来的时候，你们决不承认是事实的不可能，总以为是爹爹妈妈不肯帮你们办到，同不许你们弄自鸣钟同例，所以愤愤地哭了，你们的世界何等广大！

你们一定想：终天无聊地伏在案上弄笔的爸爸，终天闷闷地坐在窗下弄引线的妈妈，是何等无气性的奇怪的动物！你们所视为奇怪动物的我与你们的母亲，有时确实难为了你们，摧残了你们，回想起来，真是不安心得很!

阿宝! 有一晚你拿软软的新鞋子, 和自己脚上脱下来的鞋子, 给凳子的脚穿了, 划袜立在地上, 得意地叫 "阿宝两只脚, 凳子四只脚" 的时候, 你母亲喊着: "齷齪了袜子! " 立刻擒你到藤榻上, 动手毁坏你的创作。 当你蹲在榻上注视你母亲动手毁坏的时候, 你的小心里一定感到 "母亲这种人, 何等杀风景而野蛮" 罢!

瞻瞻! 有一天开明书店送了几册新出版的毛边的《音乐入门》来。 我用小刀把书页一张一张地裁开来, 你侧着头, 站在桌边默默地看。 后来我从学校回来, 你已经在我的书架上拿了一本连史纸印的中国装的《楚辞》, 把它裁破了十几页, 得意地对我说: "爸爸! 瞻瞻也会裁了! " 瞻瞻! 这在你原是何等成功的欢喜, 何等得意的作品! 却被我一个惊骇的 "哼! " 字喊得你哭了。 那时候你也一定抱怨 "爸爸何等不明" 罢!

软软! 你常常要弄我的长锋羊毫, 我看见了总是无情地夺脱你。 现在你一定轻视我, 想道: "你终于要我画你的画集的封面! "

最不安心的, 是有时我还要拉一个你们所最怕的陆露沙医生来, 教他用他的大手来摸你们的肚子, 甚至用刀来在你们臂上割几下, 还要教妈妈和漫姑擒住了你们的手脚, 捏住了你们的鼻子, 把很苦的水灌到你们的嘴里去。 这在你们一定认为是太无人道的野蛮举动罢!

孩子们! 你们果真抱怨我, 我倒欢喜; 到你们的抱怨变为感激的时候, 我的悲哀来了!

我在世间, 永没有逢到像你们这样出肺肝相示的人。 世间的人群结合, 永没有像你们样的彻底地真实而纯洁。 最是我到上海去干了无聊的所谓 "事" 回来, 或者去同不相干的人们做了叫做 "上课" 的一种把戏回来, 你们在门口或车站旁等我的时候, 我心中何等惭愧又欢喜! 惭愧我为甚么去做这等无聊的事, 欢喜我又得暂时放怀一切地加入你们的真生活的团体。

但是，你们的黄金时代有限，现实终于要暴露的。这是我经验过来的情形，也是大人们谁也经验过的情形。我眼看见儿时的伴侣中的英雄、好汉，一个个退缩、顺从、妥协、屈服起来，到像绵羊的地步。我自己也是如此。"后之视今，亦犹今之视昔"，你们不久也要走这条路呢！

我的孩子们！憧憬于你们的生活的我，痴心要为你们永远挽留这黄金时代在这册子里。然这真不过像"蜘蛛网落花"，略微保留一点春的痕迹而已。且到你们懂得我这片心情的时候，你们早已不是这样的人，我的画在世间已无可印证了！这是何等可悲哀的事啊！

诚子书 ①

◎ 诸葛亮

> 诸葛亮（181—234），字孔明，号卧龙。三国时杰出政治家、军事家、战略家、散文家、外交家。著名著述有《隆中对》、《前出师表》、《后出师表》等。

夫君子之行，静以修身，俭以养德。非淡泊无以明志，非宁静无以致远。夫学须静也，才须学也。非学无以广才，非静无以成学。淫慢则不能研精，险躁则不能理性。年与时驰，意与日去，遂成枯落，多不接世。悲守穷庐，将复何及！

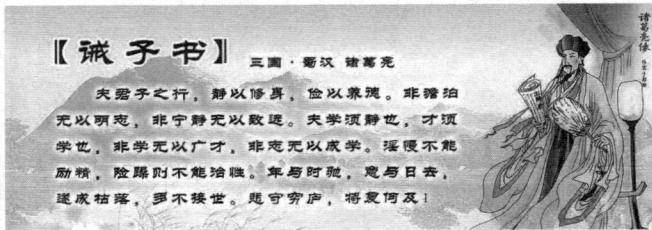

> 《诚子书》是诸葛亮五十四岁临终前写给八岁儿子诸葛瞻的一封家书，后来成为后世历代学子修身立志的名篇。

---

① 选自《诸葛亮集校注》，诸葛亮著，天津古籍出版社2008年版。

译文为：

有道德修养的人，是这样修行的：以静下心反省来使自己尽善尽美，以俭朴来培养自己高尚的品德。不清心寡欲就不能使自己的志向明确坚定，不心定气静就不能为实现远大理想而长期刻苦努力。要学得真知必须使身心处于宁静之中，要增长才能必须在不断学习中积累；不下苦功学习就不能增长自己的才干；没有坚定不移的意志就不能使学业成功。纵欲放荡、消极怠慢就不能勉励心志使精神振奋；冒险草率、急躁不安就不能陶冶性情使操守高尚。如果年华与岁月虚度，志愿随时日消磨，最终就会像枯枝落叶般一天天衰败下去。这样的人不会为社会所用而有益于社会，只能悲伤地困守在自己的穷家败舍里，到那时再懊悔就来不及了。

与子书①

◎ 左宗棠

> 左宗棠（1812—1885），晚清重臣，军事家、政治家、著名湘军将领，洋务派首领。著有《楚军营制》、其奏稿、文牍等辑为《左文襄公全集》。

孝威孝宽知之：

我于廿八日开船，是夜泊三汊矶，廿九日泊湘阴县城外，三十日即过湖抵岳州。南风甚正，舟行甚速，可毋念也。

我此次北行，非其素志，尔等虽小，当亦略知一二。世局如何，家事如何，均不必为尔等言之；唯时刻难忘者，尔等近年读书无甚进境，气质毫未变化，恐日复一日，将求为寻常子弟而不可得，空负我一片期望之心耳。夜间思及，辄不成眠，今复为尔等言之。尔等能领受与否，则我不能强之，然固不能已于言也。

读书要目到、口到、心到。尔读书不看清字画偏旁，不辨明句读，不记清首尾，是目不到也。喉舌唇牙齿五音并不清晰伶俐，朦胧含糊，听不明白，或多几字，或少几字，只图混过，就是口不到也。经传

---

① 选自《国文百八课》，夏丏尊、叶绍钧编，生活·读书·新知三联书店2008年版。

精义奥旨。初学固不能通，至于大略粗解，原易明白，稍肯用心体会，一字求一字下落，一句求一句道理，一事求一事原委，虚字审其神气，实字测其义理，自然浸有所悟。一时思索不得，即请先生解说；一时尚未融释，即将上下文或别章别部义理相近者反复推寻，务期了然于心，了然于口，始可放手。总要将此心运在字里行间，时复思释，乃为心到。

今尔等读书总是混过日子，身在案前，耳目不知用到何处，心中胡思乱想，全无收敛归著之时，悠悠忽忽，日复一日，好似读书是答应人家工夫，是欺哄人家掩饰人家耳目的勾当！昨日所不知不能者，今日仍是不知不能；去年所不知不能者，今年仍是不知不能！

孝威今十五，孝宽今三十四，转眼就长大成人矣。从前所知所能者究竟能比乡村子弟之佳者否？试自忖之。

读书做人，先要立志。想古来圣贤豪杰是我者般年纪时是何气象？是何学问？是何才干？我现在哪一件可以比他？想父母命我读书，延师训课，是何意愿，是何意思？我哪一件可以对父母？看同时一辈人，父母常背后夸赞者，是何好样？斥詈者，是何坏样？好样要学，坏样断不可学。心中要想个明白，立定主意，念念要学好，事事要学好；自己坏样，一概猛省猛改，断不许少有回护，断不可因循苟且，务期与古时圣贤豪杰少小时志气一般，方可慰父母之心，免被他人耻笑。

志患不立，尤患不坚；偶然听一段好话，听一件好事亦知歆动羡慕，当时亦说我要与他一样；不过几日几时，此念就不知如何销歇去了！此是尔志不坚，还由不能立志之故；如果一心向上，有何事业不能做成？

陶桓公有云："大禹惜寸阴，吾辈当惜分阴。"古人用心之勤如此。韩文公云："业精于勤而荒于嬉。"凡事皆然，不仅读书；而读书更要勤苦。何也？百工技艺及医学农学均是一件事，道理尚易通晓；

左宗棠的《与子书》不像是家书，更像是写给广大青年学子们看的。勉励青年们立志需坚，珍惜光阴。

至吾儒读书，天地民物莫非己任，宇宙古今事理均须融澈于心，然后施为有本。

人生读书之日最是难得。尔等有成与否，就在此数年上见分晓。若仍如从前悠忽过日再数年依然故我，还能冒读书名色，充读书人否？思之！思之！

孝威气质轻浮，心思不能沉下；年逾成童，而童心未化，视听言劝，无非一种轻扬浮躁之气；屡经谕责，毫不知改。孝宽气质昏惰，外蠢内傲，又贪嬉戏，毫无一点好处；开卷便昏昏欲睡，全不提醒振作；一至偷闲玩耍，便觉分外精神；年已十四，而诗文不知何物，字画又鬼劣不堪；见人好处，不知自愧；真不知将来作何等人物！我在家时常训督，未见悔改；今我出门，想起尔等顽钝不成材料光景，心中片刻不能放下。尔等如有人心，想尔父此段苦心，亦知自愧自恨，求痛改前非以慰我否？

亲朋中子弟佳者颇少，我不在家，尔等在塾读书，不必应酬交接，"外受傅训，入奉母仪"可也。

读书用功最要专一无间断。今年以我北行之故，亲朋子侄来家送我，先生又以送考耽误功课，闻二月初三四始能上馆，所谓"一年之计在于春"者又去月余矣。若夏秋有科考，则忙忙碌碌，又过一年，如何是好！

今特谕尔：

自二月初一日起，将每日功课，按月各写一小本寄京一次，便我查阅；如先生是日未在馆，亦即注明，使我知之。

　　屋前街道，屋后菜园　不准擅出行走；如奉母命出外，亦须速出速归。出必告，反必面，断不可任意往来！

　　同学之友，如果诚实发愤，无妄言妄动，固宜引为同类；倘或不然，则同斋割席，勿与亲昵为要！

　　家中书籍，勿轻易借入，恐有损失；如必须借看者，每借去，则黏一条于书架，注明某日某人借去某书，以便随时向取。

庚申正月三十日

曾国藩家书（节选）

◎ 曾国藩

> 曾国藩（1811—1872），初名子城，字伯涵，号涤生，谥文正，晚清重臣，湘军的创立者和统帅者。清朝军事家、理学家、政治家、书法家，文学家，晚清散人"湘乡派"创立人。

曾国藩认为持家教子主要应注意以下十事：

一、勤理家事，严明家规。

二、尽孝悌，除骄逸。

三、以习劳苦为第一要义。

四、居家之道，不可有余财。

五、联姻"不必定富室名门"。

六、家事忌奢华，尚俭。

七、治家八字：考、宝、早、扫、书、疏、鱼、猪。

八、亲戚交往宜重情轻物。

九、不可厌倦家常琐事。

十、择良师以求教。

此篇是曾国藩临终前为儿子纪泽写下的遗训，亦被后人称为《诫子书》。

一曰慎独则心安。自修之道，莫难于养心；养心之难，又在慎独。能慎独，则内省不疚，可以对天地质鬼神。人无一内愧之事，则天君泰然，此心常快足宽平，是人生第一自强之道，第一寻乐之方，守身之先务也。

二曰主敬则身强。内而专静统一，外而整齐严肃，敬之工夫也；出门如见大宾，使民为承大祭，敬之气象也；修己以安百姓，笃恭而天下平，敬之效验也。聪明睿智，皆由此出。庄敬日强，安肆日偷。若人无众寡，事无大小，一一恭敬，不敢懈慢，则身体之强健，又何疑乎？

三曰求仁则人悦。凡人之生，皆得天地之理以成性，得天地之气以成形，我与民物，其大本乃同出一源。若但知私己而不知仁民爱物，是于大本一源之道已悖而失之矣。至于尊官厚禄，高居人上，则有拯民溺救民饥之责。读书学古，粗知大义，即有觉后知觉后觉之责。孔门教人，莫大于求仁，而其最初者，莫要于欲立立人、欲达达人数语。立人达人之人，人有不悦而归之者乎？

四曰习劳则神钦。人一日所着之衣所进之食，与日所行之事所用之力相称，则旁人赀之，鬼神许之，以为彼自食其力也。若农夫织妇终岁勤动，以成数石之粟数尺之布，而富贵之家终岁逸乐，不营一业，而食必珍馐，衣必锦绣。酣豢高眠，一呼百诺，此天下最不平之事，鬼神所不许也，其能久乎？古之圣君贤相，盖无时不以勤劳自励。为一身计，则必操习技艺，磨练筋骨，困知勉行，操心危虑，而后可以增智

《曾国藩家书》所涉及的内容极为广泛，是曾国藩一生的主要活动和其治政、治家、治学之道的生动反映。曾氏家书行文从容镇定，形式自由，随想而到，挥笔自如，在平淡家常中蕴育真知良言，具有极强的说服力和感召力。

能而长才识。为天下计，则必己饥己溺，一夫不获，引为余辜。大禹、墨子皆极俭以奉身而极勤以救民。勤则寿，逸则夭，勤则有材而见用，逸则无劳而见弃，勤则博济斯民而神祇钦仰，逸则无补于人而神鬼不歆。

译文为：

第一，一个人独处时思想、言语、行为谨慎就能在处世时做到心安理得，心平气和。修身养性做人做学问的道理，最难的就是养心，养心中最难的，就是做到在一个人独处时思想、言语、行为谨慎。能够做到在一个人独处时思想、言语、行为谨慎，就可以问心无愧，就可以对得起天地良心和鬼神的质问。如果一个人在独处时没有做过一件问心有愧的事，那么他就会觉得十分安稳，自己的心情也常常会快乐满足宽慰平安，（做到在一个人独处时思想、言语、行为谨慎）是人生中最好的自强不息的道路和寻找快乐的方法，也是做到守身如玉的基础。

第二，主观上对人对事对物态度恭敬就能使身心强健。内心专一宁静、浑然一体，外表衣着整齐、态度严谨，这是对人对事对物态度恭敬的方法；一出门就像要去拜访一个尊贵的客人，就像普通老百姓在祭祀祖先时所表现出来的那种恭敬的样子，这是对人对事对物态度恭敬的气氛。想要凭借自己掌握的知识来安抚老百姓，必须做到一丝不苟，这样，老百姓才会信服，这是对人对事对物态度恭敬的效果。聪明的人和机智的人，因为他们都能够做到对人对事对物态度恭敬，所以总能够给别人留下一个美好的印象。主观上对人、对事、对物态度庄重、严谨、恭敬，就会一天比一天壮大自己；主观上对人、对事、对物态度傲慢、无礼、肆意妄为，就会一天比一天消亡自己。如果能做到无论对一个人还是一群人、无论对小事还是大事都态度恭敬，不敢有一丝一毫的松懈、怠慢，那么自己身体和内心的强健，还用值得怀疑吗？

第三，讲究仁爱就能使人心悦诚服。天底下人的生命，都是得到了天和地的机理才成就自我性格的，都是得到了天和地的气息才成就自我形象的。我和普通老百姓相比，对于生命生生不息的意义其实都是相同的。假如我只知道自私自利而不知道对老百姓讲究仁爱、对事物加倍爱惜，那么就是违背甚至抛弃了生命生生不息的意义。至于那些享有丰厚俸禄的高官，高高地位于众人之上，就应该承担起拯救老百姓于溺水之时和饥饿之中的责任。读古书、学古人的思想，大概知道了古书中的意思，就应该有大力推行古书中自己已经领悟到的古人正确思想的责任。孔子的儒家学派教育子弟，大都要求子弟要讲究仁爱，而讲究仁爱最根本的，就是要想成就自己首先就要成就他人，要想使自己富贵首先就要使他人富贵。能够成就他人、富贵他人的人，人们哪会有不心悦诚服地归顺于他的呢？

第四，努力工作、辛勤劳动就能得到神明的钦佩。一个人每一天所穿的衣服、所吃的食物，能做到与他白天所做的事情所用的力气相匹配的，就会得到身边人的认可和鬼神的赞许，这是因为他是在靠自己的本事吃饭。假如普通人家男耕女织，一年到头地辛劳，才有了几担谷和几匹布的收入，而富贵人家的老爷少爷却一年到头安逸淫乐，不做一件事情，而吃的都是山珍海味，穿的都是锦罗绸缎。喝醉了酒以后就像猪一样呼呼大睡，醒来后他一叫唤就有下人们对他唯唯喏喏，这是天底下最不公平的事情，连鬼神看见了都不会允许他（富贵人家）这样胡作非为。难道富贵人家就可以长期这样安逸淫乐享福吗？古代圣明的帝王和贤良的大臣，没有一个无时无刻不是把勤奋工作作为座右铭来激励自己的。如果从个人安身立命的角度来说，就应该努力操练和学习技术本领，积极锻炼自己的体魄，感觉到自己知识太少时就加倍努力去学习，时时刻刻做到居安思危，这样才能够做到通过增长自己的学识来增长自己的才干。而从为天底下老百姓着想的角度来说，就应该做到让普天下的百姓都吃饱饭、穿暖衣，不再处于水深火热之中；让他们都接受教育，不再像水边的蒿草一样没有自己的主见，这些都是我们应该背负的责任。大禹、墨子大都提倡对于个人生活应该非常节俭，而对于工作应该非常努力，用辛勤劳动使自己丰衣足食。勤苦劳动的人长寿，安逸享受的人短寿。勤劳的人因为经常参加社会劳动，学有才干而能够派上用场；安逸享受的人因为从不参加社会劳动，毫无才干而被社会淘汰。一个人努力工作、辛勤劳动就能为社会创造财富，给别人带来好处，从而得到神明的钦佩与敬仰。一个人贪图安逸享乐就不能为社会创造财富，不能给别人带来好处，从而受到鬼神的厌恶。

萧乾家书 ^①

◎ 萧乾

萧乾（1910—1999），著名的翻译家、作家。主要著作有《梦之谷》、《人生百味》，译著《尤利西斯》等。

桐儿：

读你的信，感觉出你在生活、工作、艺术等方面，都有些困境。第一，我告你，我一生多次曾陷入困境。要懂得：在困境中，光苦恼是没有用处，更没有好处的。必须思考、探索，冲出困境。第二，关于生活，我提不出什么建议。离得太远，从信中，我知道你也不愿多说、详说。其实，说了，我们多半也帮不上什么忙。在爱情上，你是多情痴情的，然而我认为，尽管我说过许多次，你并没接受G与我的惨痛教训。杨宪益同戴乃迭马上要过金婚了。我并不从种族角度反对国际婚姻，但我认为，文化背景还是重要的。你与蒂娜合译过我的《珍珠米》。当苏从故宫、从三峡回来后，我觉得她像煞我那篇小说中的女孩子，对一切都只是说"可爱"。杨宪益的夫人戴乃迭是中国出生、在牛津大学学的是汉学。她热爱悠久的华夏文化，这是他们成功最重

---

① 选自《父子角》，萧乾著，百花文艺出版社2001年版。

要的因素。几十年来，他们把中国多少部古今名著（《红楼梦》等）都译成英文并出版了，产生深远影响。爱荷华也许中国人太少，费城就没有东方人？所以这属于你本人的意向问题。我没有几年好活了，你还很长。得你自己考虑好。

我不知道你的个人创作与教学有无矛盾。倘若我是个大学校长，我希望教美术的老师首先抓绘画基本功。这要同个人创作分开。至于个人创作，我们二人1983年在爱荷华争论过一次，从那以后，我不再提——并为你每次的成功（展览会、报刊评论）而欣慰。这次是你提起了易凯。他已告简妮，她去了，两年内生活绝无问题。说明他还是成功的。成功在何处？他拿出了中国画家的优势：西藏以及江南风景。每个人看画，动机也许不同。倘若我是个美国人，看中国画家，我要同时了解点中国：风景也好，风俗也好，反正那不同于美国的。假如你放弃这优势，也跟着西方画家描绘内心世界一些抽象的线条方块，那就另说了。翁家老三也利用了这个优势。1949年我决定不去英国的原因之一是：我认为如果我搞理化、电脑，都可以留在西方。然而搞文学艺术，离开了本土，很难有所成就。文采斐然的林语堂，能文能画的蒋彝，最终没有留下什么痕迹。反之，立足本国，会走向世界的。

你信中似乎涉及大学人事问题。我在《大公报》先后十五年，里头分胡派张派，但我凭本事吃饭，谁也不沾。"文革"最重要的经验教训是在无谓的纷争中，坚决当个逍遥派——不是无所事事的逍遥，而是抓紧自己的业务，勤练本事。所以学校停课的那个期间，我才要你关在家里画那些地图、历史图表，还和姐姐一道画了几百张幻灯片，编故事，以免荒废了光阴。如今，埋头把你的书教好，将画儿画好，不招谁惹谁，更不巴结谁打击谁。你会发现这个世界还是公正的。总之，你既已走上现在的路，不能再改，然而要走好。有烦恼（我也常有，你能设想得到），就听音乐。这是搞艺术的人特有的幸福，有个逃避所。

我一生的经验是先把职业搞得扎扎实实，生活问题可迎刃而解。如果在职业上失败，一切均是白搭。我这是地地道道的资产阶级个人奋斗主义。然而我从小就是这么奋斗过来的。你们总比我容易多了。我现正在写创作回忆录，已成三篇，拟写八篇。在《新文学史料》上连载。第一篇已刊出：《在十字架的阴影下》，写教会学校。有便人带给你。

爸

1992年3月10日

傅雷家书（两则）①

◎ 傅雷

傅雷（1908—1966），著名翻译家，文艺评论家。

1954年8月16日晚（给傅冲的信）

你素来有两个习惯：一是到别人家里，进了屋子，脱了大衣，却留着丝围巾；二是常常把手插在上衣口袋里，或是裤袋里。这两件都不合西洋的礼貌。围巾必须和大衣一同脱在衣帽间，不穿大衣时，也要除去围巾。手插在上衣袋里比插在裤袋里更无礼貌，切忌切忌！何况还要使衣服走样，你所来往的圈子特别是有教育的圈子，一举一动务须特别留意。对客气的人，或是师长，或是老年人，说话时手要垂直，人要立直。你这种规矩成了习惯，一辈子都有好处。

在饭桌上，两手不拿刀叉时，也要平放在桌面上，不能放在桌下，搁在自己腿上或膝盖上。你只要留心别的有教养的青年就可知道。刀叉尤其不要掉在盘下，叮叮当当的！

---

① 选自《傅雷家书：节选导读本》，傅雷著，毛鑫、钱晓静编，中国对外翻译出版社2006年版。

出台行礼或谢幕，面部表情要温和，切勿像过去那样太严肃。这与群众情绪大有关系，应及时注意。只要不急，心里放平静些，表情自然会和缓。

总而言之，你要学习的不仅仅在音乐，还要在举动、态度、礼貌各方面吸收别人的长处，这些，我在留学的时代是极注意的；否则，我对你们也不会从小就管这管那，在各种manners礼节，仪态方面跟你们烦了。但望你不要嫌我烦琐，而要想到一切都是要使你更完满、更受人欢喜！

傅雷因在翻译巴尔扎克作品方面的杰出贡献，被法国巴尔扎克研究会吸收为会员。他的全部译作，经家属编定，由安徽人民出版社编成《傅雷译文集》出版。

1962年3月8日（给傅敏的信）

……对恋爱的经验和文学艺术的研究，朋友中数十年悲欢离合的事迹和平时的观察思考，使我们在儿女的终身大事上能比别的父母更有参加意见的条件……

首先，态度和心情都要尽可能的冷静。否则观察不会准确。初期交往容易感情冲动，单凭印象，只看见对方的优点，看不出缺点，甚至夸大优点，美化缺点。便是与同性朋友相交也不免如此，对异性更是常有的事。许多青年男女婚前极好，而婚后逐渐相左，甚至反目，往往是这个原因。感情激动时期不仅会耳不聪，目不明，看不清对方；自已也会无意识地只表现好的方面,把缺点隐藏起来。保持冷静还有一个好处,就是不至于为了谈恋爱而荒废正业,或是影响功课或是浪费时间或是损害健康,或是遇到或大或小的波折时扰乱心情。

所谓冷静,不但是表面的行动,尤其内心和思想都要做到。当然这一点是很难。人总是人,感情上来,不容易控制,年轻人没有恋爱经验更难维持身心的平衡,同时与各人的气质有关。我生平总不能临事沉着,极容易激动,这是我的大缺点。幸而事后还能客观分析,周密思考,才不至于使当场的意气继续发展,闹得不可收拾。我告诉你这一点,让你知道如临时不能克制,过后必须由理智来控制大局:该纠正的就纠正,该向人道歉的就道歉,该收篷时就收篷。总而言之,以上二点归纳起来只是:感情必须由理智控制。要做到,必须下一番苦功在实际生活中长期锻炼。

我一生从来不曾有过"恋爱至上"的看法。"真理至上"、"道德至上"、"正义至上"这种种都应当作为立身的原则。恋爱不论在如何狂热的高潮阶段也不能侵犯这些原则。朋友也好,妻子也好,爱人也好,一遇到重大关头,与真理、道德、正义等等有关的问题,决不让步。

其次,人是最复杂的动物,观察绝不可简单化,而要耐心、细致、深入,经过相当的时间,各种不同的事故和场合。处处要把科学的客观精神和大慈大悲的同情心结合起来。对方的优点,要认清是不是真实可靠的,是不是你自己想象出来的,或者是夸大的。对方的缺点,要分出是否与本质有关。与本质有关的缺点,不能因为其他次要的优点而加以忽视。次要的缺点也得辨别是否能改,是否发展下去会影响品性或日常生活。人人都有缺点,谈恋爱的男女双方都是如此。问题不在于找一个全无缺点的对象,而是要找一个双方缺点都能各自认识,各自承认,愿意逐渐改,同时能彼此容忍的伴侣(此点很重要。有些缺点双方都能容忍；有些则不能容忍，日子一久即造成裂痕）。最好双方尽量自然，不要做作，各人都拿出真面目来，优缺点一齐让对方看到。必须彼此看到了优点，也看到了缺点，觉得都可以相忍相让，不会影响大局的时候，才谈得上进一步的了解；否则只能做一个普通的朋友。可是要完全看出彼此的优缺点，需要相当时间，也需要各种大大小小的事故来考验；绝对急不来！匿不能轻易下结论（不论是好的结论或坏的结论）！唯有极坦白，才能暴露自己；而暴露自己的缺点总是越早越好，越晚越糟！为了求恋爱成功而尽量隐藏自己的缺点的人其实是愚蠢的。当然，在恋爱中不知不觉表现出自己的光明面，不知不觉隐藏自己的缺点，不在此例。因为这是人的本能，而且也证明爱情能促使我们进步，往善与美的方向发展，正是爱情的伟大之处，也是古往今来的诗人歌颂爱情的主要原因。小说家常常提到，我们在生活中也一再经历：恋爱中的男女往往比平时聪明；读起书来也理解得快；心地也往往格外善良，为了自己幸福而也想使别人幸福，或者减少别人的苦难；同情心扩大就是爱情可贵的具体表现。事情主观上固盼望必成，客观方面仍须有万一不成的思想准备。为了避免失恋等等的痛苦，这一点"明智"我觉得一开头就应当充分掌握。最好勿把对方作过于肯定的想法，一切听凭自然演变。

总之，一切不能急，越是事关重要，越要心平气和，态度安详，从长考虑，细细观察，力求客观！感情冲上高峰很容易，无奈任何事物的高峰（或高潮）都只能维持一个短时间，要久而弥笃地维持长久的友谊可很难了……

除了优缺点，俩人性格脾气是否相投也是重要因素。刚柔、软硬、缓急的差别要能相互适应调剂。还有许多表现在举动、态度、言笑、声音……之间说不出也数不清的小习惯，在男女之间也有很大作用，要弄清这些就得冷眼旁观慢慢咂摸。所谓经得起考验乃是指有形无形的许许多多批评与自我批评（对人家一举一动所引起的反应即是无形的批评）。诗人常说爱情是盲目的，但不盲目的爱毕竟更健全更可靠。

人生观世界观问题你都知道，不用我谈了。人的雅俗和胸襟气量倒是要非常注意的。据我的经验：雅俗与胸襟往往带先天性的，后天改造很少能把低的往高的水平上提；故交往期间应该注意对方是否有胜于自己的地方，将来可帮助我进步，而不至于反过来使我往后退。你自幼看惯家里的作风，想必不会忍受量窄心浅的性格。

以上谈的全是笼笼统统的原则问题……

长相身材虽不是主要考虑点，但在一个爱美的人也不能过于忽视。交友期间，尽量少送礼物，少花钱：一方面表明你的恋爱观念与物质关系极少牵连，另一方面也是考验对方。

给儿子的信 [1]

◎ **查尔斯·斯宾塞·卓别林**

查尔斯·斯宾塞·卓别林（1889—1977），英国著名电影艺术家。一生主演八十余部影片，大都是自编、自导、自演。代表作有《淘金记》、《摩登时代》、《大独裁者》等。

1959年，卓别林的儿子新婚不到一年便离婚了。卓别林得知后，怀着慈父般的温暖之情，给儿子写了一封信。信中充满至亲的关怀、忠告和一个饱经生活忧患的人的哲理诤言。

许久没有给你写信，抱歉得很。想必你已听说我在写回忆录，它至少还要一年才能完稿，目前我整天忙于删改与抄写。

我收到过你妻子一封亲切感人的信，使我对她产生了很好的印象。你们俩不能生活在一起，那实在太遗憾了。你们有牢固的基础，还有一个美丽可爱的小女儿，她应该是你们之间紧密联系的纽带。

查理，随着时光的流逝，你会明白，有一个恬静舒适的归宿该是多么重要。这里我所指的是有一个你已多年了解的贴心人。你有一个如此美丽可爱的孩子，你一定要竭尽全力使她幸福地成长起来。在她

---

① 选自《卓别林》，张式成编著，辽海出版社1998年版。

的少年时代，除非父母和她生活在一起，否则再也没有什么能给她幸福和平安的了。

我年迈七十，对于我的孩子们，我想得很多。也想到了你，想到你所从事的事业。你千万不要虚度年华！你有才干，有骨气，有引人入胜的本领。我看过你的表演，知道你有多方面的才能。只是要严肃地对待它。

我不想把这封信写成一篇训诲性的东西，但我一听到你离婚的消息，感到十分伤心……

乌娜向你问好，孩子们也问你好。他们时常想念你，并为美丽的小侄女感到无比的骄傲。他们想知道你在干什么，为什么不到这儿来。孩子们正在成长：杰拉尔丁已十五岁，迈克尔快十四岁了，乔西快满十一岁，维基八岁，尤金六岁，简妮两岁，小婴儿才三天。

祝好！

你的父亲

致家人 ①

◎ 夏尔·戴高乐

夏尔·戴高乐（1890—1970），前法国总统，法国历史上伟大的民族英雄，世界反法西斯斗争中的杰出人物。

这是1952年戴高乐将军写给家人的一封遗书，直到1970年，戴高乐去世后才开启。作者在信中交代了他的遗愿，字里行间体现了一位卓越领袖朴素的人生观。

我希望在科龙贝教堂举行我的葬礼。如果我死于别处，我的遗体必运回家乡，不必举行任何公祭。

我的坟墓必须是我女儿宴娜安葬的地方，日后我夫人也要安息在那里。墓碑上只写：夏尔·戴高乐（1890— ）。

葬礼要由我的儿子、女儿和儿媳在我私人助手们的帮助下安排，仪式必须极其简单。我不希望举行国葬。不要总统、部长、议会代表团和公共团体参加。只有武装部队可以以武装部队的身份正式参加，但参加的人数不必很多。不要乐队吹奏，也不要军号。

---

① 选自《人一生要读的60封家书》，陈焕钺主编，中国和平出版社2006年版。

不要在教堂或其他地方发表演讲。国会里不要致悼词。举行葬礼时，除我的家庭成员、我的解放功勋战友和科龙贝市议会成员以外，不要留别的位子。法国的男女同胞如果愿意的话，可以陪送我的遗体到达它的最后安息之地，以给我的身后遗名增光。但我希望要静默地把我的遗体送到墓地。

我声明，我事先拒绝接受给予我的任何称号、晋升、荣誉、表彰和勋章，不论是法国的还是外国的。授予我上述任何一项，将违背我的最后愿望。

摩根家书（两则） [1]

◎ 约翰·皮尔庞特·摩根

约翰·皮尔庞特·摩根（1837—1912），后人俗称其老摩根。作为美国近代金融史上最著名的金融巨头，在他半退休时，几乎以个人之力拯救了1907年的美国金融危机。

致小摩根

亲爱的小约翰：

我一向很少批评你，不曾在哪些方面限制过你，因为我不想把你束缚在我的模式之下。但是，最近发生的一些事，让我感到很担心，使我觉得有必要写这封信给你，就金钱方面的问题跟你交流一下。

这件事的起因是会计室曾请我承兑两三张清单，这件事使我深感疑惑。你那一笔巨额的招待费，像是招待了王公贵族似的，但在我的印象中，我们的客户里并没有什么王公贵族。那么，是客人要求你这么隆重地招待他们的呢，还是你自己染上了奢靡浪费的恶习？

在顾客或是朋友们的眼里，你是一个非常海派的人。适度的大方是应该的，我并不认为这是错误的。但是，太过于浪费，就有故意摆阔的味道了，我不认为这是一件好事。

---

[1] 选自《人一生要读的60封家书》，陈焕钺主编，中国和平出版社2006年版。

金钱有两种用途：一是用来投资，赚取利润；一是用于享乐生活，无度挥霍。钱可以买来赏心悦目的家具，也可以买来一夜的酩酊大醉，而不必考虑明天的生活。我最担心的事情就是：不知道钱的正确用途，以为充阔佬、出手大方，就能博得其他人的好感。

你一定知道第一印象的重要性。但是，去豪华饭店招待新客户，固然是体面而且很快乐，却不见得能让客户留下良好的第一印象。对于这一点，你是否认真考虑过呢？事实是，顾客已经实地参观了我们公司，也接受了一百美元的用餐招待，他们决定怎么做，心中早已有数了。你应该做的事情是充满自信地与他们谈生意，而不是把你的钱包（实际上也是我的钱包）掏空。

另外，你是否明白，你这种花钱如流水的奢靡态度，很可能使许多顾客对你敬而远之。因为他们会想，你手中的钱正是从他们身上赚走的，甚至还会怀疑你卖给他们的价钱是不是太高了？如此一来，他们不免考虑以后是否仍要和你做生意。而你为了和他们继续保持业务往来，必须付出加倍的努力，跟别人竞争。

让客户明白我们公司的财务实力雄厚固然重要，但是浪费金钱，却会被人认为是愚蠢的行为。企业家的工作就是利用现有的资金去创造更大的财富，而绝不是把财富无度地挥霍掉。一个奢靡挥霍的人，非但不会得到受益者的尊敬，反而会被他们在背后讥笑为傻瓜，而不愿与他交往。

在某种意义上讲，贫穷也可以成为人的一项资本，对此我深有体会。每当我追念过去，我会非常感谢上帝，他赐给我了这项你未曾有过的资产。

你一定想象不到，在我幼年时，家境是如何的清寒，有时过着三餐不继的日子。在我的故乡，也有一个富翁，他的生活很富裕，无论是住宅、轿车、服装，都是一流的品质。每当给慈善机构捐款时，他也总是捐钱最多。我决定详细观察他赚钱的方法，于是我听到了许多关于他的传闻：他是一个很难相处的老板，对员工要求非常严格，即使是十美元的利息，也要压榨得分毫不剩，因此许多人称他为"顽固而吝啬的富翁"。如今我回想起来，事实并非如此，这完全是由于别人嫉妒他的成功，而幻想如果自己一旦富有起来，决不会这么做，所以随便冠上那些恶意的评语。

在这个小镇，那个富翁犹如生活在玻璃缸里的金鱼，他的一举一动全部成为大家瞩目的焦点，与他有关的消息就是全镇人茶余饭后的话题。我曾见过那些在他背后把一件小事添油加醋、大肆渲染的人，却在教会里对他阿谀奉承，说他"气色很好"、"是一个成功的企业家"、"待人和蔼可亲"等等。但是，他从来不被这些虚伪的赞美所蒙蔽，他会以亲切的言词，同样赞美他们的帽子、胡子或准备的茶点。他很清楚这些人如何觊觎他的财产，如何在他背后散播一些无聊的话，但是他不把这些事情放在心上，在每个礼拜一上午，再回到工厂里，让机器转动，让钱财滚进他的口袋。

我的母亲常说这样的一句话："任意让小钱从身边溜走的人，一定留不住大钱。"现在想来，她的话非常有道理。我想对你说的是，金钱可能为你带来虚伪的朋友，他们围绕在你身边，不断给你灌迷汤，使你迷失了自己。我的那些朋友都是从小就结识的，他们的友谊绝对不是建筑在金钱上面的，况且他们本身也小有资产，所以你不必怀疑他们。主要是你，你从小生活在富裕的家庭里，身边的朋友，哪些人是真心对你，你必须仔细观察。

大家都喜欢和有钱的人交往，这是人之常情（至少大部分的人都是如此），也许是因为和有钱人交往，可以享受到他们不曾享受过的东西。你的朋友当中，一定不乏这种人吧。对于那些因为你的家境富裕，而想成为你的朋友的人，你必须提高警觉。

另一方面，有些正直的人，为了避免你怀疑他们的居心，而和你保持一点距离，只维持纯粹的友谊，你也千万不要忽略了他们。这些人通常都不会主动地发邀请函或招待券请你出席某次宴会，但是，看到你的出现，他们总是满心欢喜，亲切地和你寒暄问候。这种心理很微妙，也许他们是不愿意让别人误会他们故意和你沾亲带故。

你的父亲

约翰·皮尔庞特·摩根

迎接挑战

亲爱的小约翰：

听着，孩子，我有很多话要对你说。并且，我现在对你所要说的和从前的教育有所不同了。因为，从现在开始，你已经不是小孩子。你即将进入这个五光十色的社会大家庭，你将和我一起在这个看不见硝烟的战场上迎接挑战。因此，你不只是我的孩子，更重要的是我的战友、我的同事，今天是你一生中重要的一天。你20年的学校生活已经结束，我相信你已经学到了不少的理论知识，你可以正式投入到现实社会的工作行列中了，你应该感到非常高兴。虽然也有许多人并不喜欢工作，那是因为工作使他们联想到：早上必须早早起床，反复做些无聊的工作，使他们失去娱乐时间，甚至于引起他们的很多身体疾病；另外，却有些人急于投入工作中，因为工作可以帮助他们实现自己的理想和抱负，于是他们希望通过工作和努力，发挥自己的才能。我希望你属于后者，希望你不只继承我们家的财富，而且能够创造更多的奇迹。

孩子，在你进入社会之前，我对你的教育也许严厉了一些，剥夺了你的很多娱乐时间。可是，你是知道的，那是为了让你接受更多正式教育。现在你精神构造方面的骨架已经成熟，你要将过去长年努力的成果，运用到竞争残酷的真实社会中，借以维持你的生计，确保你的地位，然后进行更大的发展。关于这点，你可以说是处于相当有利的地位，因为你很明白即将接触的事务：你渴望成为优秀的企业家，但有许多年轻人却没有你幸运，他们为了生活，为了生存而挣扎，他们不知道自己的目标在哪里。也有的人虽然选择了目标，可是却无法进入追求目标的行列中。你想过为什么吗？你和他们不同的是你有一个像我一样的父亲，我可以把我多年在企业的经验和心得无私地告诉你，把我总结的我们祖先——迈尔斯·摩根1636年登上美洲大陆务农开始，经过历代的刻苦经营和创造，到发展地产、金融所有的成功经验都传授给你，希望你继承我们摩根家族的传统和事业。你想，你是否比他们幸运得多？你有目标，也有工作，这就是好的开始。

这就要求从你正式踏入公司的第一天开始，必须每天准时上班，勤恳工作，先在基层磨炼，以了解和学习企业运转的每个环节。保持工作的纪律性很重要，试想一个连准时上班都无法做到的人，又怎么能担负重任呢？我们企业上班的时间都是固定的，而下班时间视各人的工作需要而定，具体时间由自己的工作需要来确定。通常情况，有些公司上班的时间并没有硬性规定，如果不能接受我们公司必须准时上班的人，可以试试那些公司。我不希望跟你约好七点见面，而你八点钟才姗姗而来。就算你属于管理阶层，也一样必须准时上班。

在工作中，你应该常常接近那些长年为公司发展尽心尽力的同事们。我想你一定谦虚地想吸收他们的经验与管理知识吧！在这个阶段，如果你想要有所改革的话，不要操之过急，因为时机还未到。如果你对目前的做法有任何改变的意见（当然是指更好的方法），尽管提出问题无妨。但是，必须注意在进行时不要太过严格。成功者不是守株待兔的人，成功者往往是一面学习一面等待适当时机的人，也就是将计划思索多次、考虑各种可能发生的情况后，就能够得出一个比较周全的计划的人。倘若你真的确定公司的政策有改变的必要时，也不要急于求成（当然，紧急的则另当别论）。虽然有时候，一个企业的决策者要雷厉风行、速战速决，但是，要根据情况而定。尚未尝试过的生意，还是必须经过一段时间的仔细研究，基础稳固才能进行。

在学校你学到的理论知识可以给你的工作以指导，但真正的工作要靠实践。在公司的工作过程里，只要你谦虚学习，你就一定能接受到优秀的指导，而我想你应该由销售部开始学习。等你有了相当了解之后，我会安排你和客户见面，让你了解自己并且发挥推销能力。而这些客户与公司交往的时间都比你的年龄还要大，从他们那里你可以知道一些他们对公司的看法和观点，增加你对公司的认识。还要提醒你的是，在你跟客户握手之前，必须尽可能地率先了解对方，从客户的立场来说，第一印象非常重要，他只会给你一次机会。所以一开始你就必须先下点功夫，给对方留下一个好印象。否则，往后你得花费一两年或更多的时间才能重新抓住客户的心，那么你出发的脚步就不得不慢下来了。

你初入公司，必须记住多听少说。如果你想成为一个善谈的人，要从先学会做一个善于倾听的人开始。你要学会鼓励别人多谈他们自己，听取他们的建议，从而才能更客观地看待问题做出正确的决策。过去，当我决定录用一个推销员时，我会批给他两三个客户做一番试验，如果有一个客户批评"话太多"时，我就绝对不会录用这个人。其实，这个理由很简单：言多必失，与其自行暴露缺点，倒不如认真择言，因为人们往往欣赏知识丰富、却不吹嘘的人。我们的客户尤其如此。

在你与客户接洽时，要有万全的准备，必须携带公司完备的资料。同时，你在心中不断地告诉自己，我们所竞争的同业更优秀，更能为客户提供满意的服务。这就要求你具有充分的勇气和自信，这样，你就能在客户面前娓娓而谈，赢得别人的好感，更能顺利地完成工作。但是，你必须注意的是不要夸大其词的谈吐，不要和别人抢着说话。要尊重对方，等他把话说完。你再提出自己的观点。推销服务固然是工作的重点，但切切不可忘记：确实的售后服务才是更重要的，如果因为服务不周，客户对我们有怨言，并且弃我们而去，使我们要不断寻找新客户，这样一来，便毫无效率可言了。虽然找寻新客户也是我们不可或缺的行动，但在损益表上，却无法见到多少余额。所以在开发新客户的同时，也必须注重售后服务，如此才能确保公司的发展及茁壮成长。

服务是企业的生命，只有良好的服务才使企业更有竞争力。所以要努力于客户售后服务，同时，你也必须与原料供应商方面维持良好的关系。有些原料供应商，目睹我们的售后服务后，在羡慕我们工作效率之余，即使碰到有其他的同行以降价引诱，或以暴力威胁，他们依旧不变地供应我们原料，没有中断。当然，我也希望客户以同样的态度支持我们。

你要把刚开始工作的阶段作为锻炼和实习，不要妄断妄行。在这段时间，你应该尽量小心，但是也不要紧张到草木皆兵的地步。你要注意观察每一个新进职员，就像观察学校的新生一样。同时，注意别人也在戴着有色眼镜看你。一个小小的过失，就会给人深刻的印象。所以，你必须注意你的言行举止。也许这番话会使你害怕，但是也不必太过担心，因为"罗马不是一天造成的"。况且，我写这封信的目的，是给你个建议。另外，也是将工作兴趣的追求，做个简单的叙述。

你所受的教育可以清楚知道你的目标是成为一名优秀的企业家，换句话说，你对本公司的工作具有相当的适应性。在过去二十年，我观察你成长的过程，发现你凡事不会太过强求，是个有弹性的人。但是，你是否能够发现工作的乐趣，就要看你自己了。

人的进步是靠不断地学习，不进则退。你具有理想、自主、责任感，这会使你的工作成为生活中的快乐。但是，你也不要忘记，竞争是多方面的；三十年后的企业界巨人，也在这个时候，与你一同进入真实社会，投入企业之争。

最后，我还想再说一句，未来企业界的巨人，绝不是出了校门后，便不再鞭策自己努力用功的人。他们只不过是将用功的时间改变，在平常生活中加入适当的娱乐调剂，而夜晚及周末也成为他们用功的时间，就是这样。

由于企业的大小事都要我去拿主意，我没更多的时间陪你。要靠你自己去不断学习积累。每个做父亲的都希望自己的儿子能成大器，我也一样。16世纪的诗人乔治·哈伯特曾说"一个父亲胜过百个教师"，这句话不是没有原因的。

为了获得生活的食粮，欢迎你来到真实的社会。一年之后，我希望你用最好的成绩向我汇报。成绩反馈的作用不容忽视，然而任何事情都是复杂的，我们并不排除失败的反馈作用。是的，失败会使人丧失斗志，但对一个信念坚定的人来说，失败则往往能激起更大的斗志。当然，这种激励建立在失败所造成的代价之上，管理者只能利用失败，而绝不应有意制造失败。所以，勇敢地去迎接挑战吧！

你的父亲
约翰·皮尔庞特·摩根

洛克菲勒家书（两则）①

◎ 约翰·D.洛克菲勒

约翰·D.洛克菲勒（1839—1937），美国第一家工业托拉斯企业的创建者，全球最伟大的慈善家和现代慈善业最大的组织者。

侮辱是一种动力

亲爱的约翰：

你与摩根先生谈判时的表现，令我和你母亲感到惊喜，我们没有想到你竟然有勇气同那个盛气凌人的华尔街最大的钱袋子对抗；而且，应对沉稳，言辞得体，不失教养，并彻底控制住了你的对手。感谢上帝，能让我们拥有你这样出色的孩子。

在信中你告诉我说，摩根先生待你粗鲁无礼，是有意想要侮辱你，我想你是对的。事实上，他是想报复我，让你代我受辱。

你知道，此次摩根提出要与我结盟，是担心我会对他构成威胁。我相信他并不情愿与我合作，因为他知道我和他是跑在两条路上的马车，彼此谁都不喜欢谁。我一见到他那副趾高气扬、傲慢无礼的样

① 选自《洛克菲勒留给儿子的38封信》，（美）约翰·D.洛克菲勒著，严硕译，中国妇女出版社2004年版。

子就感到恶心。我想他一见到我肯定也有叫他不舒服的地方。

但摩根是位商界奇才，他知道我不把华尔街放在眼里，更不惧怕他对我的威胁，所以他要实现他的野心——统治美国钢铁行业，就必须与我合作，否则，等待他的就将是一场你死我活的竞争。

善于思考与善于行动的人，都知道必须祛除傲慢与偏见，都知道永远不能让自己的个人偏见妨碍自己的成功，摩根先生就是这样的人。所以，尽管摩根先生不想同我打交道，但他还是问我，是否可以在标准石油公司总裁办公室与他会面。

在谈判中能坚持到最后一刻的人一定会捞到好处，所以我告诉摩根："我已经退休了，如果你愿意，我很乐意在我家恭候你。"他果真来了，这对他而言显然是有些屈尊。但他做梦都不会想到，当他提出具体问题时我会说："很抱歉，摩根先生，我退休了，我想我的儿子约翰会很高兴同你谈那笔交易。"

只有傻瓜才看不出来，我这是在公然轻蔑摩根，但他很克制，告诉我希望你能到他在华尔街的办公室去谈。我答应了。

对他人的报复，就是对自己的攻击。摩尔先生似乎不懂得这个道理，结果为解心头怒火，反倒让你给控制住了。但不管怎么说，尽管摩根先生对我公然侮辱他耿耿于怀，但始终将眼睛盯在要达成的目标上，对此我颇为欣赏。

我的儿子，我们生长在追求尊严的社会，我知道对于一个热爱尊严的人来说，蒙受侮辱意味着什么。但在很多时候，不管你是谁，即使是美利坚众国总统都无力阻止来自他人的侮辱。

那么，我们该怎么办呢？是在盛怒中反击，捍卫尊严呢？还是宽容相待，大度化之呢？还是用其他方式来回应呢？

你或许还记得，我一直珍藏着一张我中学同学的多人合照。那里面没有我，有的只是出身富裕家庭的孩子。几十年过去了，我依然珍藏着它，更珍藏了拍摄那张照片的情景。

那是一天下午，天气不错，老师告诉我们说，有一位摄影师跑来要拍学生上课时的情景照。我是照过相的，但很少，对一个穷苦家的孩子来说，照相是种奢侈。摄影师刚一出现，我便想象着要被摄入镜头的情景，多点微笑、多点自然，帅帅的，甚至开始想象如同报告喜讯一样回家告诉母亲："妈妈，我照相了！是摄影师拍的，棒极了！"

我用一双兴奋的眼睛注视着那位弯腰取景的摄影师，希望他早点把我拉进相机里。但我失望了。那个摄影师好像是个唯美主义者，他直起身，用手指着我，对我的老师说："你能让那位学生离开他的座位吗，他的穿戴实在是太寒酸了。"

我是个弱小还要听命于老师的学生，我无力抗争，只能默默地站起身，为那些穿戴整齐的富家子弟制造美景。

在那一瞬间我感觉我的脸在发热。但我没有动怒，也没有自哀自怜，更没有暗怨我的父母为什么不让我穿得体面些，事实上他们为我能受到良好教育已经竭尽全力了。看着在那位摄影师调动下的拍摄场面，我在心底攥紧了双拳，向自己郑重发誓：总有一天，你会成为世界上最富有的人！让摄影师给你照相算得了什么！让世界上最著名的画家给你画像才是你的骄傲！

我的儿子，我那时的誓言已经变成了现实！在我眼里，"侮辱"一词的词义已经转换，它不再是剥掉我尊严的利刃，而是一股强大的动力，如同排山倒海，催我奋进，催我去追求一切美好的东西。如果说那个摄影师把一个穷孩子激励成了世界上最富有的人，似乎并不过分。

每个人都有享受掌声和喝彩的时候，那或者是在肯定我们的成就，或者是在肯定我们的品质、人格与道德；也有遭受攻击和侮辱的时候，除去恶意，我想我们之所以会遭受侮辱，是因为我们能力欠佳，这种能力可能与做人有关，也可能与做事有关，总之不构成他人的尊重。所以，我想说，蒙辱不是件坏事，如果你是一个知道冷静反思的人，或许就会认为侮辱是测量能力的标尺，我就是这样做的。

我知道任何轻微的侮辱都可能伤及尊严。但是，尊严不是天赐的，也不是别人给予的，是你自己缔造的。尊严是你自己享用的精神产品，每个人的尊严都属于他自己，你自己认为自己有尊严，你就有尊严。所以，如果有人伤害你的感情、你的尊严，你要不为所动。你不死守你的尊严，就没有人能伤害你。

我的儿子，你与你自己的关系是所有关系的开始，当你相信自己，并与自己和谐一致，你就是自己最忠实的伴侣。也只有如此，你才能做到宠辱不惊。

爱你的父亲

就要做第一

财富与目标成正比。

一个人不是在计划成功，就是在计划失败。

对我来说，第二名跟最后一名没有什么两样。

亲爱的约翰：

"没有野心的人不会成就大事。"这是我那位汽车大王朋友亨利·福特先生，昨天来看我时向我吐露的成功秘密。

我非常敬佩这个来自密歇根的富豪，他是一个执著而又坚毅的家伙。他几乎与我有着同样的经历，做过农活儿，当过学徒，与人合伙看办过工厂，通过奋斗最终成为了这个时代全美最富有的人之一。

在我看来，福特先生是一个新时代的缔造者，没有任何一个美国人能像他那样，完全改变了美国人的生活方式，看看大街上往来穿梭的汽车，你就知道我绝非在恭维他，他是汽车由奢侈品变为了几乎人人都能买得起的必需品。而他创造的奇迹也把他变成了亿万富翁。当然，他也让我的钱袋鼓起了许多。

人活着就要有目标或野心，否则，他就像一艘没有舵的船，永远漂流不定，只会到达失望、失败与丧气的海滩。福特先生的野心超过了他的身高，他要缔造一个人人都能享用汽车的世界。这似乎难以想象，但他成功了，他成了全球小汽车市场的主人，并为福特公司赚得了惊人的利润，用这个家伙的话说，"那不是在制造汽车，那简直是在印刷钞票"。我不难想象，

洛克菲勒不但是个成功的商人，他还是一个心怀天下的慈善家。从他少年时领第一份薪水起，他就将其中的十分之一捐出去，这个习惯一只保持到他去世为止。

既腰缠万贯，又享有"汽车大王"的盛誉，福特是怎样一个好心情。

福特创造的成就，证明了我的一个人生信条：财富与目标成正比。如果你胸怀大志、目标高远，你的财富之山就将垒向云霄，如果你只想得过且过，那你就只有做末流鼠辈的份儿了，甚至一事无成，即使财富离你近在咫尺，你只会获得很少的一点点而已。在福特成功之前，有很多汽车制造商都比他有实力得多，但他们当中破产的人也很多。

人被创造出来是有目的的，一个人不是在计划成功，就是在计划失败。这是我一生的心得。

我似乎从不缺少野心，从我很小的时候开始，要成为最富有的

人，就一直是我冲动着的抱负与梦想。这对一个穷小子来说，好像有些过大。但我认为目标必须伟大才行，因为想要有成就，必须有刺激，伟大的目标能使你发挥全部的力量，也才会有刺激。失去刺激，也就等于没有了一股强大的力量推动你向前。不要做小计划，因为它不能激励心灵，我经常这样提醒自己。

当然，成为伟大的机会并不像湍急的尼加拉瓜大瀑布那样倾泻而下，而是慢慢的一次一滴。伟大与接近伟大之间的差异就是领悟到：如果你期望伟大，你必须每天朝着目标努力。

但对于一个穷小子而言，如何才能将这个伟大的梦想变成可触摸的现实呢？难道去靠努力为别人工作来实现它吗？这是个愚蠢的主意。

我相信为自己勤奋会致富，但不相信努力为别人工作就一定成功。在我住进百万富翁大街前，我就发现，很多穷人都是工作最努力的人。现实就是如此残酷，不管雇员努力与否，替老板工作而变得富有的人少之又少。替老板工作所得的薪金，只能在合理预期的情况下让雇员活下去，尽管雇员可能会赚到不少钱，但变得富有却很难。

我一直视"努力工作定会致富"为谎言，从不把为别人工作当作积累可观财富的上策，相反，我非常笃信为自己工作才能富有。我采取的一切行动都忠于我的伟大梦想和为实现这一梦想而不断达成的各个目标。

在我离开学校、寻找工作的时候，我就为自己设定了一个目标：要到一流的公司去，要成为一流的职员。因为一流的公司会给我一流的历练，塑造我一流的能力，让我长到一流的见识，还会让我赚到一笔丰厚的薪金——那是开创我未来事业的资本，而这一切无疑是我通往成功之路的最坚实的基石。

当然，在大公司做事，能让我以大公司的方式思考问题，这点很重要。所以，我仰慕大公司，我要去的是高知名度企业。

这注定要让我吃些苦头。我先到了一家银行，很不走运，被拒绝了。我又去了一家铁路公司，结果仍是悻悻而归。当时的天气似乎也要跟我作对，酷热难耐。但我不顾一切，继续不停地寻找。那段日子，寻找工作成了我唯一的职业，每天早上八点，尽我所能地把自己打扮一番，就离开住地开始新一轮的预约面试。一连几个星期，我把列入名单的公司跑了一遍，结果仍一无所获。

这看起来很糟，不是吗？但没人能阻止你前进的道路，阻碍你前进最大的人就是你自己，你是唯一永久能做下去的人。我告诫自己：如果你不想让别人偷走你的梦想，那你就在被挫折击倒后立即站起来。我没有沮丧、气馁，连续的挫折反而更坚定了我的决心。我又径直从头开始，一家一家的跑，有几家公司甚至让我跑了两三次。

上帝终未将我抛弃，这场不屈不挠的求职之旅终于在六个星期后的一个下午结束了，1855年9月26日，我被休伊特—塔特尔公司雇佣。

这一天似乎决定了我未来的一切。直到今天，每当我问起自己，要是没有得到那份工作会怎么样时，我常常会浑身颤抖不停。因为我知道那份工作都给我带来了什么，失去它我又将如何。所以，我一生都把9月26日当作"重生日"来庆祝，对这一天抱有的情感远胜过我的生日。

写到这里，我自己都被自己感动了。

人在功能上就像是一部脚踏车，除非你向上、向前朝着目标移动，否则你就会摇晃跌倒。三年后我带着超越常人的能力与自信，离开了休伊特—塔特尔公司，与克拉克先生合伙创办克拉克—洛克菲勒公司，开始了为自己工作的历史。

愚蠢的努力工作很可能在百般辛苦之后仍一无所获，但是，如果将替老板努力工作视为铸就有朝一日为自己效劳的阶梯，那无疑就是创造财富的开始。给自己当老板的感觉真是棒极了，简直无以言表。当然，我不能总沉浸在年方十八岁就跻身贸易代理商行列的得意之中，我告诫自己："你的前程就系于一天天过去的日子，你的人生终点是全美首富，你距离那里还很远很远，你要继续为自己努力。

做最富有的人，是我努力的依据和鞭策自己的力量。在过去的几十年中，我一直是追求卓越的信徒，我最常激励自己的一句话就是：对我来说，第二名跟最后一名没有什么两样。如果你理解了它，你就会认为，我以无可争辩的王者身份统治了石油工业不足为奇。

我们每一个人都生活在希望之中，但我更多的是生活在目标的达成之中。我的人生目标就是要成为第一，这也是我设法定出并努力遵守的人生规则，我所付出的所有努力和行动，都忠于我的人生目标、人生规则。

上帝赋予我们聪明的头脑和坚强的肌肉，不是让我们成为失败者，而是让我们成为伟大的赢家的。二十年前的今天，联邦法院解散了我们那个欢乐的大家庭，但每当想起我创造的成就，我就兴奋不已。

伟大的人生就是征服卓越的过程，我们必须向这个目标前进，不怕痛苦，态度坚决，准备在漫长的道路上跌跤。

爱你的父亲

尼赫鲁家书（节选）①

◎ 贾瓦哈拉尔·尼赫鲁　英迪拉·甘地

> 贾瓦哈拉尔·尼赫鲁（1889—1964），印度独立后首任总理、圣雄甘地的忠实信徒，第三世界不结盟运动创始人之一。
>
> 英迪拉·甘地（1917—1984），尼赫鲁之女，曾任印度总理。

阿尔莫拉区监狱（1935年7月19日）

英迪亲爱的女儿：

　　我坐下来给你写信，薄薄的空邮笺一张又一张，企图在分隔我们了数千英里的距离上架设一座桥梁。希望我的信，能把隐藏在字里行间中的我的点点信息带给你，如果你用心寻找的话，会找到的；正如我，是在你信中的字里行间中，甚至在信之外，寻找你的。实际上，什么叫信？不完全是新闻的罗列，虽然包含新闻。人们所写的大多数信只是生老病死，婚姻及家庭琐事的记录。然而信远不只这些，它们是，也应该是，作者的部分人格，真正自我的活影子。它们还是，至少努力表现和反映，写信对方的某些人格，因为作者一心想着正在为之写信的那个人。这样，真正的一封信是两者——写信人和收信人——

---

① 选自《尼赫鲁家书》，〔印〕贾瓦哈拉尔·尼赫鲁、英迪拉·甘地著，宠新华译，河南人民出版社1993年版。

的奇怪而明显的混合体。如果是这样一封信的话，对于所牵涉的双方都是有相当价值的。

导致我对于信这么思考，是因为我听说我写的信没有到达你们手中。对于这个意料不到的不受欢迎的消息我是很痛苦的。马丹白拍来的电报告诉了我，我百思不得其解会有这样的事儿。想到妈咪和你盼望着我的信，一天一天地等待，结果一无所获，我痛心极了。再也没有比等待不会到来的东西更让人伤心的了。使人坐卧不安，生气，焦躁。你们一定很失望。而且送出的这些信有那么多的信息和祝福，就要飞越两个大陆到达你们手中，竟然不知所终，想到这我尤为难过。我几乎感到像身体受到了创伤。而后是颓伤。两周只能写一次信已经是不能再微弱的联结了，而如果连这个联结也中断呢？

想象不出我的信到底怎样了。每两周我按时发出一封。自从你们离开后，我没有给在印度的人写过一封信。每两个周我的信按地址寄给妈咪，并且附有给你的长信。并且特意注明由日内瓦的托姆斯。库克公司邮递，但最后一封是按马丹白的愿望转为柏林的美国运通传递的。无论在哪里，我都照例是按部就班；在狱中更是如此，因为我的生活限制在一套程序内。至于信，我是严格按照钟7点写的。不论你们收到还是没收到，都可以相信，我是在约定的日子发了信。你们还可以相信，没有收到信并不意味着我有什么变故，即使有什么变故，我也会写信或通过其他方式告诉你们。到目前为止我能查明的是，我的信在这里是准时发出的。我也向邮局发出了询问。因此有可能问题出在另一端。你们一直在搬动。有可能库克公司在你们走后把信发往维也纳和柏林了，虽然你们也曾指示过。这样的错误经常会发生。你们应该注意把地址留给每一个住过的旅馆……

再谈谈你的上一封信看到这个名字——阿德龙旅馆，我也有点惊讶。我原以为你们已在巴登威勒了呢。你们选择住这个旅馆我也有点吃惊，因为阿德龙被认为是柏林最贵的旅馆，一个华而不实的地方，一些新贵们为了招摇过市才经常光顾。这不是一个好的选择。这方面凯塞霍夫要好些。但这些都不足为虑，就普通房间来说，一两个人暂栖一时费用不会有太大的出入。真正的差别在套房，更重要的在用餐。我个人认为新到一个城市，找一家条件好又出名的旅馆总是安全的，即使贵一些。如果必要，可以在外面吃便宜的饭。如住得时间很长，则可以搬到较便宜的旅馆去。我很高兴知道你在妈咪走后，还在柏林停留几天，并且到处游览游览。我想让你有尽可能多的机会单独活动。

我不感到高兴的是你的身体。马丹白写信告诉我，医生认为你并没有根本的毛病。尚且过得去，但不是很好。一定不能总感到虚弱，头痛，或身体有经常的疼痛。一定要注意，不然的话你的身体发展和智力发展就会受到影响。我自己对待病的态度恐怕是不能容忍型和攻击型的——即是，像我上封信（你竟然没收到！）给你写的那样——与印度普遍称病的态度截然相反。我不喜欢那样，几乎认为是不体面的，并不同情那些故意沉湎于其中的人。大概这是我年轻时的记录所致。在克服某些婴幼儿疾病之后，我的身体就很强健。在海罗、剑桥和伦敦的长期学习生活中，没有一天是因病而倒在床上。在海罗只有一次看医生，是因为踢足球时我的小腿被踢伤了。我对身体并没有特别的注意，只是过着正常的生活，看不起那些常常生病或者对于身体的毛病抱怨不止的人。（我在印度生活的一个折磨是人们津津乐道他们的病，而我全然无兴致。）因此对于自己健康的身体我变得很自负，而且相信，想健康的人就一定能健康。照例是，想得病了，病才会来。在印度，我数年来做了大量的体力和脑力工作，身体负担很重。必须说，我的身体运转还属正常。

然而在最近的四五年里，对于身体的这种自负和自信部分地离我而去了。自从患了胸膜炎后就是如此了。但我坚信,是我全面的健康状况和良好的生活习惯才使得这个病所占比重甚小。若换上另一个身体不健壮,或对疾病并不嫉恶如仇的人,这个病大概就严重了。即使现在我还自信能够控制它,并在未来一个长时期内使之维持正常。

我不希望你为自己身体一点小毛病过分担忧而成病态。这点疼痛算不了什么。但同时应该留意,以不使元气受损。医生会提出好建议,你应该听从他们的劝告。但我个人更强调健康的环境和健康的生活习惯。住在好的环境、食物相宜、做些健身运动等,并且全身心地投入智力和其他方面的追求,而不要对身体过多考虑。但一切不要过分——不要打疲劳战。

关于将来的学习,健康问题一定要考虑进去,这也是我想让你留在瑞士的原因之一。还有其他一些因素。对于大多数大学城我都不赞赏。德国不可能,虽然最好的教授在柏林。但现在我开始怀疑这个说法——最好的德国教授已不在德国,今天德国的整个教育气氛是压迫式的、令人窒息的、全部错误的。你提到罗马——不知道你为什么想到了它,因为没什么特别的论据支持它,而反对的论点却不少。然后是巴黎,值得称道处甚多,但我相信现在还必须排除它。我不喜欢把这座大城市选作教育中心,那些地方做其他事情的太多。我比较看重的一个因素是健康,巴黎不是一个特别健康的地方。目前我也没有考虑英国的大学,当然你以后是可以去的,因此只好在瑞士了。我特别不欣赏中产阶级,布尔乔亚,瑞士人庸俗的性格。自己本来普普通通,然而动辄什么都批评,百般挑剔!

我确信,目前,至少一年左右时间,你应留在瑞士,之后再看。我已没有了做长远打算的习惯。瑞士当然比邻近国家花费要高,然而对一个学生来说差别不大;而且在货币波动的情况下很难讲哪个国家费用更高。我赞成瑞士的另一个原因是因为海默琳女士……离她近一些,时时请教她会更好些。

瑞士有三所可能进的大学,日内瓦、洛桑和苏黎世。前两所法国特色浓一些,后一所德国味儿浓一些。你会发现与德国接壤的人民自然倾向苏黎世,而与法国邻近的人民则推崇日内瓦和洛桑。此事你最好听从海默琳女士的建议。在大陆转换学校总是可能的——这个惯例很好。

至于你要读的科目,目前我不宜指手划脚。纳努的建议不错,先进一所大学而后参加考试。但纪斯勒夫人的批评也有理由。加在身上的负担太重——又听课,又准备考试——况且又都是用新的语言。因此你现在一定不要担心考试甚至是正常的课程。你的首要工作是熟悉语言,增强

印度以它现在所处的地位,是不能在世界上扮演二等角色的,要么就做一个有声有色的大国,要么就销声匿迹。"——印度开国总理贾瓦哈拉尔·尼赫鲁的这句名言时至今日,仍是印度人耳熟能详的名句。

体质。当然对这些事情,以及听课,或做其他工作都觉得游刃有余了,才去开始。也只有那时才可开始。记住,大陆的学生——不论是中学或大学——均比英格兰的学生辛苦得多。我不想让你过早投入那种单调的生活。把握时机,在投入前就先适应它。我并不热衷考试,从不相信真正的教育在于通过考试。当代世界里在某种程度上还得面对考试,但是千万不要把它偶像化。

因此目前不要担心考试。先悠哉悠哉,钻研语言。这样你准备住在哪里?当然可以在巴登威勒,在妈咪身边,与纪斯勒夫人切磋语言。从身体角度讲也是有利的。或者去海默琳那里。或者在这个地方住一段,在那个地方住一段。询问海默琳小姐以后,自己做决定。还有其他人可以做出建议——纳努和其他人——如果愿意的话,应该

请教他们, 但总之听从海默琳的建议是首要的。

我很高兴妈咪对于她的新陪伴纪斯勒夫人很满意。这名字似乎眼熟。记不得以前在哪里碰到过了。

姑姑告诉我海默琳女士给我写了一封信。我准备请姑姑给她复信。你碰到罗曼罗兰和他的妹妹时, 代我向他们问候。

我经妈咪送给你一本书——J·F·贺拉宾①的《欧洲历史地图》。这本历史地图资料收集很好, 会帮助你理解《概览》。贺拉宾还出版了一本很好的《时事地图》, 建议你买到。书不贵, 但对于理解当代问题帮助甚大。如果贺拉宾能够推出亚洲和美洲的类似地图册, 就会覆盖了整个《概览》!

我已让乌帕德亚亚寄给你《概览》第一、二卷的修正表——错误不少, 其中一些特别明显且引起歧义。你收到后在书中做些订正, 很有价值。小毛病可以忽略不记。

贝蒂送给我一些拉佳在医院拍的照片。很好, 尤其是你站立的那一张。可能她也寄给你了吧。为何不找一家像样的摄影馆照张相? 我很希望看到一张你的好照片。

以后的信会寄到巴登威勒, 汉斯·瓦尔德克, 写妈咪的地址, 直到再获悉其他变动为止。

希望黑森林郁郁葱葱的松林给你带去诸多益处——还有游泳。现在的巴登, 正处于一年中的黄金季节。

前两三个夜晚是满月, 月光的魔力把我诱出了小帐篷(依然住在帐篷)。我久久地观察着, 月亮在云中捉着迷藏, 一会儿匆匆而过, 一会儿静立肃穆, 偶尔从云缝中或边缘上朝我窥视。时而如此贴近, 使人眼睛发亮; 时而突然离去, 悠远而朦胧, 似乎蒙上了一层黑面纱。真是绝妙的游戏。在月光下, 甚至连监狱丑陋的高墙也柔和了, 失去了严厉。一切

---

① 贾姆斯·弗郎西斯·贺拉宾: 英国记者和插图画家, 曾绘出地图系列。

都是轻渺的, 梦幻的——我想起几句流浪者或是游人的歌儿:

嗨! 我的兄弟, 你是睡还是醒;

多少个夏季随幸福的月亮来去匆匆?

月光下, 绿草如茵, 歌舞欢腾;

是否看到月亮正在尖草垛上慢慢爬升?

我突然想起你, 不知道你也是否在欣赏这月光, 举头凝视这同一个古老的月亮? 然而, 多么傻的想法! 这儿是夜间, 巴登才是下午, 太阳正光芒四射, 月亮和星星还在幕后等待夜的降临。

满月带走了阿萨达①, 斯拉瓦纳②开始了。典型的雨季月份。满月也送走了我在狱中的第十七个月份!

爱,

爱你的

爸甫

---

① 阿萨达: 印度历法的第四个月份。

② 斯拉瓦纳: 印度历法的第五个月份。

我们一家的大冒险 ①

◎ 贝拉克·奥巴马

贝拉克·奥巴马（1961—），美国第四十四任总统。

奥巴马在当选总统即将上任之际，写了封公开信给两个尚未成年的女儿，为这两年里多数时间没能陪在她们身旁致上歉意，并为自己为何选择迈向白宫之路做了解释。这封信发表在美国《大观》杂志上，全文翻译如下：

亲爱的马莉娅和萨莎：

我知道这两年你们俩随我一路竞选都有过不少乐子，野餐、游行、逛州博览会，吃了各种或许我和你妈不该让你们吃的垃圾食物。然而我也知道，你们俩和你妈的日子，有时候并不惬意。新来的小狗虽然令你们兴奋，却无法弥补我们不在一起的所有时光。我明白这两年我错过的太多了，今天我要再向你们说说为何我决定带领我们一家走上这趟旅程。

① 源自网络：http：//www.chnbloger.com/nver.htm

当我还年轻的时候，我认为生活就该绕着我转：我如何在这世上得心应手，成功立业，得到我想要的。后来，你们俩进入了我的世界，带来的种种好奇、淘气和微笑，总能填满我的心，照亮我的日子。突然之间，我为自己谱写的伟大计划显得不再那么重要了。我很快便发现，我在你们生命中看到的快乐，就是我自己生命中最大的快乐。而我也同时体会到，如果我不能确保你们此生能够拥有追求幸福和自我实现的一切机会，我自己的生命也没多大价值。总而言之，我的女儿，这就是我竞选总统的原因：我要让你们俩和这个国家的每一个孩子，都能拥有我想要给他们的东西。

我要让所有儿童都在能够发掘他们潜能的学校就读；这些学校要能挑战他们，激励他们，并灌输他们对身处的这个世界的好奇心。我要他们有机会上大学，哪怕他们的父母并不富有。而且我要他们能找到好的工作：薪酬高还附带健康保险的工作，让他们有时间陪孩子、并且能带着尊严退休的工作。

我要大家向发现的极限挑战，让你们在有生之年能够看见改善我们生活、使这个行星更干净、更安全的新科技和发明。我也要大家向自己的人际界限挑战，跨越使我们看不到对方长处的种族、地域、性别和宗教樊篱。

有时候为了保护我们的国家，我们不得不把青年男女派到战场或其他危险的地方，然而当我们这么做的时候，我要确保师出有名，我们尽了全力以和平方式化解与他人的争执，也想尽了一切办法保障男女官兵的安全。我要每个孩子都明白，这些勇敢的美国人在战场上捍卫的福祉是无法平白得到的：在享有作为这个国家公民的伟大特权之际，重责大任也随之而来。

这正是我在你们这年纪时，外婆想要教我的功课，她把《独立宣言》开头几行念给我听，告诉我有一些男女为了争取平等挺身而出，因为他们认为两个世纪前白纸黑字写下来的这些句子，不应只是空话。她让我了解到，美国所以伟大，不是因为它完美，而是因为我们可以不断让它变得更好，而让它更好的未竟工作，就落在我们每个人的身上。这是我们交给孩子们的责任，每过一代，美国就更接近我们的理想。

我希望你们俩都愿接下这个工作，看到不对的事要想办法改正，努力帮助别人获得你们有过的机会。这并非只因国家给了我们一家这么多，你们才当有所回馈，你们的确有这个义务，因为你们对自己负有义务。因为，唯有在把你的马车套在更大的东西上时，你才会明白自己真正的潜能有多大。这些是我想要让你们得到的东西：在一个梦想不受限制、无事不能成就的世界中长大，长成具慈悲心、坚持理想，能帮忙打造这样一个世界的女性。我要每个孩子都有和你们一样的机会，去学习、梦想、成长、发展。这就是我带领我们一家展开这趟大冒险的原因。

我深以你俩为荣，你们永远不会明白我有多爱你们，在我们准备一同在白宫开始新生活之际，我没有一天不为你们的忍耐、沉稳、明理和幽默而心存感激。

爱你们的老爹